# 张家口传奇

史剑飞　乔春友◎著

中国文史出版社
CHINA CULTURAL AND HISTORICAL PRESS

图书在版编目（CIP）数据

张家口传奇 / 史剑飞，乔春友著 . — 北京：中国文史出版社，2021.12

ISBN 978-7-5205-3388-1

Ⅰ . ①张… Ⅱ . ①史… ②乔… Ⅲ . ①长篇小说－中国－当代 Ⅳ . ① I247.5

中国版本图书馆 CIP 数据核字（2021）第 241721 号

责任编辑：徐玉霞

出版发行：中国文史出版社
社　　址：北京市海淀区西八里庄路 69 号院　　邮　　编：100142
电　　话：010-81136606 81136602 81136603（发行部）
传　　真：010-81136655
印　　装：廊坊市海涛印刷有限公司
经　　销：全国新华书店
开　　本：16 开
印　　张：19.75
字　　数：300 千字
版　　次：2022 年 3 月第 1 版
印　　次：2022 年 3 月第 1 次印刷
定　　价：59.00 元

# 目 录

# 第一回　朱皇帝移民张垣　张家庄升起炊烟

诗曰：天地自从盘古开，
　　　张垣风雨独徘徊。
　　　六百余年沧桑史，
　　　清水徐徐入梦来。

列位读者，上诗中所言的张垣其实指的就是现在的张家口市，民国时期曾一度被称为张垣（垣在字典上的解释为墙或是城），张垣即为张家口城，清水自然为清水河了。

闲言少叙，书归正传。既然这书名叫作《张家口传奇》，那咱们的开头就从这张家口说起。

张家口是河北省下辖的一个地级市，地处河北省西北部、京冀晋蒙四省市交界处，是京津冀（环渤海）经济圈和冀晋蒙（外长城）经济圈的交会点，是冀西北地区的中心城市，连接京津、沟通晋蒙的交通枢纽。民国十七年（1928）政府设察哈尔省，省会就在张家口。1952 年 11 月，察哈尔省建制撤销，张家口划归河北省。

张家口市是现行长城最多的地区，素有“长城博物馆”的美称。张家口还是滑雪旅游胜地，崇礼、赤城是华北地区最大的天然滑雪场，被誉为“东方达沃斯”。2015 年 7 月 31 日，国际奥委会主席巴赫宣布北京携手张家口，获得 2022 年冬奥会举办权。2017 年，张家口市当选中国最佳冰雪旅游城市。

那么张家口的由来又是怎样的呢？我们的故事就从张家口建堡之初开始吧。

1368年，朱元璋推翻元朝，建立了大明朝，定年号为洪武。洪武二年，大将汤和攻下宣府（今河北宣化县），来到了张家口一带。当时张家口附近已有不少汉民居住，但人口不多。汤和来到此地，百姓们纷纷向他控诉元军的罪行。原来元军被明军打败之后，其残余势力逃到了内蒙古一带，成为北元（1638年，元军退守蒙古，因国号叫大元，又因其地处塞北，故称“北元”）军。明军由于战线过长，兵员不足，并未前往清剿，这样北元军便得到了喘息的机会，时常来此侵扰当地百姓，抢夺百姓的粮食和牲畜，而张家口（当时还并不叫张家口）一带，正是北元军前来抢夺的重点地域，老百姓苦不堪言。当时百姓们对付北元军最有效的办法只能是坚壁清野，然后躲进山林。汤和在了解了此事后，对百姓好言安抚劝慰一番，然后便上奏朝廷，要求把当地百姓，迁徙到北京附近，以避免北元军队的侵扰。朱元璋当即准奏。于是洪武四年，大将徐达便将张家口及宣府一带的居民，全部迁到了居庸关以内的北京附近，张家口地界一时没了人烟，没有了人也便没有了历史的记载，所以张家口这一段的历史便断了片。

那么张家口是什么时候又有了人烟的呢？这还要从朱元璋手下的一位大将说起。朱元璋的这位大将名叫胡大海。他为朱元璋出生入死立下了赫赫战功，深得朱元璋喜爱。传说这胡大海是位很有故事的人物，他力大无穷，打仗时又不怕死，眼一红就杀人，由于他杀人无数，朱元璋用他时很是节制。战中原时，胡大海向朱元璋提出，要求带兵夺取中原。朱元璋见其主动请缨，遂同意了他的请求，但却只准他在一箭地之内杀人。胡大海领命来到中原，一箭射出，正好射中了一只麋鹿。麋鹿带箭而逃，整整逃了三十天，胡大海便在这一箭地之内带兵杀了整整三十天，直杀得中原血流成河，麋鹿力竭而死，这便是胡大海逐鹿中原的故事。

不久，朱元璋平定天下，做了皇帝，成为洪武大帝。洪武帝本是草根出身，有着忧国忧民的情怀，对百姓疾苦颇为挂怀，对国之安危极为担忧，当皇帝时，他时不时地召开大臣会议，研究当时的军政策略和事关民生的一些问题。在一次由他召开的大臣会议上，大家在研究治理国家的大计上，总结了元朝覆灭的原因，最后得出一致结论：元朝忽必烈的铁蹄虽然踏到了欧洲的红海沿岸，划出了中国历史上最辽阔的版图，但元政府却没有建立巩固的根据地，没有建立强大的地方武装政权，所以导致了最后的灭亡。故而会议在商讨议论一番之后，最后形成一致意见：一定要加强地方建设，而要加强地方建设就必须要设立地方政权，特别是边防地域的地方政权尤为重要。那么要设立地方政权，地方上则必须要有人接受领导。可纵观天下，中原和边防一带目前人烟稀少，中原是因为杀戮过重，加之虫荒、水灾和瘟疫等诸多因素造成的人员减少；而边远地域，像宣府、张家口一带则是因为移民缺失了人口。最后会议由朱皇帝拍板后形成决议：从人口较为稠密的山西省开始移民到中原及边防一带。此次会议除了制定移民政策以外，还对胡大海做出了降职处理的决定。其原因便是他在中原杀人毫无节制，造成了眼下中原人口的缺少。会上，胡大海对其所犯错误，做了深刻的检讨，表示愿意接受处分，并主动请缨，立刻前往山西移民。其他大臣像汤和、徐达，包括朱皇帝在内也对从张家口移民到北京一带的事情做了批评与自我批评。众人深刻认识到要想国家安定与稳定，必须要加强边防建设，张家口一带地理位置十分重要，必须要有居民和兵员驻防。此会议之后，中国历史上一场最大规模的移民便开始了。

然而此次的移民却遇到了极大的困难，因为此次移民不像当初张家口移民那样，百姓是受蒙古军侵扰，苦不堪言，主动要求政府迁徙的。而山西移民，百姓都不愿迁移故土。无奈之际，只好出动军队，连打带绑，强行驱使百姓们迁徙。由此，迁移至中原和边关的百姓，人们问其祖籍，均言来自山西省洪洞县大槐树下，因为此大槐树下为召集移民的聚集地。

再说胡大海带兵来到山西的某一村庄，此村庄张姓人家居多，军士挨家敲门要求百姓迁移，可百姓没有一人主动愿往。军士长无奈，只得报告正在一农户家喝杏花汾酒的胡大海。胡大海闻听，很是着急。他让兵士将百姓集中到村中一广场内，然后登上广场一棵大槐树下的一面石碾，唾沫横飞地为百姓讲了半天移民政策，然而百姓们听了他的讲述仍是一个个直瞪眼，谁也不买他的账，没有一个人举手报名要求迁移。胡大海一时气恼，却又无可奈何，因为此次来山西他是向朱皇帝拍了胸脯的，保证再不杀人。可不杀人又有什么办法呢？情急中，只见他一脚将石碾上的碌碡踢下磨盘，然后跳下地，“嗨”的一声怒吼，双手竟将那千余斤重的磨盘掀起，高高举了起来。他的这一神举立时震惊了在场所有的百姓和兵士。胡大海举着磨盘，突然发现大槐树下有头毛驴正立在那里闭目养神，便走过去将磨盘放到了毛驴身上，可怜那驴连哼都没哼一声，便七窍流血被磨盘给活活压成了一张“肉饼”。“哼！皇帝哥哥不让我杀人，难道还能管我杀驴吗？”胡大海心中正想着，只见广场中的众百姓纷纷跪倒在地，叩头像捣蒜般地向他求告：“军爷，我们都愿意迁移。”胡大海见状禁不住放声大笑：“哈哈哈哈！”

不久，张家口堡子里一带便陆陆续续地迁来了在胡大海神威震慑下被迫而至的四五十户山西百姓，其中张姓家族的成员最多。他们推举一位德高望重、名叫张有旺的老者（姑且先这么叫着，因年代久远，其真实姓名已无从考察）为村长，来领导该村。由于该村张姓人家居多，张有旺同大家商议后便将该村取名为张家庄。过去的不毛之地，顷刻之间人声鼎沸，活力无限。

正是：大槐树下百姓聚集，
　　　张家庄内充满生机。

# 第二回　筑高墙张文肇堡　积粮草夯实基础

上回说的是边关重镇张家口的前身，后面咱接着往下讲。

有了张家庄，张家庄周边一带方圆百里之内便陆陆续续地出现了诸如王玉庄、李家庄、姚家坊、霍家坊等各种带有姓氏的村庄，至此，大明政权以村级为单位的一级地方政府便形成了。在随后的日子里，张家庄村在张有旺的带领下，村民们自力更生，垒墙造房，开荒种田，修路筑堤，养猪牧羊，休养生息。只短短的几年时间，便将张家庄村建设得风生水起，炊烟袅袅，十里八村之间，鸡鸣犬吠相闻，茶酒四溢飘香，欢声笑语，歌声绕梁，充满了勃勃生机。

因为是在北元军队的眼皮子底下搞建设，北元军自然将这一切看在眼里——他奶奶的，在我们大元朝的时候，这些人和地都是我们忽（忽必烈）家的，可只撒泡尿的工夫就一下变成了朱姓天下，而且姓朱的还把我们赶到这鸟不拉屎、只长草不长庄稼的地界生活，平时想喝口小米粥都困难，更不用说吃馒头和白米饭了。想想，这口鸟气都难以下咽。反正你不让老子好活，老子也不让你安生。今夜，老子就下坝一趟，捞你一把。于是好景不长，北元军队便驰马下坝开始抢夺了。由于此地当时属明朝边疆地区，虽然已建立了村级政权，但驻军不多，或者说根本没有大部队据守，北元军很快便将这一带的村庄洗劫一空，待明军得到情报派大部队赶来时，北元军早已跑得无影无踪。如此这般折腾了几次，朱皇帝觉得这样不行，这不返回到张家口移民之前的历史了吗？得给北元军些颜色看看。于是他派大将李文忠率领大军，经张家口，出野狐岭北上，在广阔的大草原上追剿北元军队，虽然北元军被李文忠打得大败，但这帮家伙却是“百足之虫，死而不僵”，李文忠最终也没能将其彻底剿灭。由于战线太长，后面补给跟不上，在此建立根据地也不现实——若此地移民，百姓们不仅水土不服，而且建国之初，国力也不允许，另外朝中还有许多民生问题亟待处理，案上奏章堆积如山……种种原因，迫使朱皇帝只得令李文忠撤兵。可是李文忠带兵刚一撤走，北元军便又卷土重来，如此这般折腾了几次，朱皇帝心中便不爽了。他考虑到，要在短时间内消灭北元势力那是根本不可能的，当务之急是该用什么行之有效的办法来对付北元军这种死皮赖脸的侵扰。为此，朱皇帝绞尽了脑汁也没想出一个制敌之策。干脆，还是召开大臣会议吧，毕竟众人拾柴火焰高。于是在随后召开的大臣会议上，朱皇帝把眼下张家口一带的情况讲给了众文武大臣。还别说，问题一摆出来，大臣们还真提出了诸多的建议。其中国子祭酒（相当于军师或是北大校长级别）宋讷提出的“备边在乎实兵，实兵在乎屯田……”策略，引起了朱皇帝的极大重视。所谓的屯田，简单地说就是：在边疆地区组织兵士边耕田种地，边守卫家园。战时为兵打仗，平时为民种田。这正如朱皇帝总结宋讷发言后所说的，“无事则耕，有事则战，兵得所养，而民力不劳，此长治久安之道”。

大将徐达在听了朱皇帝的发言后也点头道：“嗯，这个法子好，咱庄稼汉平时种田，鞑子（对北元军的称呼）来了咱就变成军人，这样既不用大批地调动军队，劳师动众，也不荒田，一举两得，利国利民，实在是好。”

朱皇帝和徐达的话得到了与会大臣们的一致赞同。最后会议形成一致决议：屯田。其具体内容为：边防地区每户村民出壮丁一名，列入军队编制，政府奖励政府掌控的三十至五十亩不等的土地给壮丁户，外加一头耕牛。军队中每一伍兵士（相当于现在的一个班），抽一名兵士驻村屯田，兵士担任伍长，训练村内列编的壮丁，其待遇除了所分的土地和一头牛外，另加三亩水浇地，可在村内娶妻生子。此后民间流传至今的“三十亩地一头牛，老婆孩子热炕头”的俗语便来源于此。

诸位看客，此次的屯田会议可是非同小可的一次会议啊，其后在中国历史上所产生的影响十分重大，在后来几百年的历史长河中，中央决策者们在边关地带都一直延续着此策略。

咱回过头来还说朱皇帝的屯田。这决策定下来就要付诸具体的实施。在实施过程中，决策者们考虑到，屯田之策好是好，可兵民都是血肉之躯，以血肉之躯来对付犹虎狼之师的北元军队，无异于以卵击石，这样我们还是吃亏的。那么要不吃亏，我们就要建造强大的防御体系来保护自己。秦时曾修筑长城以御外敌，我们何不效仿延续之。于是大明史上修长城这一轰轰烈烈的伟大工程开始了。张家口沿线一带的山上自然成了修筑长城的必需之地。几乎与此同时，长城脚下的万全、高庙堡、洗马林、膳房堡、张家庄等地“筑高墙”的筑城、筑堡工程也紧锣密鼓地先后开展起来。

那么既然修了长城为何还要筑堡呢？这当然是因为军事的需要了。在冷兵器时代，当时最好的防御体系自然就是筑城肇堡了，哪像现在，即使你筑一座钢铁的堡，一颗小小的原子弹便立刻让其灰飞烟灭。而当时筑堡，其功效能抵御千军万马。即使你将城堡围住，几丈高的堡垒，没有飞机大炮等重武器助攻，你也只能干瞪两眼。再即使你架云梯强攻，我居高临下有礌石和滚木砸你，还有罐装石灰迷你双眼，而且垛内还时不时地放出冷箭，一不留神，便射你个人仰马翻。况且你又是远路奔袭，长途跋涉，如久攻不下，粮草不济，军心必然涣散。此时烽火台上狼烟四起，多路援军赶到，你若再不撤兵，一旦堡内与外援里外夹击，包你饺子，其后果不堪设想。故而，建筑城堡，在当时特定的历史环境下，有其特定的历史意义。于是在此背景下，张家口堡便应运而生。

其实，建堡工程我写得轻松，建时却是费了很大的功夫。先说选址吧，张家口堡为何要选在此地建堡呢？这里除了军事需要外，还有以下原因：其一，张家口堡原来就有张家庄的村落，建堡便是为了堡内住人屯物，在此建堡不用移民，不用堡内再建住房，省时省力；其二，张家口堡地处黄土地带，取土十分便捷，而若在其他地方建堡，就要受到山石、河沟、泥泽等诸多因素的制约，肇堡极为不易；其三，还要风水好，阴阳协调。过去的重大建筑，必须要过风水先生这一关，过不了风水关，即使另外条件均具备，那也白搭。而当时的风水先生在看了张家口堡的选址后，却是十分惊讶地道出了八个字：此地建堡，万无一失。还别说，在此后几百年的历史长河中，张家口一带大大小小的战争曾经历了无数次，张家口堡却是只有过一次失守的记录。这也验证了当时风水先生的金口玉言。既然万事俱备——天时（风水预测）、地利（黄土地势），加上张家庄村内的人和，已具备了天、地、人的有机结合，那就开始建吧。客官也别急，建堡可不像盖你家的那几间平房那么简单，这需要好多步骤：首先，建筑师先要测好东西南北的方位，然后定下桩基，拉上线，线上撒上白灰，以示座基形体。其次，还要阴阳先生选一个黄道吉日才能动土。一切就绪之后，于是在1429年农历四月十六日这一天，张家口堡伟大的肇堡工程在指挥使张文（驻地长官）的监督下，经过一番焚香祭拜之后，开始破土动工了。

肇堡是一项宏大的集体工程，其主要建筑内容便是围堡筑墙。筑墙首先需要的是夯木和夯土。夯木起固土作用，墙两面放加厚的板木，固定形成木厢状，然后中间添土、浇水，再用夯石夯实土层，一层层筑高，最后四面合龙，形成堡垒。夯土需要的是带黏性的黄土，沙土是绝对不行的。张家庄地处黄土地带，其黄土用之不尽。就地取土，不仅省了许多运土的麻烦，而且堡外取土，堡内建筑，堡的外围便自然形成了可用于防御的、无水的护城河。其次需要的就是人力了。张家庄村自移民以来，经过几代人的繁衍生息，加上陆续迁来的居民，此时的张家庄已成为聚有上千户人家居住的村落了。由于是在本土筑堡，村里的男壮劳力不仅全部出动，而且当地驻军中的兵士也参加进来，筑堡大军每日以千人计算，可想当时的筑堡场面是何等壮观了——工地上每天除了人头攒动，号子连天外，妇女、儿童也参与其中，架锅烧水，提篮送饭，使人很自然地便想起了古文中所描写的“箪食壶浆以迎王师”的热烈场面。

数月之后，堡子建成，军民共庆。堡子里张灯结彩，一片欢庆。指挥使张文率众同前来祝贺的朝廷官员登上堡墙，沿着墙上宽阔的行车马道，将这高三丈二尺、堡围四里十三步的堡子行走一圈，用步伐记录下了这一历史的痕迹。

有了堡，咱再回头介绍堡门。建堡之前，张文曾召集军事专家、建筑师、风水先生和村民代表召开了联席会议，就堡门的问题进行了研讨。军事专家从军事角度首先提出：堡的西面和北面是北元军队易袭的方位，不易在此两面建门；而风水先生也言："西北方罡风急盛。"于是会议最后形成一致意见：在堡南和堡东建门。东门叫作"永镇门"，表示了军队永远镇守此门的意志；南门取名"承恩门"，取感谢朝廷恩泽之意。

至此，张家口堡与先后建成的万全辖区内的膳房堡、洗马林堡以及万全右卫城形成犄角之势担负起了震慑戍守北方边关的重任。万历二年，张家口堡进行修建，外墙加补了城砖，城砖的砌垒，就像一件漂亮的外衣又镶了一层金边似的，使得堡子更加宏伟壮观。朝廷将屯田军队、粮草均屯于张家口——万全一线，高筑墙，广积粮，平时为民，战时为兵，形成了军民同心，严防死守的态势，使城堡成了名副其实的武城，取得了极好的政治和军事效果，大大地防御了蒙古北元军队的入侵。

正是：屯田筑堡，
　　　军民共建，
　　　防虏入边关。

## 第三回　张家口独树一帜　溯根源三种解释

上回说的是屯田肇堡，此次咱讲一下张家口名字的由来。

光阴荏苒，日月如梭，时间过得飞快。在随后的几百年里，张家口堡子里经过不断新建，已是今非昔比。堡子里不仅有众多的百姓住房，而且还有不少的官方建筑和集资建筑。官方在此设立了五大署——玉皇阁西边有理事署，东边有协标署，靠文昌阁西北有中营署，鼓楼西头有户部署，堡城东南角有守备署。此后万全治所也迁到这里（设在了今东门大街21号）。后来堡子里代表性的建筑越来越多，不仅建有鼓楼（文昌阁）、玉皇阁、定将军府，以及满汉绅商集资建筑的抡才书院，而且还修建了许多寺庙，诸如大佛寺、奶奶庙、孔庙、真武庙、城隍庙。这些都是堡子里的标志性建筑。

随着时间的推移和人口的逐渐增多，以及军队的驻防，堡子里的人口和建筑已大大地超出了它的占地负荷，无奈之下，建筑与人口只能向堡外延伸扩展。于是便有了后来靠近城堡发展起来的武城街、古宏庙街，以及堡南的西坝岗等诸多的街区。再到后来街区越过清水河，向东、北、南扩展，变成了桥东区，形成了大范围的张家口。那么张家口名字的由来又是怎样产生的呢?

人们在查阅了大量书籍或上网搜索一番之后，有了这样的收获。在中国661座城市当中，以姓来命名的城市很多，其中河北省就有五个，像石家庄、张家口、唐山、秦皇岛、邢台。而带“口”字的城市在全国才仅有五个。以大小次序排列，它们分别为：海南省的省会海口，河北省的张家口，辽宁省的营口，河南省的周口，以及山东省的龙口。可见“口”字城市的奇缺。不仅如此，在五个口字城市中，其他四个口字城市，都只占两个字，而只有张家口为三字，这带口的三字城市，张家口在全国却是独一家。

堡子里建堡之后，居住在此的居民依旧以原张家庄的张姓人家居多，张家人在这片土地上一代代繁衍生息，辛勤劳作，与此地不仅结下了不解的情缘，而且各行各业都人才辈出，就连当地张姓的地方行政长官也是声名鹊起，功绩斐然。1429年指挥使张文主持肇建了张家口堡，百年之后，指挥使张珍在堡子里开凿了小北门。察哈尔省自1913年设察哈尔特别区至1928年建省以后，在张家口任都统、省主席的要员共32人，其中张姓人就占了8位，他们分别为张怀芝、张敬尧、张景惠、张锡元、张之江、张砺生、张自忠，以及新中国成立前第一次解放的察哈尔省人民政府主席张苏，这些人物除个别人名声不怎么样以外，其他张姓官员都为打造张家口这一城市“名片”做出了无私奉献，增添了城市的魅力。

那么张家口名字的由来又是怎样的呢？这里有好几个版本的解释，这些解释都来自民间，非官方正式文字记载。而且还是公说公有理，婆说婆有理。这些理并非歪理邪说，而是各有道理。

第一种解释：位于张家口主城区以北有一个隘口，后人称之为张家隘口。它位于张家口北面的东太平山和西太平山之间，明朝以前该隘口无名无姓，也无人居住，后因山脚下距此六七里的张家庄内，有几户张姓居民迁居此地，故该隘口便取名为张家口，这是一种解释。

第二种解释：张家口是由张家口堡和翠屏山隘口演绎而来。张家口西北，距张家口堡有一百五六十米的地方有一隘口名叫翠屏口，是由其万全右卫东北、张家口堡西北面的一道蜿蜒起伏的山岭——翠屏山而得名。因为该山像一扇翠绿的屏风一般横亘于张家口堡西北——“绝壁横空峙，遥看却似屏。”故取名为翠屏山，山下隘口自然叫作了翠屏口。由于翠屏口与张家口堡相距不远，此后人们便将张家口堡与翠屏口合而为一，统称为张家口，这是第二种解释。

第三种解释：1529 年，指挥使张珍在张家口堡的北堡墙上开凿了一道门，后人称之为小北门。因为小北门门小如口，又因张姓人所开，故而人们便将此口称之为张家口。

如上所述的解释，虽然有三种之多，但走访专家、学者咨询后，大家均认为第一种解释更为合理。总而言之，不管张家口的由来为哪种说法，几百年来人们都这么叫，而且此后的文献中也出现了张家口的名字，张家口便作为一个城市名应运而生了，而且名声响亮，不仅传遍了国内的大江南北，就连在国外的名头也是响当当的。除此之外，张家口还有不同的叫法，明清和民国时期，国人也有叫张家口为东口的，其名称和山西省内的杀虎口（也称西口）相对应。东西二口均为由内地远赴蒙古及俄罗斯、欧亚等地人和货物所必经的旱码头和通商口岸。蒙古和欧亚人也有人将张家口称为“卡拉根”的。那么张家口为何会成为旱码头和通商口岸？外国人为何称其为“卡拉根”？我们后面的章节会给大家做一一的交代。

正是：名称由来众说不一，

大千世界我自鹊起。

# 第四回　堡内外才人联姻　小北门张珍扬名

上回书我们讲的是张家口名字的由来。这一回我们说说张家口的门。

张家口的门是很有历史意义的。咱先不说著名的大境门和小境门，由远而近我们先讲一下张家口堡的小北门。这里有着一段动人的爱情故事。

大家都记得，张家口堡建堡之初，堡墙上只建了东门和南门两座门，北面和西面堡墙上原本是没有门的，其原因建堡时已提到过，这里不再赘述。百年之后，北面的堡墙上却突然间多出了一道门，后人将其称为小北门。那么这小北门又是如何而来的呢？“问渠那得清如许，为有源头活水来”。话还得从焦、张两户人家说起。

张家口建堡以后，随着社会经济的发展和人口的增长，堡子的区域不断向外扩展，形成了关厢。有关关厢的解释是这样的：它是指城市建筑密度提高后，用地不断地向城门外扩张而形成的新的城区。张家口堡的关厢正是适应了城市的扩展才得以应运而生。

话说张家口堡内有一大户人家，主人姓焦名百万，以做丝绸生意起家，家财万贯，买卖在当地做得很大。这焦百万中年丧妻，膝下有一独生女儿，唤作焦女。焦女年方十七，待字闺中。其生得用过去的语言讲叫沉鱼落雁、闭月羞花；若用当代流行语形容，就是颜值极高。焦女除了人长得美，其琴棋书画，诗词歌赋，针线刺绣，样样精通。既有容颜之美，又有咏絮之才，可谓美女中的才女。有一位如此容貌与才艺俱佳的女儿，焦百万自然视其为掌上明珠，对焦女那是百般宠爱，万般呵护，正应了其姓名——焦百万。焦百万因疼爱女儿，妻子去世后一直没有续弦，原因就是怕焦女受委屈。随着时间的推移和焦女的一天天长大，焦百万的心中隐隐地出现了一丝的担忧——焦女总归是要找婆家离他而去的，如此优秀的女儿，若找不到一位像司马相如一般有才气的夫婿来与其匹配，他与女儿情何以堪？故而焦百万每想此事，便茶饭无心，夜不能寐。焦女自然将此看在眼中，常常为父亲把酒，专拣好听话语劝慰父亲，使得焦百万更加疼爱女儿。前几天，焦百万的好友刘大川为焦女提了门亲事，男方为堡子北外关厢草厂巷张进财家的三公子张青。张进财同焦百万一样，也是位生意人，只不过他做的是茶叶生意，其买卖规模比焦百万的丝绸生意还要大。这刘大川虽然也是位生意人，但他做的却是儒雅的笔墨字画生意，每天沉浸在墨香与丹青之中，这在当时的边关城堡之地来说，却是独辟蹊径的。那天刘大川的云舒斋来了一位二十岁出头的年轻人，此人穿戴整齐，举止高雅，风流倜傥，一看即为儒商子弟。他拿着一卷画纸，要刘大川为他装裱一下。刘大川展开画卷，看到纸上所画乃临摹江南才子唐伯虎的《虎啸山林图》，画上的老虎栩栩如生，笔力不凡，非十年八年功夫难以摹就，甚是赞叹，遂与其闲谈起来。言语中，刘大川得知年轻人姓张名青，尚未婚配，为堡外草厂巷一品茶庄张进财家的三公子后，对他更显得十分亲热。这张进财刘大川可是识得的，此人在张家堡一带大名鼎鼎，刘大川经朋友介绍曾和张进财喝过几次酒，张给刘大川留下的印象很不错。当刘大川问及张青《虎啸山林图》为何人临摹时，张青也不作态，当即告诉其为他本人所画。刘大川闻听，心中禁不住对张青的绘画才能仰慕不已——年纪轻轻竟有着如此高的绘画技能，真是后生可畏，便情不自禁地想起了隔壁好友焦百万待字闺中的女儿焦女。焦百万与他一起饮酒时，曾要他为焦女物色一位门当户对能配得上其女的对象，眼下这张青……焦女若同张青结为秦晋之好，一个郎才，一个女貌，岂不成就天下一桩好姻缘。于是几日后，刘大川将裱好的《虎啸山林图》亲自送到了张府。张进财见故友相访，自然热情招待，刘大川随将一番美意诉之于张进财。而此刻张进财也正托人四处为张青张罗对象，一听刘大川所说焦女是位集容貌与才艺于一身的贤惠女子，当即便迫不及待地要刘大川这位月老前往焦家说媒，这便有了刘大川为焦女提亲一事。因为都是生意人，此前焦百万对张进财的大名也早有耳闻，只是从未谋面。眼下，刘大川为焦女牵线搭桥，父女俩自然十分重视。父女俩经过一番商议后，决定前往张家相亲。由于是女儿家，焦女不便直接抛头露面，可有关自己的终身大事，自己若不亲自去张家探个究竟又恐有失，于是焦女便说服父亲，以家仆的身份，女扮男装，随父前往张府。焦百万拗不过女儿，只好答应。

这一日，在家备足功课的焦女，在刘大川的陪同下同父亲一起来到张府。刚进得庭院，一股沁人心脾的茉莉茶香扑鼻而来，使得焦女禁不住深吸了两口。“不愧是茶叶世家，好香的味道！”焦女禁不住赞了一句。

焦百万同刘大川互望一眼——不错，张家的第一观感让焦女感到了舒服。看来这是个好的开头。

焦百万三人进得院内，早有下人通报了张进财。张进财闻听赶忙从室内出来，笑容可掬地将三人迎进客厅。一番寒暄之后，焦百万和刘大川同张进财开始坐在八仙桌旁品茶交谈，焦女则借机独自一人溜出客厅，来到院内，观赏起了院内的花草鱼虫。闲庭信步间，她不知不觉便来到了后院。后院内也是茶香扑鼻，花影摇曳，柳叶婆娑。沿着鹅卵石铺就的一条小径，焦女不知不觉中来到了一处门庭前。她驻足观看，发现门前立柱上镌刻的一副对联颇为大气——

庭院茶香以勤为本，
室内字画修为当先。

联的下首落款部位刻有“张青自勉”四个小字。

“好！”焦女看完对联，心中禁不住发出一声由衷的赞叹。看来此房间内的主人身心不俗。焦女虽未见其人，但心中已对其打了高分。既然来也来了，何不进入室内一睹主人真目，反正她来此的目的也是为了见他，何况门还是开着的。于是焦女走进了室内。

室内是类似书房的一处大房间，分里外二室，里间为卧室，外间应该是主人的画室了。画室东面墙壁摆有一排书柜，西面和北面的墙上挂满了字画，其中刘大川裱就的那幅《虎啸山林图》就悬挂在北墙的中央部位。看来此间的主人对该画应该十分偏爱，否则他不会将它放到室内最显眼的部位。再看地的中央，那里摆有一张硕大的长方形画桌，桌上放有文房四宝以及纸张和作画用的各种颜料。此刻桌前有一年轻人正全神贯注地站在那里挥毫泼墨，认真作画。此人正是画室的主人——焦女想要见的张青。

张青见有人从门外进来，抬头看了一眼焦女，见是位仆人打扮的陌生人，遂开口问了一句："小哥，你找谁？"便继续作他的画。

"我不找谁，只是想看你作画。"焦女故意将嗓音压低，避免其流露出女儿声音。她装作随意的样子走到桌前，站在了张青对面，仔细打量了他一番——嗯，个子、人才长得都很不错，眼虽然小了一些，但却特别聚光、有神，而且他一开口就称她为小哥，可见其修为也是名副其实的，是她的心仪之人。随后她将目光移向张青的画作上。她看到他画的是一幅高山流水图，其作画笔法娴熟、有力，如行云流水，任意挥洒，便情不自禁地吟出了钟子期的知音之语："巍巍乎志在高山，洋洋乎志在流水。"

正在作画的张青闻听此语，立刻停住了手中的画笔，双目紧盯焦女。"你究竟是何人？竟想到如此之语？"因为张青此画的落款也想引用此句，可见二人心有灵犀。

"我只不过是触景生情，随意胡诌了两句，你千万别介意——对了，我家老爷还在前厅等我，告辞。"焦女没想自己随意一吟，竟引出张青对自己如此的问话，生怕再言多有失，露了马脚，便赶忙转身告辞。

"站住。你刚说的你家老爷是哪位？"张青喊住了焦女。

"是，是堡子里的焦百万，他是特意来你家府上相亲的。"焦女回话后头也不回地走出了房门。

张青听了焦女的话，愣了下神——心道：乖乖的，难怪刘大川说焦女是位才女，如何如何的才华横溢，就连焦家一个小小童仆的文采都这么厉害，可见焦女那又是何等的女子啊——不行，我得赶紧去前厅看看这未来的老泰山，千万不要让他说我失了礼数，这焦女我也一定要尽快见到她，看看她是否真的像我心中所心仪的人那样——货真价实。张青此刻真正感受到了什么叫作迫不及待。

客厅内，焦百万与张进财的交谈十分融洽与惬意，二人好像早已经是一对儿女亲家一般，直接谈到了实质性的问题，下一步只等张家再上门相一眼焦女即可将婚事定下来。当焦女与张青前后脚走进客厅的时候，里面的谈话已近尾声。

“青儿，快过来见过你焦伯父。”张进财见张青进来，赶忙招呼道。“这就是犬子。”他指着张青向焦百万介绍。

“焦伯父好！”张青赶忙上前向焦百万行了大礼。

“好好好。”焦百万应答着上下打量了张青，感觉这未来女婿很对眼。回头望一眼焦女，见其神采奕奕，知其已看中了张青，便不再多言，遂拱手与张进财道别。

张进财送焦百万和刘大川出得大门，走在后面的焦女喊住一同送行的张青，从衣袖内掏出一白色绢物递到张青手中。这是她在家中做功课早已备好的礼品，只有她相中了他，她才肯拿出来送予他。

“这是我家小姐让我转交给你的。”焦女说完转身离去。

焦百万三人走后，张青返回到画室，打开绢物，发现是一只丝织的手帕，上面绣有一对鸳鸯，并织有几行娟秀的字：

不写情词不写诗，
一方素帕寄心知。
心知拿了颠倒看，
横也丝来竖也丝。

张青看了手帕上的内容，禁不住抿嘴笑了。焦女手帕上所写之诗，是流传于江浙一带的一首很有名的山歌，诗中表达的是一女子对其郎君的思念。横也丝（思）来竖也丝（思），没想到焦女将其引用到这里，可见其用意之深。可是张青转念又一想，他与焦女素未谋面，她怎么就会“思”上他了呢？这焦女未必也太有些轻佻了吧。张青不由得皱起了眉头。不过，张青再一想，焦女既是位才女——这从她送他的手帕上即可看出——想必行事乖张任性也属正常，还是等相亲后亲自见了其本人再为其下定义吧。

两天后张青带着礼物由刘大川引领来到了焦家。当如花似玉的焦女娉婷婀娜地站到张青的面前时，他立时惊呆了：眼前的美女不正是两天前去过他家的那位童仆吗？难怪她要主动为他留了手帕呢？敢情是人家先相中了他之后才留此信物的啊！至此，张青终于明白了一切。他心情大悦，情不自禁地上前拉了焦女的手。二人对视，情生无限。

很快两家选了良辰吉日，张青将焦女迎娶进了张家。自然，焦女上花轿时哭成了泪人，与父亲难舍难离。焦百万也是热泪纵横，他叮嘱女儿，一定要常回家来看他。焦女含泪答应。

由于张家在张家堡一带声名显赫，婚礼席上，各方的达官贵人都前来祝贺，其官职最高的客人便是万全右卫指挥使张珍了（当时张家口堡属万全右卫管辖）。

说起这张珍，这里有必要啰唆几句。张珍为明代嘉靖年间生人，1529年前后曾任万全右卫指挥使。那么有人要问，这指挥使是个什么级别的官员呢？列位书客，本人曾搜查资料，明朝的指挥使是军职，为卫（5600人为一卫）最高军事长官，官职属正三品。下辖指挥同知（2人，副长官，从三品）、指挥佥事（4人，正四品）等属员。卫指挥使相当于现代军队中旅长的级别，这下清楚了吧。为了加深印象，便于记忆，我们暂时就先称呼张珍为张旅长吧。这张旅长别看是武将出身，却是位生于忧患、有着忧国忧民情怀的官员。他在任期间与官兵同伍，军纪严明，赏罚分明，且体恤民情，对百姓疾苦感同身受，很受军民拥戴。此外，张旅长除了有着军队情结外，对诗词歌赋、琴棋书画也情有独钟，属于辛弃疾式的“醉里挑灯看剑……沙场秋点兵”式的儒将。此次张旅长应邀前来参加张青与焦女的婚礼，除了与民同乐，与百姓打成一片外，他来此另外还有一个目的，那就是准备向张青求一幅画作。因为他曾听圈里人说过，张家三公子的临摹画，足以以假乱真。席间，他借故离席，独自一人来到张青书房，欣赏起了张青墙上的作品。当他看到北墙中央悬挂的那幅《虎啸山林图》时，他的脚便再也挪不动了，目不转睛地盯着图足足看了有两袋烟的工夫，而且是越看越喜爱，真想一下子将其摘下据为己有。可是君子是不会夺人所爱的，看来今日想求画的目的是达不到了——人家张青新婚大喜之日，怎么能为他泼墨作画呢？改日，改日吧。张旅长只有摇着头走出画室。谁知他这一走却走出了张家口的一个名胜古迹出来。

再说焦女自嫁到张家后夫妻恩爱，其乐融融。张青依旧每日作画，焦女一旁磨砚相伴，正是：一对玉人，良工琢就，日子过得有条不紊。暇余张青也陪焦女回堡子里看看焦百万，翁婿二人喝上一壶。然而此等的惬意日子可不是经常性的，因为从北城墙外的张家去一趟堡子里得绕道从堡的东门进堡，这一绕就是好几里路程出去了，等到了焦百万家中，一吃饭，再磨蹭一阵，一天时间便过去了，这对于每天要作画的张青来说，时间便成了问题。日子一长，焦女回家的次数便逐渐变得少了起来。一月中由原来的三两次回堡，变成了一次。再后来变成两三个月才回堡一次。如此一来焦女变得沉默起来。张青知其思念父亲，可自己又脱不开身陪其回去，若让焦女一人独往，那么远的路他又不放心，为此他伤透了脑筋。

“如果堡北有座城门那该多好啊，那样我就不用你陪着也可以独自一人去看父亲了，也不用绕那么远的路了。”焦女同张青闲聊中说道。

焦女的话一下子惊醒了张青——是啊，如果北堡城墙上有一道门，以后进出堡里那会节省多少时间啊？“对，我们就在北堡墙上开它一道门。”张青说得很是认真。

“我是跟你说笑的，你还当真了。那堡墙是官家的，是你想开就能开的吗？”焦女说道。

“那咱就叫官家给开一道门啊。”

“叫官家开门？”焦女瞪大了眼。

“是啊，那张指挥使不是正向我求画吗？我借此机会去跟他说说。”张青有了主意。

“这行吗？”焦女有些怀疑。

“我去试试。”张青的话语却是十分坚决。

几天后，一幅装裱考究的《虎啸山林图》摆放在了张珍的案几上。张珍望着画图看了又看，喜不自禁。“好，真好！贤侄，你让我该怎么谢你呢？”张珍对站在一旁的画作的主人张青夸赞着问道。

“张叔伯，其实这幅画我也不是白送你的，我有一事相求。”

“说，什么事？只要是你叔伯能办到的一定给你办。”张珍高兴之余，狮子大开口。

“叔伯,你先看一下这个。”张青说着将手中叠着的一张纸递给了张珍。

张珍展开纸张，见是一纸书信，他细读完信中内容后才明白，此信是百姓请求他开设堡子里北门的联名请示书。张珍看完此书，一时陷入了沉思。在此之前，此类的书信他也接到过不少，而且他也对堡子里及外围关厢进行过实地考察，觉得百姓所提建议确实值得考虑。过去堡子里未开北门是出于安全的考虑，而眼下，堡子内外多少年未有战事发生，局势相对稳定，加上堡外关厢的不断扩展，在堡北墙上再开设一道门，既能方便百姓出入，又有利于经济的发展，是一件利国利民的好事，何乐而不为呢？眼下送他画幅的张青再次提起此事，他何不顺水做一人情，既卖给张青面子，又解决了百姓现实中的实际问题，岂不一举两得。“好，既然贤侄是为百姓利益来求本官，本官就答应你和百姓们的请求，同意在堡北墙上开设一道门。不过此门开得不易过大，只开一小门，而且开门的费用须你们自行解决。”张珍当即宣告。

“谢谢叔伯。我家夫人听到这大好消息，一定会高兴得晕过去。费用问题我们张焦两家包了。”张青高兴得快要跳了起来。

“原来开设北门是你小子为了焦女啊！”张珍笑着道破天机。

“哈哈哈哈……”张青也禁不住开怀大笑。

一月后，张家堡小北门开建完工。从此堡北里外的百姓出入堡子再也不用绕行了，堡子内外商贸往来更加密切。而焦女闻知开了小北门，高兴得差点晕了过去。

正是：男儿才，女儿貌，迎娶上花轿。

张指挥，凑热闹，成就百年好。

囍

# 第五回　俺达汗信马由缰　三娘子惊艳亮相

上回说的是堡子里小北门的故事，这回我们讲的是三娘子的传奇。

历史上有关三娘子的故事很多。我们这次讲的三娘子并非古代戏曲中《三娘教子》中的三娘子王氏，也不是《水浒传》中所描写的矮脚虎王英的婆娘扈三娘，而是茫茫草原上一生嫁了祖孙三代人的奇女子——史称"钟金哈屯""也儿三娘子""三娘子"等。因为她是蒙古王俺达汗娶的第三个媳妇儿，后来便被人们称为"三娘子"。

这天，张家口堡子外的北关厢来了一男一女两位锦装貂裹的蒙古人。男的六十出头，但却精神矍铄，神采奕奕。女的二十岁左右，生得花容月貌，满眼含春，貂装却是汉女打扮。这一老一少信马由缰，来到关厢林立的店铺处便下了马。二人将马拴于拴马桩上之后来到了一家首饰店。老者在店内为女子买了不少的金银首饰之后，二人说笑着一前一后走出店铺。刚出的店门，便看到有三个邪里邪气的混混向他们走来，其中一个混混横过来碰了一下女子，然后不怀好意地笑笑，便转身要进店铺。女子下意识地摸了一下她的衣袋，发现老者刚给她买的一对金手镯少了一只，知其被碰她的男子偷去，遂转身用右手一把将正要进店男子的衣领揪住："你好大的狗胆，快把我的金镯交出来。"女子虽是蒙古人，但却说着一口流利的汉语。

男子被女子揪住衣领，使劲甩了一下，却没能将女子的手甩开，一时又急又狠地道："什么金镯？谁见了？你别空口污人清白。"男子自然不肯认账。

“你不承认是吧，那你让我搜一下，我的金镯肯定是你偷了。”女子才不管男子说什么呢，她若认准的事，肯定寸步不让。她抓着男子毫不松手。

“想搜是吧？你松手，我给你解开裤子，说不定你那金镯跑我裤裆里了。”男子此言一出，惹得旁边另外两个混混哈哈大笑。

“是啊，快上他裤裆里掏掏，说不定你的镯子已被‘小弟弟’偷走了。”其中一个混混说道。

“对啊，快掏掏吧。”另一个混混说着，脚步已移到了被抓的混混身边。

女子听了三个混混的话，一时又气又羞，当即左手一甩，一记响亮的耳光狠狠地抽在了被抓混混的右脸上，混混的脸上立时现出五个红肿的手指印来。

“你，你他娘的敢打老子？”被打混混嘴里说着，一只手却将他刚窃得的女子的金镯背转手交予凑到他身旁的另一位混混，而这一幕正好被站在二人身后侧的老者看到。老者眼疾手快，上前一把将后者拿手镯的手抓住，手一使劲，只听“哎哟！”一声，此混混立刻痛得叫喊起来。“叮当”一声，金镯掉在了砖地上。

被老者抓了现行的混混，眼见的事情败露，干脆一不做二不休，嘴里喊一声：“大麻烦，还愣着干什么？快上啊。”

站在一旁被称作大麻烦的混混闻听，立刻挥舞着拳头冲着离他最近的女子一个恶狼扑食，冲了上来。女子揪着还在她手中的第一个混混，用力一拖，脚一绊，再一推，将手中混混摔了个四脚朝天，而大麻烦由于冲力过猛，一时刹不住脚，竟扑到了老者怀中，被老者顺手牵羊揪住其衣服，一个大背胯，此混混便被重重地摔在了地上。女子上前一步，从地上捡起失而复得的金镯，掏出手帕擦拭一番然后用蒙语同老者道一句：“咱们走。”她想尽快离开这是非之地，毕竟此地是汉人集聚地，不像在草原一样。然而她想走却并非那么容易。

三个混混眼看着到手的财物又得而复失，岂肯甘心，他们见眼前二人只一孤男和一独女，说的又是蒙语，欺其外来人少势单，岂容其这么轻易走掉。此时，被打趴在地的两个混混翻起身来，伙同另一混混，对视一眼，其中一个高喊一声“休走！”便挥舞拳头一齐冲了上来。

老者和女子闻声回过身来，见是三人冲了上来，一直一言未发的老者用蒙语只道一声：“真是不知死活的东西。”随后便从腰间抽出一条金丝软鞭，扔给了女子，然后便闪在了一旁。此时五人周围已围了一圈看热闹的人。

女子知道老者是要看她的表演了，遂用汉语言道：“今日姑奶奶就陪你们玩玩。”说完便口中含了金鞭，十指交叉，揉揉双手，然后拿鞭娇喝一声：“看打。”挥鞭迎着三人冲了上去。

这一番好打，只听得软鞭“啪啪”作响，接下来伴随着鞭响的是三个混混哭爹叫娘的惨叫声。此叫声使人禁不住想起了金庸笔下《飞狐外传》中侠女袁紫衣挥鞭教训狂徒的场景。叫声过后，再看三个混混已是一个个躺在地上，脸上青一道紫一道，在地上翻着打滚，别说是还手，就是趴着也怕是只有出气而没有入气的份了。

女子见三个混混都被她打趴在了地下，轻蔑地笑了笑，正欲转身同老者离去，却被围观人群中一位像关厢负责人的中年男子拦住去路。“二位，你们打了人，不能这样拍拍屁股就走人吧？你们在此打斗，我们已报官，请让官家处理后再走。”

此人话音刚落，只见人群外一群兵士簇拥着两位骑马的官员向人群走来。“让开，让开。”兵士吆喝着让人闪出一条道来。

骑马的两位官员下马后走进人群。此二位官员中，有一位当地人识得，他是此地驻守堡子里的驻军长官武可。另一位大伙不认识的人是刚从京城来此地考察的吏部侍郎、著名文学家穆文熙。这天，武可正陪同穆文熙四处闲转，忽闻部下报告有人在北关厢寻事打斗，便带兵士伙同穆文熙一同赶了过来。被女子打趴在地的三个混混本是当地的泼皮无赖，一位绰号叫大麻烦，一位叫二混子，还有一位叫白皮。三人自然识得武可，武可也认识三人。三人见武可走近，赶忙喊叫着爬起身来。“武大人，你可要为我们做主啊，可不能轻饶了这娘们儿啊！”白皮一把鼻涕一把泪地挪到武可面前哭诉道。看来这家伙还能说话。

武可看着脸上被女子金鞭抽得皮开肉绽的混混，心有不忍，忙问道：“这是怎么回事？”

“我们哥儿仨发现了两个形迹可疑的鞑子，便上前盘问，不料这臭娘们儿却诬陷我们偷了她的镯子，还把我们打成这样，武大人，你可不要放过她呀。”那位绰号为大麻烦的混混却来了个恶人先告状。

“是这样吗？”武可转身问蒙古女子。

“是他先偷了我的镯子，而且还不让我们走，才迫使我出手的。”女子手指偷她手镯的二混子告诉武可。

“你们各执一词，我一时也不能辨出谁是谁非。这样吧，先都给我带回守备署严加审讯，弄清是怎么一回事再做定夺。”武可一副秉公执法的口吻，他吩咐手下道。

“且慢，凭我的身份，你一小小的武官是带不走我的。”女子并不服从武可的命令。

“哟呵，反了你了。王子犯法与庶民同罪，今天我不管你是何方神圣，我都要公事公办。”当着穆文熙的面，武可尽量将语言控制在了文明范围，没有动用粗语，若在往日，他早已将“日你十八代祖宗”的脏话骂将了出去。“给我带走。”武可再次下令。

“你敢！”女子却双手叉腰，威武霸气地立在了武可面前。

见女子如此凛然，武可一时也有些吃不准了。这家伙可是个鬼头，否则他也不会坐上堡子里武官第一把交椅的位子——天地之大，无奇不有。看来这小小女子还真有些来头？自己的这把交椅来之不易，可别惹出什么麻烦来。他一时犹豫，遂将目光投向了穆文熙——他身后不站着位朝廷大官吗？何不将眼前火球踢给这穆大人，看他如何处理。“穆大人，您看这……”

穆文熙毕竟久经官场，见多识广，且又是文官出身，胸襟坦荡，心不藏邪。他见武可向他求问，当下也不推辞，遂向女子开口道：“敢问姑娘姓甚名谁，来自何方？听你口音不像我们内地人？”

女子见穆文熙说话柔和，面带善意，心中火气早已消去一半。穆文熙出语后，她并不答话，而是径直走到老者面前，同老者说了一句蒙语，老者遂将一枚金字令牌从怀中取出交予女子。女子转身将令牌拿给穆文熙看。穆文熙接过令牌，仔细一瞅，见其牌上刻有“顺义”二字，便禁不住大吃一惊：天啊，原来站在他们面前的老者，竟然是草原枭雄——顺义王俺达汗。而且不用大脑，就是用脚趾去想，随身跟在俺达汗身边这位貌美如花的女子必是俺达汗新婚不久的第三房妻子——人称“三娘子”的三娘子了。当即穆文熙也顾不及许多，立刻上前向俺达汗和三娘子拱双手施礼道：“穆文熙拜见顺义王和夫人！”

穆文熙施拜的人一点没错，老者正是一直以来在边关山西大同、万全右卫及张家口、宣府一带，扰得明皇帝和边关将士一提其名字就头疼的草原王俺达汗，女子却是他的第三房夫人三娘子。那么俺达汗为何被冠以顺义王，他为何独自敢单枪匹马带着新婚宴尔的娇妻来到堡北关厢来呢？此事容在下后面慢慢讲，咱先把眼前这页书叙完。

当下，在场的武可及众兵士看到如此场景，再傻的人也看出了门道。难道没吃过猪肉还没见过猪跑吗？顺义王即俺达汗，其大名也许江南的百姓不怎么听说，可在这边关防地，军民日夜守边戍关，提心吊胆提防着的就是这位鞑靼王啊。

武可见穆文熙向俺达汗和三娘子施礼，也赶忙率众军士一齐向俺达汗和三娘子施以拱手礼。

俺达汗见此情形，也不能有失礼数，毕竟他是钦封的“诸侯王”，他虽然不会讲汉语，但其动作却做得十分到位。他向穆文熙及武可等人摆了摆手，然后也还以拱手礼。

礼毕。下面可该轮到三娘子说话了。“军爷，你既已知道了我的身份，想必该相信我刚才对你说的话了吧？”聪明的三娘子早已看出武可是此地主事之人，她要让武可当着她的面处理她的事情。

武可是何等精明之人，他不用三娘子再多说，也没再请示穆文熙，而是转身飞起一脚，踢在了离他最近、跪在那里的大麻烦身上。“你他娘名字叫得真好，你知不知道你这次可真惹大麻烦了？”武可终于骂了娘。

可怜那大麻烦刚被三娘子的金鞭暴抽一顿，又被武可狠踢一脚，一时间闭了双眼，躺在地上装了死，而心里却也骂娘道：我的娘哎，你给我起的是啥破名啊，当初您老人家给俺起头猪或是狗的名，也不至于惹出今天这如此的麻烦来，活该我今天挨打——大麻烦怪起了娘给他起的乳名来。

武可可不管他心里想些什么，他急于要处理眼前的事情：“夫人，这三个东西今天冒犯了您，我现在将人交给您，要怎么处理凭您发落。”鬼头终究是鬼头，武可将皮球踢给了三娘子。

三娘子微微一笑：“看来你不用审他们就相信我说的话了？”

“那当然了，夫人是何等身份，怎会诬陷这几个无赖。”武可说罢转过身对着三个混混，“夫人说你们窃她金镯，是否诬陷了尔等？”

“没有，没有。”二混子开口道。

“是我们有眼无珠，冒犯了夫人，夫人打得好！”白皮也接着道。

三个混混早已看清了眼前的局势，两个能说话的混混抢着回答，而大麻烦却仍躺在那里装死。

“夫人您看？……”武可小心问道。

“先这样吧，他们三个也伤得不轻，今天这事就算了。”三娘子说罢，走到俺达汗身边，向其要了几枚金币，扔在了三个混混面前，而后道一句：“去疗伤吧。”

睁着眼的两个混混见此状况，顾不得伤痛，赶忙去抢地上的金币。就连闭着眼躺在地上装死的大麻烦，听到金币“叮当”落地之声，此刻也睁开双眼坐起了身：“别都抢了，还有我的呢。”

——奶奶的，这金币比那金镯子还值钱呢。姑奶奶，你还是再回过头来打我们一顿吧！三个混混差点叫出声来。

三娘子才懒得搭理他们呢。她径直走到拴马桩前，解了马，同俺达汗骑马绝尘而去。

望着三娘子和俺达汗远去的背影，穆文熙一时间感慨良多，回京后他仍沉浸在对此事的回忆之中，随后他写了一首七绝诗来追记他所见到的三娘子的英姿：

少小胡姬学汉装，满身貂锦压明珰。
金鞭骄踏桃花马，共逐单于入市场。

穆文熙诗中所提到的“单于”，指的便是俺达汗。因为自明以来，古人对北方一代游牧民族的首领，一直沿用着汉时对匈奴首领的称谓——单于。

列位读者，从前面的这一段故事插曲中你是否能得出对三娘子的一个总体评价出来？我的结论为：第一，三娘子长得美、颜值高；第二，精通汉语；第三，会武功；第四，也是最关键的一条——关键时，她能审时度势，统领全局，就连顺义王这位叱咤风云的草原王，也要让她三分。那么，三娘子这么年纪轻轻的一位奇女子，怎么就会嫁给了年纪比她大了足足四十多岁的俺达汗呢？俺达汗和大明朝一直是宿敌，可他为什么敢带着三娘子来到大明朝的地盘上购买东西呢？大明朝的官员为什么又对俺达汗这般恭敬有礼呢？此外，本书内容以写张家口为主，可这里为何要加上三娘子这一笔呢？其实这正如你去朋友家中拜访，进屋时看到墙上挂有一口宝剑，起初你觉得它只是一件挂件，无关紧要，可是当你和主人交谈正酣，突然间有歹人闯入室内要取人性命的时候，此剑便关乎到了你的生死，你说重要不重要？我们在这里只是打个比方而已，我们书中所提到的三娘子，也正如同此剑，是关键节点上的一位关键人物，所以必须要先行到位。

正是：诸多疑问等待答案，
　　　卖个关子听我再言。

# 第六回　边关地连年征战　传奇女以和为先

上回说的是三娘子惩恶扬善的一段插曲，此次我们回过头来解难释疑。接着上回再往下讲。

1519年，蒙古可汗达延汗的孙子阿勒坦继承了汗位，人称阿勒坦汗，也就是我们所说的俺达汗。

三娘子是蒙古贵族土尔扈特部首领的女儿，该首领娶的是俺达汗的女儿，按辈分论，俺达汗应该是三娘子的外公。用汉语讲三娘子应该叫俺达汗姥爷。三娘子生在贵族家中，虽然是位娇女，但从小聪明伶俐，在同伴中从不恃强凌弱，小小年纪就识字读书。她骑技精湛，在光脊的马背上驰骋，如履平地，且精于散打，练就了一身好功夫，此外她还经常从“板申”那里学习汉语，是位多才多艺的女子。

那么什么是“板申”呢？这里有必要解释一下。蒙语中，“板申”原本是房子的意思，后来有汉人流落到蒙地，在蒙地盖房种地，形成群落。由于这些汉人居住在房子里，有别于蒙古包，所以蒙古人便称住在房子里的汉人为“板申”。这是顺便介绍的一个丰富你大脑知识的小内存，便于增加你印象中的记忆。下面咱接着往下讲。

由于三娘子天生丽质，各方面又很出众，长大后自然吸引了族中许多异性青年的眼球。后来一个叫把汉那吉的青年追上了她，很快二人便坠入了爱河。那么这把汉那吉又是何许人呢？能够追得上三娘子的男子肯定要具备以下条件：要么长得英俊，要么有着特殊的本事或是背景。是的，把汉那吉的背景的确很深，他正是俺达汗的孙子。

眼下，俺达汗闻听自己的孙子把汉那吉谈了自己的外孙女，便让把汉那吉将三娘子找来，他要亲自考察一下二人在一起合适不合适。

其实，按汉民族今天的择偶标准来讲，表兄妹在一起属近亲婚配，这肯定是不合适的。可在当时蒙古草原的习俗中，这一现象却是很正常的，即使后来俺达汗娶了自己的亲外孙女，也属政策允许范围，虽受非议，却也可行。

闲话少叙，咱书归正传。三娘子虽说是俺达汗的亲外孙女，却也由于俺达汗每日忙于军政事务，与三娘子很少相见，外孙女长什么模样，他都是模糊的。眼下，当三娘子来到姥爷面前的时候，姥爷当场被外孙女的美丽气质和言谈举止深深地吸引了，他禁不住微微点了点头。祖孙俩随即闲谈起来。俺达汗向外孙女谈起了当前的时局，当他问起目前该如何应对他们的宿敌——大明朝的时候，三娘子的出语让他感叹不已。

——“和为贵。”

也许蒙语中“和为贵”三字让人费解，语音较长，但三娘子所说意思却是围绕这三字展开的。

当下，俺达汗闻听外孙女所言，思绪开始荡漾。大明朝一直是他们的敌人，过去他们对付汉人最有效的办法就是攻、烧、杀、抢。眼下，三娘子提出了“和”的概念，他立时觉得大胆而新奇。列位读者，说到这里，咱先插入一段广告式的片段回忆。

这俺达汗自二十多岁继承汗位以来，近四十年来一直奋战在马背上，和大明朝大小作战经历了上百次，但每次战斗却都捞不到什么便宜，反而使得自家在大草原上的日子越过越紧巴。牧民们别说想弄些江南的茶叶和丝绸之类的生活日用品了，即使是生火造饭，连口像样的铁锅都很难搞到，原因为何？原来明自嘉靖皇帝以来，同北元政府一直“老死不相往来”，奉行着闭关锁国的策略。他在边关地区不仅拒绝与鞑靼们贸易往来，而且年年秋冬还要派兵前往草原进行“烧荒”——就是在草原上放火。这烧荒对北元军来说可是要命的损招，同挖人家祖宗坟，踢人家寡妇门没两样。你想吧，游牧民族在草原全凭着牲畜生活，而牲畜却是要靠草料来填肚的，你的一把“星星之火”跟玩似的，无关痛痒，但在草场却是燎原之势，一烧就是上千里的大面积黑荒，几天不熄。当时，曾任大同府最高长官的巡抚方逢时，就曾写有这样的诗句：

汉家御虏无奇策，岁岁烧荒出塞北。
大碛平川鸟飞绝，漭漭龙庭暮云黑。

可见，当时的明政府对“御虏”并无奇策，也就烧荒这么点本事。可嘉靖帝对此却是沾沾自喜，自认为是良策。还别说，嘉靖帝这蔫坏的一招，却是一把杀人不见血的软刀，俺达汗不跟你急眼才怪呢。于是，俺达汗便派大军进行冲关“扫荡”，烧杀抢掠一番。然而烧杀过后，也灭不了人家，最后还是得乖乖返回老家。等来年秋冬明军再一把火，又将你烧得焦头烂额，只能等来年“春风吹又生了”，你再急眼也白搭。最后蒙军（有别于盟军）只好告“草鸡”，挂出免战牌，并送书信给明朝廷，要求休战，并言明今后在边关开设“贡市”，相互贸易，和平友好相处。按说此等事情对连年交战的双方来说应该是件好事，你好我好大家都好。可是嘉靖帝用俺达汗的话讲，却是一头宁死都不回头的“犟驴”——哼，说了你的了，你想和就和，你想贸易就贸易啊，老子还没烧够呢。“来人，把送信的给我杀了，明年接着给我烧。”

你说这嘉靖帝荒不荒唐？按常理来说，古代双方打仗，人家还“两军交战，不斩来使”呢，何况人家派来的是和平友好使者，并非下战书来了。可嘉靖却是位不按常理出牌，硬是拧着来的主儿，他如此下令，手下谁敢不从。大堂之上，可怜那信使连龙椅上皇上的眉眉眼眼还未看清楚，顷刻之间便身首分离。这一来，战火又燃了起来。

“奶奶的，咱穿毡疙瘩的（毡靴）啥时怕过你穿朝靴的？给老子打。”

俺达汗冲天一怒，非为红颜，而是专为被斩信使出的胸中这口鸟气。他一声令下，蒙军又卷土重来。这一次俺达汗却是下了血本，不仅动用了几十万的军马，而且是避其锋芒，绕过宣府，从古北口长驱直入，以迅雷不及掩耳之势直扑北京城而来。三下五去二，便将京城围了个水泄不通。这下嘉靖帝可傻眼了，赶忙召集诸大臣商讨对策。首辅大臣严嵩一面调集各地军队来解京师之围，一面令守城部队严防死守。俺达汗虽然兵临城下，但几次强攻之后，兵士死伤无数，却不能越雷池一步。面对坚固的城池，俺达汗的骑军再骁勇能战，却也是无可奈何。至此，列位可看出明初朱皇帝所定“筑高墙、广积粮”的战略决策在冷兵器时代是何等的重要了。如果没有此决策，就是十个嘉靖皇帝也早成了当年的李后主——“故国不堪回首月明中”了。

俺达汗眼见北京城久攻不破，便纵军在京城外围抢杀开来，一直杀到西山、良乡以西，保定附近，吓得州府官员一个个缩头缩脑，城门紧闭，不敢迎战。连续折腾了数日，随着明朝的各路援军的相继到达，加之长路奔袭，粮草不济，俺达汗有些撑不下去了，若再不撤军，还真有被包饺子的危险。于是他和将领一番商议后，决定撤退前再跟嘉靖谈一下。此次，俺达汗接受上次信使被杀的教训，不再派人送信进城，而是射箭书给嘉靖，信中大概意思为：此次围城的目的，仍是为了和平友好，只要嘉靖答应今后在边关地区通贡互市，不再夜黑风高天烧荒，他们便立刻撤军，否则将再调援军继续攻城，一旦城破，嘉靖包括他的爹娘儿女以及什么三宫六院、七十二偏妃——男的通通杀掉，女的通通掳走。当然俺达汗这是在吓唬嘉靖，此次俺达汗出兵已是倾巢而出，哪还再有什么援军。

可嘉靖接到书信后却吓坏了——这鞑靼王一向不按套路出拳，万一他真的再调援军来攻城，一旦城破，不仅要“朱颜改”，而且还真如其所说：男的杀掉，女的——什么掳走？还不都供他享用了。想到此，嘉靖再不敢放狠话、说大话了。他立刻派人回复俺达汗先撤兵，所提条件可以考虑。

俺达汗见嘉靖话语有所松动，不像以前那么“犟驴”似的拒绝了，也就此就坡下驴，带兵撤回了草原。以上内容便是历史上著名的“庚戌之变”。

“庚戌之变”后，嘉靖生怕俺达汗带兵再攻，很快便答应了其请求，在宣府、大同开设了马市，宣府的马市开设在了万全右卫所辖的大境门一带。

新开的马市倒是红火了几天，牧民们兴高采烈地赶着牛羊来到马市进行贸易，换回他们日常草原上缺少的生活必需品。可好景不长，这样的日子没持续几天，马市却又关停了。这又是为何呢？原来宣大马市开通后，由于开放地较少，交易往来日趋加大，加之明政府又尽量限制铁器交易，俺达汗便又上书嘉靖帝，要求增加通商贡市场所，增加铁器和粮食贸易。这下又惹恼了嘉靖，本来开贡市就是俺达汗逼迫嘉靖签订的“城下之盟”，嘉靖原本并不乐意，现在俺达汗又狮子大开口，再提要求，分明是得寸进尺。于是，嘉靖的“犟驴”劲又上来，一纸诏书下到了宣大府——贡市、马市立刻关停。这一关不打紧，俺达汗只有再靠武力来解决了。于是在短短的二十多年里，俺达汗对宣大府一带兴兵达四十多次，直打得俺达汗由一壮年汉子，硬生生地变为一位六十多岁的老头，却也没将这场旷日持久的战争打下来。而对明政府来说，和蒙古人作战，也非战争的赢家，而最倒霉的还是战争中死去及无家可归的无辜百姓。战争只能使生灵涂炭，俺达汗也深深地认识到这一点，所以他一直想同大明朝求和，可那嘉靖帝就是不给他面儿。

接下来咱接着前面的内容往下讲。

当下，当三娘子说出“和为贵”的主张时，俺达汗觉得很合他的心意。“可汉人就是不肯跟咱和谈怎么办？”俺达汗又问道。

“汉人那边的老皇帝不是早归天了吗？新皇帝不见得还要继续打仗吧？咱何不再送些贡品给他们的新皇帝，然后再上书，动之以情，晓之以理，看看那边是什么意思。”三娘子的这番话，说得俺达汗心中很是舒畅。随后他便派使者带了“九白之物”——九匹白骆驼，九头白牛，九匹白马，前往北京城拜见大明朝新一任的穆宗皇上（此时嘉靖皇帝已故去——应该是“薨”或是“驾崩”四年多了）。

还别说，这穆宗皇上比他老子嘉靖帝可强多了，他不仅全盘否定了老爹与蒙古军“老死不相往来”的套路，而且还在大明历史上极有能力的两位大臣——内阁首辅高拱和大学士张居正的建议下，采用了较为温和的怀柔政策，不但接受了俺达汗的礼物，而且对使者还大加犒赏，好吃好喝招待一番后，让使者带着一封信函，回到了大漠。俺达汗接了使者的请函，发现是穆宗皇帝亲笔书写的一封议和邀请函。俺达汗真是高兴极了，当即令手下端来美酒，让三娘子陪他喝了起来。

几日后俺达汗派使者带着通关证——邀请函，起程赶往北京议和。

讲到此，列位读者不禁要问了，前些日子，俺达汗不是刚派使者前往北京城议和的吗？此次干吗再费人费力派使者前往呢？其实，此议和非彼议和。上次使节去北京传达的是俺达汗的意思，未知穆宗那边何意，待知道了穆宗意思之后，俺达汗却又不知情，而且穆宗要求签一封和平协议，此等事情属大的国际事件，必须得俺达汗知情才行。可当时的条件，既无火车飞机乘行，又无现代通信联络工具，故而使者只能返回大漠汇报。俺达汗听完汇报后要和军师等下属商议定夺，研究布局，如此折腾一番后，只有再次派使者前往北京城签订友好协议了。所以有些好的事情，往往是要费许多周折的。正所谓：好事多磨。

且不说使者带着邀请函一路绿灯前往北京去签订和平协议，单说俺达汗这边，送走使者之后，俺达汗突然间做出了一个前无古人后无来者的惊天决定。此决定在草原上犹晴空里的一声炸雷，不仅震惊了草原，而且消息传出，就连大明朝整个朝野也议论纷纷。那么是什么样的决定这般震撼而又吸引人呢？此决定之后又引发出了什么样的故事出来呢？后面咱继续往下讲。

正是：和平谈判，几经艰难，草原起波澜。

和平使者，京城出现，俺达为休战。

# 第七回　狼烟消隆庆议和　贡市开迎来欢乐

上回说到俺达汗送走使者之后，突然间做出一重大决定，那么是什么样的决定这么吊人胃口、吸人眼球呢？且听我细细道来。

原来俺达汗所做的决定，就是要娶他的亲外孙女三娘子为他的第三房夫人了。你说此决定荒不荒唐？其实在外人眼里，众人都觉得俺达汗有些乱套，可对于俺达汗来说，他觉得此决定却是亲上加亲的一件美事，并不荒唐、乱套。这自有他的一番道理。

俺达汗自从听取了三娘子所言与明政府以和为贵的建议之后，促成了与大明签订和平协议一事，这可是他几十年来渴盼的梦寐以求的一件大事啊，为此他觉得三娘子功不可没。具有如此聪慧和政治头脑的女子，在大草原上实属凤毛麟角，就连他的几个军师加起来合一起也难以超越其才能。俺达汗打心眼里便喜欢上了他的这位亲外孙女。何不将其纳进门来给自己既当媳妇儿又当军师，她不仅能为他出谋划策，而且今后同汉人政治与经济的交往，既省了翻译，又提高了保密系数。再者，婚后二人有了孩子，孩子还可以集外孙女的美貌、聪明于一身——他觉得他精力与体力极为充沛，仍像二三十岁的壮小伙似的，他的后代必须是草原子孙中的精华——这不是一件有百利而无一害的好事吗？既然上天将其外孙女送到他的面前，他绝对不能错过此天赐良机。至于他的孙子把汉那吉那边，他已顾不了那么多了，草原上有那么多美丽漂亮的姑娘，还不够他挑选的吗？他若不识大局，那他就不配当他的孙子了。当务之急是要立刻找三娘子谈一下，将自己的意思诉之于她，看看外孙女是何意见。

主意拿定，俺达汗便找来了三娘子，将他心中所想告诉了她。三娘子听了俺达汗所言，一时陷入了沉思。天啊，怎么情况会发展成了这样？她与把汉那吉惺惺相惜，二人如同鱼儿和水、瓜儿与秧一般，谁也已经离不开谁了，没想到此刻外公要后来者居上，要娶她做他的第三房夫人，这一下子让她处在了一个极为尴尬的境地。虽说外公在草原上有着至高无上的尊贵地位，而且在她心目中，他一直是她从小就敬仰、崇拜和爱慕的英雄——即使眼下他也宝刀不老，雄风不减当年。外公既然喜欢她，而且喜欢她的缘由外公也讲得很清楚，今后老夫少妻，她给他当小媳妇儿，她心里也能接受。她不怕因与外公的年龄差距而受人非议——为了草原，为了草原上今后不再有战争，为了牧民们今后能够过上和平的日子，她愿意奉献，即使让她赴汤蹈火、粉身碎骨，她也浑然不怕。在此点上她绝对能够做到深明大义，义无反顾。可是她若一旦嫁给外公，把汉那吉该怎么办？他可是外公的亲孙子，又是位十分重情感的汉子，三娘子担心他会接受不了。

俺达汗看出了三娘子的心思。“至于把汉那吉那边你就别考虑了，我会为他挑选草原上最漂亮的姑娘同他结婚的。”

“既然如此，我就听外公的。”三娘子羞怯地说道。

“哈哈哈哈！”俺达汗笑着，上前一把将三娘子抱在怀中。

俺达汗做事一向雷厉风行，从不拖泥带水，更不需任何的过渡。三天后，俺达汗携三娘子在蒙古包硕大的宴会厅内，当着家人及手下众将领的面，宣布了他与三娘子的婚事。众人在震惊中欢呼庆贺。俺达汗的两位夫人，包括三娘子的父母——他的女儿女婿，也举杯祝福。只有其孙子把汉那吉的脸拉成了苦瓜。俺达汗宣布完毕后，即刻与三娘子举行了隆重的婚礼。至此三娘子成为俺达汗的第三位夫人。这一年俺达汗 63 岁，三娘子 20 岁，正值风华正茂的年龄。此后她便成为蒙古草原上赫赫有名的“三娘子”了。

一天后，人们不见了把汉那吉的身影，当众人来到他居住的蒙古包时，包内只留下几位俺达汗送来的美女，把汉那吉却失踪了。情况汇报给了俺达汗后，俺达汗一时也着了急，特别是他的大老婆一刻哈屯，闻听她最疼爱的孙子把汉那吉不见了踪迹，立刻跌坐在地，号啕大哭起来。俺达汗立刻派人在草原上四处寻找，但把汉那吉却仍活不见人，死不见尸。俺达汗只好找来“板申”出面，赏重金打探孙子的下落。

几日后，“板申”中的头面人物赵全来到俺达汗处，向其汇报了把汉那吉的去向。那么这赵全又是何许人物，他又是如何探得把汉那吉去了哪里的呢？原来这赵全可是有些来头的，他原来是白莲教雁北地区的首领。这白莲教是唐宋以来流传于民间的秘密团体，早间的白莲教信奉阿弥陀佛，规定信徒不杀生、不偷盗、不邪淫、不妄语、不饮酒。其教义简单，教经易读易懂，易为下层百姓所接受。在元、明时期白莲教曾多次组织农民起义，也多次被当朝政府清剿、镇压，其首领更被列为通缉对象。赵全在走投无路的情况下，逃到了蒙地，当了叛徒，受到了俺达汗的庇护。大明史上著名的“庚戌之变”，就与这赵全有关，是他唆使俺达汗出兵，并派人给俺达汗带路，杀到北京城下的。你说大明会不记他的“功劳”吗？

俺达汗自从将寻找把汉那吉的任务交给赵全后，赵全便通过他安插在内地的耳目，打探到了把汉那吉的下落。

原来把汉那吉眼看着自己的心上人被爷爷俺达汗抢去，心中的委屈、愤恨、失落、痛苦、无助、灰心、厌世、伤悲等诸多的情感交织在了胸中，他一时无处发泄，便借酒浇愁，喝了个酩酊大醉。酒醒后，他干脆一不做二不休，带着几名手下亲信，驰马几百里路程，赶到了山西大同城下，向大同城门上的守军兵士递了一封书信。兵士立刻将信交给了大同巡抚方逢时。方逢时看了书信，知是俺达汗的孙子把汉那吉前来向他投诚，一时不知其葫芦里卖了什么药。他亲自登上城楼，见把汉那吉举一面小白旗，只带了几名随从站在城门下，便令军士打开城门将其放入。经过一番详细询问，方逢时这才弄清了事情的来龙去脉。嘿，这傻小子，真是为了一口气，卖了二亩地，是俺达汗的孙子——有血性。当下，方巡抚安顿把汉那吉到驿馆休息，令手下人好吃好喝招待着，自己则立刻派信使连夜赶往宣化府，将此事报告给了时任宣大总督的王崇古。王崇古是位与蒙古军打交道多年的“老油条”了，闻听此事，也感到关系重大。他一刻也不敢怠慢，立刻像方逢时一样，派出八百里加急驿骑，以送“鸡毛信”的速度，飞赶京城，急报朝廷。

而此时，俺达汗派往北京的信使已赶到了京城，正住在驿馆之内等着签订和平协议。而负责此次签订协议的两位朝廷重臣——高拱和张居正，忽然接到宣府急报，觉得事情有些耐人寻味了。二人坐下来分析商议了一番，一致认为：俺达汗的孙子来投奔大明朝，俺达汗肯定会前来要人，咱何不先将把汉那吉安顿好，让俺达汗挑不出什么毛病，然后再以把汉那吉作为交换条件，将潜在俺达汗处一直负案在逃的赵全等人换回，如果此项内容达成，可将其作为和平协议的附加内容，一并加入还未签订的和平协议之中，这样不是显得协议内容更加充实丰富了吗？主意拿定，二人顾不及休息，便将此议上奏给了皇上。隆庆皇上听了二人商定的内容，当即准奏，责成二人立刻负责实施。

回头再说俺达汗，从赵全口中闻听孙子投奔了大明朝，心中一时间酸、甜、苦、辣、咸五味俱全。他耷拉着头回到了三娘子的住处。还未等他开口说话，大老婆一刻哈屯从外闯了进来：“我孙子有消息了吗？”

俺达汗点点头，遂将赵全探来的消息诉之了一刻哈屯和三娘子。

“什么，把汉那吉投奔了明朝？”一刻哈屯闻听，立刻又坐在了地上号哭起来。“我的孙儿啊，你咋那么傻呢，你跑到那边还有活吗？”

“行了，你就别号了，我心里够烦的了。”俺达汗最烦一刻哈屯动不动就倒地打滚号哭了。

“不行，你赶快带兵给俺把孙子救回来。你娶几个老婆俺管不了，但俺孙子俺却要管。”一刻哈屯才不管俺达汗心不心烦呢，她从地上爬起来，一把扯住了俺达汗的衣袖。显然她对俺达汗娶了三娘子心存不满，若不是俺达汗娶了三娘子，她的孙儿会离家投了明朝吗？可当着三娘子的面，她还算是有些修养的，并未说出过绝情的话来。

把汉那吉为俺达汗和一刻哈屯的三儿子铁背台吉所生，其父母早早就去世了，是一刻哈屯从小将其拉扯大，把汉那吉就是一刻哈屯的心头肉。眼下她闻听孙儿投奔了大明朝，心中怎不担心？须知，俺达汗与大明朝可是一直为敌的，上次信使被杀的前车之鉴还历历在目，此次孙儿又自投罗网，她心中不敲鼓才怪呢。

俺达汗对一刻哈屯是豆腐掉在了灰堆上，一时间吹不能吹打不能打，毕竟她是他的第一位结发妻子，做事还把握分寸，她只是疼她的孙儿才如此撒泼的。当下，俺达汗也未再发火，而是将求助的目光投向了三娘子，他想听听她的意见。

三娘子自然心领神会。“出兵肯定是不合适。眼下，大明朝正准备同我们签订和平协议，我想他们也不会将把汉那吉怎么样？我们只带少许人，持你号令，前往大同府，先打探一下把汉那吉的情况之后再做打算。你看如何？”

“嗯，这样最好。先摸清情况。”俺达汗点头赞同，“明天我就带人前往。”

“我同你一起去。”三娘子道。

俺达汗笑了：“有夫人出马，一定会一切顺利。”

“这样行吗？”一刻哈屯此时已不再哭闹了。

“您就放心吧！”三娘子上前握了一刻哈屯的手。

两日后，俺达汗同三娘子带着百余骑骑士在距离大同府十几里的一处草地上扎了营。按照事先商量好的计策，俺达汗派一副将级别的将领带着五六个军士前住大同城下叫门。此时早已接到朝廷快报的大同巡抚方逢时正恭候着俺达汗的到来。他按照上级指示，将副将一行人接进城，引他们去了把汉那吉的住处——此时把汉那吉已被朝廷为了三品指挥使。这三品指挥使又是一个什么样级别的官员呢？其实这三品官说大也不大，说小却也不小，他相当于今天副省级之下，厅级之上的一个官，虽然没有一个相应级别的职称与其对应，但却也威风八面。当下，副将见过把汉那吉，见其不仅安然无恙，而且还当了大明朝的官，一时惊叹不已，遂问其愿不愿意同他回去，若愿意，他就同大明朝提出谈判条件，引他回去。然而把汉那吉在听了副将的言语后，却摇着头，就差说出阿斗的那句话——“此间乐，不思蜀”了。意为他在此生活得很好，不想回去。无奈副将只好空着手回去复命。而他回去时，方逢时还派了一位精通蒙语的百户长带了几名小喽啰护送其回营。这百户长又是个什么官呢？从字面上大家即可分析出，百户长不就是百户所的一位长官吗？是的，明代在兵制上一般都设有卫所，每百户为一所，所以百户长即卫所长官，相当于现在军队中的连级干部。此百户长姓鲍名崇德，是位见多识广、见人说人话见鬼说鬼话的老江湖了，早年他曾被俺达汗掳去过，在蒙营中生活过几年，懂得蒙语，而且也识得俺达汗。俗话讲，军属烈属不如惯熟。鲍崇德此次出城名义上是护送副将等人回营，实际上是带了使命前往的。方逢时之所以派鲍崇德出面与俺达汗接触，自然是在高拱和张居正的授意下行事的。虽然在级别上面鲍崇德与俺达汗相差甚远，但派此人与俺达汗谈却是经过一番深思了的。因为俺达汗此次是因孙子而来，属于家事。若派一位一品大员前往俺达汗处与其交谈，不但有损朝廷体面，而且万一谈不拢，俺达汗翻了脸，扣了大员，并以此相威胁，局面便会失控。而派鲍崇德前往，俺达汗却是拳头打在棉花上，有劲没法使，因一小小的百户长，是不值得俺达汗动手脚的。还别说，鲍崇德此行还真是小卒过河赛大车，起大作用了。

再说在营中等待消息的俺达汗和三娘子见副将回来，身边还多了位鲍崇德，一时不知就里，正要细问情况。鲍崇德却抢先向俺达汗和三娘子行礼道：“鲍崇德拜见可汗和夫人。”

俺达汗见鲍崇德面熟，仔细一想，认出了他：“是你小子，几年不见，混成大官了？”

“可汗说笑了，我只是一个小小的百户长，哪是什么大官啊。”鲍崇德嬉笑着回答。

“你一小小的百户长，怎么来到了我的营地？你来此是公干还是有别的什么事？”俺达汗问道。

“我听说可汗在此扎了营，便想过来看看你。另外你的孙子把汉那吉托我捎几句话给可汗。”鲍崇德不紧不慢地道。

“什么，把汉那吉让你捎话给我？把汉那吉现在怎么样？他让你捎什么话给我？”俺达汗急问。

“把汉那吉现在在我们那边不仅很好，而且还被朝廷升为大官，官位至少比我大三级。”

“这是真的吗？”俺达汗将目光投向了他的副将。

一直未开口说话的副将连忙点头，随后他将他见到把汉那吉的情况诉之于俺达汗。俺达汗听了副将的叙述，这才放下了心。看来这大明政府不但没有为难他的孙儿，而且还让孙儿升了大官，这可是他万万没有想到的事情。“你说，把汉那吉让你捎什么话给我？”他又向鲍崇德问道。

“他让我告诉可汗，他在我们那边挺好的，让你别惦记他。他不准备回草原了，他在大明朝当官挺过瘾的，很有成就感。这不，我们方巡抚这几天正为他四处说媒，准备给他找个汉人媳妇儿，把汉那吉已经答应了。”鲍崇德信口胡诌起来。

“什么？简直是胡闹。这怎么行。把汉那吉必须要回到草原。”俺达汗信了真。此刻他想到了临行前一刻哈屯对他说的话。——“你一定要把我的孙子给我带回来！”

岂知鲍崇德刚才所言却是半真半假，把汉那吉不想回草原是真，至于方巡抚为其张罗说媒却是鲍崇德故意惹俺达汗着急上火的。反正俺达汗也没见把汉那吉的面，说什么话还不是鲍崇德随便胡说。只要让俺达汗急了眼，接下来的事情就应该好办了。

俺达汗听了鲍崇德的话，果真着了急。鲍崇德觉得是时候了。“可汗，你先别急，要想让把汉那吉回到草原，我倒是有一办法能让他回去。”鲍崇德又开了口。

“什么办法，你快说。”俺达汗已被鲍崇德牵着鼻子走了。

“让朝廷下道驱逐令，将把汉那吉驱逐出境啊。”鲍崇德说道。

“这怎么可能呢，你们朝廷刚让把汉那吉当了官，又怎么会下令驱逐他出境呢？你脑袋被驴踢了吧？”俺达汗再傻也能分析出个事理来。

“世上什么事情都是可以变通的嘛。”鲍崇德又卖了个关子出来。

“怎么个变通法？”俺达汗不解。

“你知道我们大明朝最痛恨的是什么人吗？”

“什么人？”

“叛徒呗。”

“你指的是谁？”俺达汗问。

“叛徒就是那‘板申’——赵全。”鲍崇德干脆直接道明。

这下，俺达汗什么都明白了。“你是让我用赵全换回把汉那吉？”

“是啊。我们朝廷里的大官说了，只要可汗能将赵全等叛徒交出来，我们会立刻将把汉那吉送还给你，而且马上签订和平条约，开放通商贡市、马市。”鲍崇德见时机已到，干脆向俺达汗交了实底。

“这怎么可以呢，这不陷我于不义吗？这事万万行不通。”俺达汗当即拒绝。

“可汗，你可知道为何我大明朝一直不同你在边关地区开设贡市吗？全是因为赵全之流啊。赵全最反对我们之间进行交流了。你想啊，如果我们之间和平相处、进行贡市贸易了，他在你那儿还能起什么作用？你之所以看重赵全是因为他们一伙能为你作战出谋划策，为你出兵带路，今后如果我们一旦相互贡市了，你还会带兵打仗吗？仗不打了，赵全之流只能当一只癞皮狗四处流浪了，因为你不会再用他们了。你说他会赞成我们之间贡市吗？”

真是一语惊醒梦中人，鲍崇德的话让俺达汗一下子陷入了沉思。

“百户长说得在理啊。他的话你可以考虑考虑。”一旁的三娘子这时开了口。

"是啊，大汗。这些年我们同明朝连年开战，可战争给我们带来了什么？你看看我们现在的草原，牧民们过的是什么日子啊？牧场年年被烧，牛羊缺吃，牧民少穿，我看这战争早应该结束了。"副将也道出了他心中的一番话。

"你们说的都很在理啊。你现在可以回去转告你的上司，我答应你们所提的要求，将赵全交给你们。"俺达汗下了决心，他吩咐鲍崇德道。

鲍崇德听了俺达汗的话，高兴地笑了。难怪古人有诗云："宁做百夫长，胜做一书生。"看来他当这一百户长（与百夫长相同）——值了！

几天后，俺达汗将赵全一行九人五花大绑，交予了明朝廷，明政府也履行其诺言，将把汉那吉送还给了俺达汗。同时双边的和平协议也签订生效，双方停战言和，万民欢庆。此外穆宗皇上特下诏封俺达汗为顺义王，授以金牌王印。并在大同的新平堡、宣府的张家口堡外、山西太原的水泉营堡开设贡市、马市互市，这就是大明史上著名的"隆庆议和"。

在"隆庆议和"这一历史节点上，大家不难看出三娘子在此所起的作用了。而前面所叙的三娘子同俺达汗上张家口堡外厢关逛街的插曲，大伙也不难理解了。

由于鲍崇德在此次谈判中所立下的功劳，明政府对其进行了特别奖励，破例由百户长提升为三品大员，顶替了把汉那吉的空位。至于赵全等叛徒，那自然是推出午门斩立决了。

正是：连年征战一朝休停，

　　　百姓祈福万民欢庆。

# 第八回　女强人深明大义　来远堡后来崛起

上回说到的是三娘子在隆庆议和中所起到的幕后推手的作用。其实，有关三娘子的故事我们还未讲完。三娘子是位具有传奇色彩的人物，她的传奇不仅仅为懂汉语、会武功这么简单，她胸襟开阔，深明大义，在女性当中，绝对首屈一指，堪称巾帼楷模。

隆庆五年（1571）的农历六月十三日，这对于张家口的历史来说，是一个可以载入史册的、具有纪念意义的日子。因为这一天，张家口的茶马市场正式开市了。

既然是开市，那么市场内肯定是人声鼎沸，万头攒动，吃喝玩乐，应有尽有了——这是必需的。张家口一开市，市场内就像过节似的，其场面用语言来形容好像有些俗，倒不如实实在在地让货物来说话。先说汉民族这边，进入市场的除了生活中不可缺少的糖、碱、油、盐、酱、醋、茶，身上穿的绫、罗、绸、缎、布，日常用的瓷器、铁锅，生产用的犁、锄、镰、筢以外，光是吃的五谷等粮食作物就有几十种之多——什么玉米、稻米加高粱，大麦、小麦加莜麦，糜子、黍子加谷子，红豆、白豆加蚕豆，黄豆、黑豆加绿豆……真是五颜六色，品类繁多。相对而言，俺达汗从草原上带来进行贸易的物产，品种虽然少而单调，但却很是实在，除了活体的马、牛、羊、驼之外，其余就是这些动物身上的皮张、绒毛和一些乳、肉类制品了。此次开市，明政府未限制和限量物品的交易，不像嘉靖年代的互市，铁器制品是要严格受到限制的。

张家口开市这天，俺达汗就曾领着三娘子来此逛街。面对市场内热闹的场面，老夫少妻真是打心眼里高兴。几十年的征战，现在终于迎来了这和平互市的局面，这怎不让人欣喜而萌生一种特别想醉酒的感觉呢？当下，二人来到堡子外关厢的一家小酒馆内，点了几道蒙古味道的菜肴，尽情地喝了起来。这一喝，二人还真喝多了。不过那年头喝多也没关系，既没汽车可开，更没有交警查你酒驾，回家时骑在马上狂奔一阵，一旦迷糊了，天空当房，草地当床，美美地搂在一起睡上一觉，赛过神仙。事实上，夫妻二人就是这样行事的。

张家口与蒙古自互市以来，其贸易成交量与日俱增，超过了任何一处交易市场，成为茶马互市的主要市场。单以马匹计算，此地的成交量最高年曾达到了四万多匹。这一时期，蒙汉民族双方友好往来，和平共处，再无战火硝烟。人们礼尚往来，自由贸易，市场空前的繁荣，形成了民族之间的又一次大融合。没有了战争，双方边境自然也不再集聚那么多兵员，军饷、粮草开支逐渐减少，有的只有贸易的人群、牛群、马群和羊群。人们安居乐业，休养生息，当然这里也包括俺达汗与三娘子。

三娘子嫁与俺达汗之后，为其生有一子，取名卜他失礼。此段时间内，三娘子相夫教子，既操持家务，又关心政务。鉴于三娘子的聪明与才能以及高瞻远瞩的站位，俺达汗逐渐地将行政、军政与外交大权交予了三娘子。自然三娘子也不负众望，将内外事务处理得井井有条，不仅深得军中诸将领和百姓的拥戴，而且大明政府也十分信任她。在她主政期间，边关地区茶马互市秩序井然，贸易空前的繁荣。特别是张家口的茶马市场，三娘子来此的次数超过了她去其他市场的总和。

常言道：光阴易过，岁月无情。尽管俺达汗老当益壮，但现实残酷，年龄不饶人。万历十年（1582）二月，俺达汗走完了他生命的里程，抛下年仅三十多岁的三娘子，闭上了双眼。明政府闻讯，立刻派大员前来吊唁，慰问三娘子及手下官员。三娘子在悲伤中安葬了丈夫。

俺达汗去世后，三娘子虽然仍执掌着草原上的大权，但由于其为女性，汗位她却无法继承。继承汗位的是俺达汗的长子——年已五十岁的黄台吉。很快黄台吉被大明政府封为第二任顺义王。而此时的三娘子刚三十岁出头，出落得更加丰满迷人，具有女人的成熟美，令黄台吉十分着迷。况且黄台吉接位后也离不开三娘子的辅佐。为了便于工作，方便协调，黄台吉干脆直接向三娘子挑明——咱肥水不流外人田，“你就嫁给我吧”。

按理来讲，三娘子尽管是黄台吉的小后娘，但按照蒙古习俗，只要不是亲娘，黄台吉是可以娶三娘子为妻的。面对黄台吉的求婚，三娘子出于大局考虑，最终还是答应了其请求，尽管三娘子打心眼里并不喜欢她这位又老又丑又有病的后儿子。

三娘子嫁予黄台吉之后，蒙古与大明朝仍继续着边关互市，保持着十分友好的贸易往来，这样的日子持续了四年，直到黄台吉又撒手西归，其儿子扯力克继承了汗位，成为第三代顺义王。

从辈分上讲扯力克应该是三娘子的孙子。要说这扯力克，却不是位省油的灯。他不仅年轻气盛，而且对于奶奶辈的三娘子却有着非分之想。扯力克是位有些变态心理的男人，他对于年轻貌美的女人从不感兴趣，而对于类似于三娘子之类的中年女性却是情有独钟。早在几年前父亲黄台吉娶三娘子的时候，他就觊觎三娘子的美貌，想着有一天同三娘子同枕共眠，无奈被黄台吉捷足先登，他只能干瞪两眼，眼看着三娘子这只肥美的羔羊落入了父亲口中，却是无可奈何。眼下父亲不在了，他又成为雄霸一方的可汗，他想，这下他可以把三娘子收入囊中了。然而当他把此想法讲于三娘子的时候，却被三娘子劈头盖脸地给数落了一顿：“你小小年纪，什么样的漂亮姑娘不能找，干吗非要娶我这么一位上了岁数，且又是你祖母的老女人呢？不行，这绝对不行。”三娘子当场拒绝了扯力克的求婚。

然而扯力克在听了三娘子的话之后却不以为然：“我喜欢的就是像你这样的老女人。”他仍坚持要娶三娘子。按说这种事情，三娘子硬行拒绝的话，扯力克也是无能为力的，因为三娘子的权威他也要忌让三分。可世上有些事情却是说不清道不明的。为啥？其缘由只有三娘子心里最清楚——她呀，其实也是打心眼里喜欢她这位“疯孙子”的。只不过她是一时抹不下这个面子，矜持一下而已。

在扯力克的一再坚持下，三娘子经过一番深思后，纵观全局，最终还是嫁给了扯力克。

扯力克与三娘子成亲后，老妻少夫，日子过得十分甜美。这期间双方的边关贸易也起过一些小的摩擦与纠纷，但都被深明大义的三娘子给摆平了。三娘子仍旧扶持着第三代顺义王完成着她的和平使命。直到万历四十年，三娘子这位草原奇女子，走完了她六十三年的生命里程，永远地闭上了双眼，带着她未竟的事业安详地离开了这个世界，静静地躺在了美丽的草原上。

噩耗传开，整个草原都沉浸在失去这位和平使者的悲痛之中，山川呜咽，万民怀念。张家口百姓为了纪念这位给边关地区带来长久和平的女神，特意在她去世后的第二年，即来远堡建堡的那一年，专门为其建造了一座庙宇，人称“三娘子庙”。在此后几百年的历史长河中，张家口这座年轻的城市，虽然几经变革，三娘子庙内却香火不断，顶礼膜拜之客络绎不绝，即使城市扩建改造，旧的三娘子庙被拆除，但新的三娘子庙却仍旧矗立在三娘子当年经常出没的大境门附近。三娘子的故事依旧在蒙古草原和张家口一代代人中传颂着。至此有关三娘子的故事我们先告一段落，接下来我们接着讲刚刚提到的来远堡的故事。

说起这来远堡来，我这里还真的需要多费些笔墨来书写一下。按说张家口已经有了堡子里这座城堡了，为何还要在其北边距张家口堡不远的地方再建一座城堡呢？其原因主要还是出于军事上的站位与考虑。

随着茶马市场的繁荣与发展，张家口堡内及关厢占地已远远满足不了物质与经济不断提高的需求了，市场只能向外扩展。于是在张家口北面的长城之外，一个规模更大的茶马市场又形成了。该市场处于一道西沟和一道正沟之间，这两道沟沟谷狭长，道路蜿蜒曲折，买卖人来此做生意虽然不太方便，但却安全。因为是在明政府的地盘上做生意，小心驶得万年船，如此这样便防止了蒙古人的马队横冲直杀过来的隐患。这是明政府防患于未然的高明举措。

来远堡未建堡之前，长城外的马市就已经形成了一定规模，只是市场秩序还不太规范，欺市、霸市、诈市、炸市现象时有发生。从字面上看，欺市与霸市人们不难理解，但“诈市”与“炸市”又是何意呢？其实所谓的“诈市”就是市场上所存在着的诈骗行为。而“炸市”并非拿一炸药包去炸市场，却是与“诈市”有所关联。一般来讲，蒙古人好客、热情，做买卖实在，“诈市”行为较少。而汉人却是天生聪明，个别生意人唯利是图，做生意时往往以次充好，有时还用假币来蒙哄对方。而蒙人性子急，火气大，一旦发现上当受骗，便像炸了窝的马蜂一样，会群起而持械骚乱，这样便形成了“炸市”。不过这样的事件不是经常发生，市场总的趋势却是向好向大发展。每天来此交易的游牧民族与农耕民族相互交融，亲如兄弟，久而久之，双方熟悉得跟一家人似的。有的青年男女甚至冲破旧的婚俗，蒙汉联姻，居住在了一起，形成了夫妻式的合作关系。虽然此合作并非政治意义上的“和亲”，但却更为简单与直接。这些组建家庭既做蒙地的牛、马、羊生意，又做内地的茶叶、丝绸买卖，并且生儿育女，繁衍后代。后来此类型婚姻的家庭越来越多，蒙人学会了汉语，汉人学会了蒙语，直接交流，再不用找翻译来帮忙了。他们生下的儿女也早已分不出蒙人汉人，当时曾有歌谣这样传诵道：

堡子里堡子外，堡子里头做买卖。
你说买我就卖，买卖不成仁义在。
口里茶口外奶，不分关内与关外。
你的锅我的鞴，合成一家真不赖。
你和面我切菜，你我二人过起来。
……

新市场的形成与开放，自然吸引了天南海北无数商人与游客的目光。

这天午后，市场内来了一位打扮不俗的中年男人。他迈着方步沿市场街闲逛着，进了许多店铺却没买一样东西，只是随意与店家交谈，问这问那，好像是在做市场调查。逛完店铺后，只见此人走出市场，径直爬上了长城。在长城上他居高临下，俯瞰长城内外的地形，一直伫立了好长时间，直到天色已晚，他才从长城上走了下来。

列位读者，看到此处你一定会想我又该卖关子了。是的，我刚才所写之人究竟是谁呢？其实，他不是别人，正是宣府新上任的巡抚汪道亨。

说起这汪道亨来可不是一般的人物。他祖籍安徽怀宁，万历十一年进士，历任郎中、泉州知府、广东布政使、应天府尹、宣府巡抚。他自幼饱读诗书，有着忧国忧民的情怀。他上任宣府巡抚后不久，一道奏折便摆放在了万历皇上的案头。这是汪道亨在实地考察张家口的茶马市场及边关地形地貌之后，上奏给朝廷的第一个折子。他认为茶马互市的所在地虽有长城横亘守护，但防卫上还有欠缺。虽然眼下与蒙古人和平共处，但一旦发生战事，张家口以东的广阔地域却无险可守。张家口市距宣府只有六十余里，一旦垣门失守，成千上万铁骑必定会长驱直入挥师南下，宣府必危。宣府危则京城危，此道理显而易见。除此之外，市场内的不稳定因素也存在很多，张家口迫切需要再建一座城堡来防御不测和规范市场，这便是汪道亨折子上的主要内容。因为此折据实所言，皇上和朝臣们商议后，觉得该折子言之凿凿，便获准通过。随后，建堡的银两很快到位。汪道亨雷厉风行，立刻在张家口以北、长城以内约五十米的地方开始选址建堡。第二年堡子建成，与此同时修建完成的还有一段横跨大清河的水关长城。堡子建成之后，汪道亨为感谢朝廷“皇灵远荡，声教远敷”的浩荡皇恩，特将新建城堡取名为“来远堡”，同时该名也应含了“有朋自远方来，不亦乐乎”的深远内涵。有意义的是，该堡建成后，汪道亨特意将西南堡门取名为“永顺门”，与堡子里的“永镇门”相对呼应。二门虽然一字之差，但所含意义却大不一样。“永镇”为永远镇守，含守卫、保卫之意，因为当时建堡，蒙汉之间属敌对态势；而“永顺”则为永远顺利，含顺应历史潮流之意，此时蒙汉之间已友好相处。这充分说明了特定历史时期所包含的历史意义大不相同。

那么建成后的来远堡其规模又是怎样的呢？这里顺便也讲一下。来远堡位于长城内侧，北墙与长城相距仅十二丈。周长二里十三步，城墙高三丈五尺，墙下条石为基，环堡四隅各建一座戍楼，巍巍壮观。习惯上，张家口人常称该堡为“上堡”，称堡子里为“下堡”。

来远堡建成后，堡子成为新的贡市。整个市场一时又热闹起来。汪道亨令军队驻扎于此，维护市场安定，并严格约束买卖双方的行为规范，市场内一时间秩序井然，欺市、霸市、诈市、炸市现象逐渐减少，到后来杜绝了此类恶性事件。随着时间的推移，来远堡的市场规模又远远地满足不了市场的需求了，因为来此互市的蒙古客商愈来愈多，已经超过了市场的承受能力。在此情况下，当地政府只能采用“限市”措施，即蒙古商客进堡交易，需要排队领票进入。每日先只发放100张进堡门票，蒙古客商凭票入门，100人进堡后，守卫便将闸门关上，只出不进。这里所说的“闸门”，其实就是来远堡与小镜门之间的吊门。由此可见当时来远堡进行贸易的蒙古商人是何其的多。堡内交易正酣畅淋漓，而堡外山坡上还驻扎着许多等待进堡的蒙商，他们四处搭建的帐篷与满山遍野开放的山丹丹花交相辉映，形成了一道特别的风景。

来远堡的开放，不仅活跃了蒙汉的经济，促进了民族之间的交流，而且还使明政府税收大增。史书记载，当时来远堡光税收办公人员居住的房屋就达24间。由此不难想象出，其贸易额是何等的可观了。

来远堡是继堡子里建堡之后在张垣大地上矗起的又一座历史丰碑，它与堡子里交相辉映，上下合璧，形成了张家口独特的明代建筑群，为后人所仰慕。

正是：来远堡内茶马互市，

　　　长城脚下人马如织。

# 第九回　皇太极饮马边关　八大商出手相援

上回说到汪道亨建来远堡的事情，按道理来说，来远堡的建成，既加强了边关防卫，又规范了生意市场，是件利国利民的大好事情，然而世上有些事情往往是外表看上去光鲜亮丽，内里却坏到了骨髓，正好像得了癌症的患者一样，起初看着还像个正常人，但却已是病入膏肓，到晚期便无药可治了。当时的晚明政府也如同癌症晚期患者，虽苟延残喘着，但大厦将倾。崇祯年间，关内李自成起义，关外建州女真部落闹事，内外交困，乱作一团。

那么这建州女真又是怎么回事呢？咱先说这建州。历史上建州的名称共有两个，一个为南方福建的建州府（后改为建宁府）即今天的建瓯市。一个为关外的建州，关外的建州并非一个特定的城市，而是一个区域。明时在此区域设辽东指挥使司（其辖区为今辽宁省大部），统管辖区内的女真族各部（明初期女真分为建州女真、海西女真、野人女真三大部。过去的女真族已为现在的满族所替代）。

早年的女真族以狩猎和渔猎为生，后逐渐定居向农耕和畜牧业发展。明正统三年，明在辽东指挥使司设建州卫，此后又设建州左卫和右卫。委任各部首领，各统其属。崇祯年间，辽东全境女真各部为努尔哈赤、皇太极父子统领的建州女真统一。1616 年努尔哈赤在赫图阿拉城称汗建国，国号称为“大金”，史称后金（1115 年，女真首领完颜阿骨打建立金朝，史称前金）。1635 年，皇太极将女真族改为满洲族。崇德元年（1636）

皇太极在盛京（今沈阳）称帝，建国号大清。

如此一讲，从未研究过历史的读者，头脑中对建州女真、努尔哈赤、皇太极、满族以及大清等名词已有了一定的概念，接下来咱们的故事就容易往下讲了。

皇太极建大清后，雄心勃勃，开始觊觎关内的大明江山。无奈，此时其羽翼未丰，大明朝国力虽已衰落，但其战将却依旧宝刀不老，前五位排得上号的像李定国、孙承宗、卢象升、孙传庭、洪承畴等人，哪个出马都会让清军惊出一身冷汗来，而排在后面的曹文诏、袁崇焕、毛文龙、满桂、祖大寿等将还在休息等待，故而皇太极纵观全局，决定先拣软柿子捏。

1632 年，蒙古的林丹汗部与其争夺领地，皇太极想捏软柿子正无处可找，刚好瞌睡送来个枕头，而且还是只绣花枕头。林丹汗哪经得起气势如虹的“皇军”（皇太极的军队）打啊，只短短几个回合，林部便被“皇军”打得抱头鼠窜，一声“风紧，扯呼”，便仓皇而逃。于是，林丹汗前面跑，“皇军”后面追，一直追到了宣府地界。宣府城内守军将领，见有外军闯入防区，以为是敌人入侵，心道：这还了得，不给你些颜色看看，你也不知马王爷有几只眼。遂一声号令，立刻开门出兵开打，三军混战，好一番热闹场景。打斗中林丹汗自然不敢恋战，趁宣府守军缠着“皇军”，率残兵借机向张家口方向逃窜。皇太极见状，下令摆脱明军，继续追赶林丹汗。宣府首领打了一阵发现情况不对，抓了俘虏一问详情，才知是外人打外人，自家来添乱，便赶紧鸣金收兵。

再说林丹汗率残部刚逃到张家口堡附近，“皇军”便又追至。林丹汗本以为张家口堡驻军也像宣府驻军一样，会出城搅和一番，他可借机而逃。岂料，他们来到城外，只见城门紧闭，城内驻军立于城墙之上只看热闹，并不开门参战。“奶奶的。”林丹汗只得暗骂一声，继续向万全右卫方向逃跑。到了万全城下，追兵又至，万全驻军也像宣府驻军一样，开门出战。又是一番混战。林丹汗再次借机逃窜，越过野狐岭，然后逃进了茫茫草原。而皇太极部被万全守军缠住，再也无法追逃，双方互打一阵，谁也未占什么便宜，只好各自鸣金收兵。

此次战斗，皇太极手下一位名叫铁托真的爱将被万全守军一箭射中左胸，伤势极重，伤口已被感染，若不及时医治，恐有性命之忧。而军中医官对此箭伤却是束手无策。皇太极心急如焚，在军队返程途中，皇太极再次路经张家口。鉴于张家口堡驻军在林丹汗逃来时未出援手，皇太极对其心生好感，决定不在此地骚扰，而是将军队扎于张家口堡十里之外的山野宿营，饮马休整。军队驻扎后，皇太极一面让人埋锅造饭，一面派出人员去堡子里寻找良医，为铁托真医伤。不久，大夫被请来了。这是位年过半百的老者，鹤发童颜，精神矍铄，让人一看就知道是位医技高超，且能给人带来希望的神医。老者身旁还跟有一位三十多岁的中年汉子，此人给人印象也是形神兼备，儒者风范。

老者首先检查了铁托真的伤情。随即便打开随身带来的药箱，取出手术器械，开始为铁托真医伤。老者医治期间，那中年男子一直陪在老者身边，为其打下手。此番情景被皇太极看在眼中。一个时辰后，手术完成。二人被请到了皇太极的大帐内。

“没事了，我已清理了他化脓的伤口，并给他上了我祖传的金疮药，三天后伤口便会结痂，此后再换几次药就会好了。”老者早已看出皇太极身份不一般，遂抢先告诉了其伤者的伤情，以解其心中之忧。

皇太极自幼与汉人作战打交道，不仅精通汉语，而且也识得汉字。他在听了老者的话之后，自然高兴异常，当即吩咐随身侍从：“多拿些金子，好好谢谢老人家。”

“且慢，救死扶伤乃医者分内之事，你若谢，就谢我这外孙吧，是他让我来大营为将军医伤的。”老者告诉皇太极。

“这我倒没看出来。请问在下怎么称呼？”皇太极转身问中年男子。

“我叫范永斗，是位生意人，曾去过关外，与大清国有过生意上的来往，识得大清国不少的朋友。朋友的军营内有了伤者，我岂有不救之理，所以我便带外公过来了。”范永斗简单说明来意。

“好，我手下人难得结识你这么有情有义的朋友，四海之内皆兄弟。来，今日咱有缘，我就同你们爷儿俩喝上一杯。来人，拿酒来。”皇太极吩咐一声。

“且慢，今日天色已晚，想你营中也未必有什么好下酒的菜肴，我看不如这样，明天咱去堡子里的宴宾楼喝，让你品尝一下我们当地的特色味道，我做东，将军请客如何？”范永斗此时并不知皇太极为谁，只猜测其非等闲之人，故以将军称之。

“哈哈哈哈，好，爽快，就依你的，明日我一定赴约。”皇太极高兴地答应了范永斗的邀请。

须知，范永斗的这一邀请，为他日后成为大清御用皇商埋下了重重的伏笔。那么这范永斗又是何许人呢？真的如他所说是位生意人吗？是的，他说的一点没错。他的的确确是位商人。范永斗祖籍山西人，迁至张家口已历经几代，祖父辈一直从事着边关贸易，积攒了无数家私。此后范家生意越做越大，到了范永斗这一代已达到登峰造极的境地。范永斗不仅是位商人，而且还是位三高商人。所谓的“三高商人”是指智商高、商情高、胆量高。“智商高”当然是指商业头脑了，没有高智商的商业头脑岂能做得商业买卖？“商情高”指的可不是男女之间的那种情商，而是指商业情报。范永斗一直从事边关贸易，对于商业情报极为重视，什么地方缺粮，何地需要铁器，他都了如指掌。他不惜重金买通明府官员，获取商业情报。故而他与朝廷及当地政府官员常常能打成一片，这便不难理解他家商铺常挂着的那副对联了——“生意兴隆通四海，财源茂盛达三江”。“胆量高”指的是做买卖所需要的胆量了。当时的环境，有些买卖明政府是严禁或是限量与外界做的，像粮食、食盐、铁器等物，要想做就得需要冒杀头的危险，而此类买卖却是利润极大。范永斗不仅做了，而且还做得很大。这不，当他手下的眼线人员，探得了清军驻扎在城外，而且军中有伤员急需治疗的消息时，他便主动找到皇太极派来堡子里四处找医生的军士，带着名医世家出生的外公，前往军营，因为他知道皇太极的军营内目前最缺的是什么。你说如此精明之人，天下生意岂能不被他拢了去。

翌日，皇太极微服带着他的军师及两位副将如约而至。范永斗这边有八人陪客。这八人为范永斗、王登库、靳良玉、王大宇、梁嘉宾、田生兰、翟堂、黄云发。这便是日后钦封的八大皇商。那么，范永斗请皇太极喝酒，为何要拉上另外的七人呢？这自然有范永斗的考量。因为此番他准备要做的生意是与刚刚在关外崛起的大清国之间进行，单以他一个人的力量是远远不够的，因为在他想来，此单生意一旦谈成，不仅量大，而且风险极高，万一商情败露要么法不责众，要么要死大家一起死，你说他不拉一伙人入股能行吗？由此可见，这范永斗是何等精明之人。

入座后，范永斗将他这边的人一一介绍给了皇太极，皇太极同另外七人微微颔首相认，接下来便是一番好酒好菜上来，然后就是觥筹交错，推杯换盏了。皇太极几人由于近月来连续作战，已是很长时间没吃上一顿可口的饭菜了，面对着类似于满汉全席的丰盛菜肴，这一顿猛吃，直吃了个肚儿圆圆，再也吃不下去的时候才作罢。席间，主客双方谁也没提及生意上的事，只谈了当地的风土人情、笑话之类，如此这样才尽显了“此时无声胜有声”的高端谈判技巧与沉稳。饭后，皇太极自然要兑现其昨日之言，让手下人去结账，然而范永斗事先早已将此事了结，哪用得着皇太极买单。无奈皇太极只好由范永斗等陪着，游玩了下堡、上堡及长城上的名胜景点，这一番畅游令皇太极感触颇深，感慨良多。上堡、下堡生意场上的繁华，长城内外的大好河山，无不激发了他要一统江山的雄心与野心。游玩过后，范永斗又安排其吃了晚饭，双方约定了明日再游的时间地点之后，才分了手。看来这皇太极游玩的兴致还意犹未尽。这一天，生意上的事情自然谁也没有提起。但范永斗心里清楚，以他在生意场上这么多年来摸爬滚打的经验分析，越到后来，生意会越大越好做。双方现在越将弦绷得紧紧的，这说明其重视程度越高。

皇太极由范永斗陪着在张家口足足逗留了八天，这才拔营起寨，打马回家。临行他也没同范永斗提及生意上的事，这下范永斗有些蒙圈了——难道是自己太过自信，判断失误了吗？如此一来，自己的这个局不是白做了吗？那七家弟兄会怎么看我呢？这脸可丢大了。为何那人（皇太极）——他一直不知“那人”是谁——临行时不同他提及生意上的事呢？难道他只会打仗而不知其军中所缺物资？这也太离谱了吧？

“皇上已将与你想要做的事情都交予我了。”这时他的身后传来声音。范永斗回头见是留在此地养伤的铁托真。

“皇上？你说的皇上可是我请他吃饭的那位……”范永斗上前握了铁托真的手。

“不是他还有谁能称得上皇上二字呢？”

“这……”范永斗再次蒙圈了……

事后铁托真将皇太极将他留下来的目的讲予了范永斗。铁托真之所以被皇太极留下，一来是他的箭伤还需换药，二来也是最主要的，就是要他与范永斗达成生意上的往来。目前大清国急需的战略物资就是粮食与铁器。因为辽东在永乐年间马市一直开放着，这给女真族的经济带来了繁荣，但到了万历后期辽东马市一关闭，便彻底断了女真族的生计，皇太极的军队只能靠抢来度日了。此次皇太极来张家口结识了范永斗等人，发现这里的边关贸易如此红火，自然要想着来此做生意了，这与范永斗心中所想不谋而合。但以皇太极的身份与你一小小商人去谈生意未免有失尊严，故而他便责成了铁托真留下来与范永斗商谈。而范永斗心中所期盼着的不正是此种结果吗？当下范永斗与铁托真二人就相互买卖内容达成了一致共识——一个你情，一个我愿，此事岂有不成之理。大清国目前急需粮食与铁器，粮食自然是为了填肚，而铁器却是用于军事，军队打仗不能只拿着一根棍棒作战吧？棍棒上不得安上铁器做的枪头吗？千军万马如此大的用量，你说这生意能小吗？读到这里，有读者不仅要问了，做买卖是需要钱的，“皇军”连年作战，他能拿出那么多钱来做边关贸易吗？此问题问得好。皇太极的确拿不出那么多钱来做这么大的生意。但他手中有货呀，他能以物易物，过去还未造出钱来的时候，市场内不都是以货换货吗？他家用十颗鸡蛋，换你一口铁锅；你家一只野兔，换他家五斤粮食，日子不也这么过来了吗？那么这皇太极手中又有什么货呢？这你可别小看了这皇太极。常言说得好，东北三件宝——人参、貂皮、乌拉草。诚然用乌拉草来易物是不可能的，但人家有的是高丽参和貂皮啊。那貂皮可是他当地特有的“软黄金”啊。一说“特有”二字，人们便自然会想到“物以稀为贵”这一俗语，就如同当今人们一提酒便想到了国酒“茅台”一样，那是人家茅台酒厂独有的专利。而貂皮大衣不仅在过去，在当时，就是在现在也有为数不少的人穿不起。然而在当时的明廷内，达官贵人，富商豪门，太太小姐，哪一位不需要穿一件来显示他们尊贵的身份呢？只有李白式的人物，才将“五花马，千金裘”用来换美酒去喝，而“千金裘”不正是现在我们所说的貂皮吗？其实李白当时用千金裘去换酒喝，也肯定是在醉酒的状态下行事的，酒醒后他也会后悔的。扯得有些远了，咱还说咱的貂皮。按当时市场所需量，以几万张的貂皮来估算，其市场量便可想而知了。所以此项交易自然能够谈得成。买卖谈成之后，接下来就要付诸实施了。于是大量的粮食和铁器通过张垣市场被秘密运到了关外皇太极的营中。自然，大批的人参、貂皮也运到了张家口这座转运站，然后貂皮被缝制成“千金裘”，穿在了宫廷内婀娜多姿的太太小姐们身上，至于这些貂皮从何而来，贵人们才不管呢，真是“商女不知亡国恨”，如此这般大明朝不灭才怪呢。

有了张家口这八大商人的支助，“皇军”的军事及经济实力在不断增强，国力已是今非昔比。不久，皇太极又派出由上百人组成的贸易团队来到张家口进行边关贸易，带队的便是以希福贝勒为首的达雅奇和铁托真等人。此后希福贝勒又带其他贝勒来此互市，与八大商人打成一片，久而久之相互间便处成为铁杆兄弟。那么这贝勒又是什么玩意儿呢？其实这贝勒（一般称为贝勒爷）是满族贵族皇室的一个爵位，地位仅次于亲王、郡王，都属皇亲国戚。

好了，以上写了这么多，咱也该来个总结了。

其实，从历史的眼光去分析以上所写的这八大商人，他们的生意做得的确很大，不仅促进了边关的贸易，同时也为蒙、满、汉之间的民族融合和经济交流做出了巨大贡献，推动了社会生产力的发展。但从另一角度分析，他们所做生意还是以己为圆心进行画圆的，最终目的只有一个字——利。此外他们头上每人都顶着一顶“叛徒”的帽子。假若明朝不被大清所灭，这八大商人的所作所为，一旦被东厂或西厂的特务组织查实，其命运便会像当初的赵全一样，不被推出午门斩立决才怪呢。当然我在这里只是来个假设。历史就是历史，可没有那么多的假设。

正是：关外兴，大清国。
商贾功，有评说。
千秋业，是非过。
历史事，不容错。

# 第十回　统兵入关多尔衮　万里长城第一门

上回说的是八大商人助力皇太极的事情，这回咱接着这皇太极继续往下讲。说起这皇太极来可是位厉害的角色。他的大清国自从同张家口商人进行边关贸易之后，国力与军力都得到了加强，他不仅通过张家口的茶马市场将蒙古的大批良马引进到他的八旗军队，而且还储备了许多用于作战的粮食和铁器，目光紧盯着关内的大明江山。按说在他清朝周边诸如高丽国（朝鲜）、蒙古一带区域也很广阔，凭其当时实力，吞下这些地方对他来说易如反掌，可他为何要舍近求远，而要力主挺进中原呢？这里自有他的一番考量。在他看来，高丽、蒙古乃“鸡肋”，这些地方要吃没吃要喝没喝的，取了还要养活这些地方的百姓，没啥意思。而且一旦将其精锐之师的锐气消亡殆尽，更是得不偿失。相比之下，倒不如一鼓作气先将中原拿下，那里米面、粮油、大鱼、大肉，肥得流油。如果拿下中原，他的后辈儿孙、八旗之弟，那要吃多少辈子呀？如此分析，大家便明白了皇太极为何要将目光紧盯着大明江山的用意了。而要想入主中原，首先得将明朝的边边角角，防守较为松懈的外围等偏远地带拿下，储备一下作战物资，然后大军再长驱直入，饮马长江。山海关一带，明军屯兵较多，防守也严密，目前要避其锋芒，最好不与其正面发生冲突。经过考虑，他决定绕道从明朝的西北方向，即张家口一线进行攻击。于是，皇太极在追打林丹汗后的第二年八月，令其同父异母的弟弟多尔衮，带精兵十万，从独石口进兵，直逼张家口一线。临行前，皇太极特意叮嘱多尔衮道：“张家口不要动兵，只把宣府、万全卫拿下即可。”

你道皇太极为何特意要叮嘱多尔衮这句话呢？原来这皇太极是位爱憎分明之人，做事如此，打仗也是如此。上次他带兵追赶林丹汗，由于宣化府和万全卫都出兵掺和，使得林丹汗趁乱逃脱，而张家口堡却未出一兵为林丹汗助阵，故而皇太极对宣府和万全卫一直耿耿于怀，而对张家口堡却心存感激，后来张家口堡又同大清国互开了贡市，八大商人又鼎力助其军粮及军用物资，皇太极哪有加害之理。如此一来，宣化府和万全卫便倒了霉。多尔衮率军先围了宣化府，然后立刻攻城，可攻了几天，宣化府守军却是迎着炮火玩命抵抗，多尔衮连攻数日，宣化府军旗不倒，城池岿然不动。无奈多尔衮只好放弃围攻宣化府，又向下一目标而去。他听从皇太极的指令，到了张家口堡，秋毫无犯，而是直接率军绕道奔袭万全卫。万全卫守军没怎么抵抗，城池便被攻陷。多尔衮进城烧杀抢掠一番后，这才领兵而去。

1643 年农历八月初九日（公历 9 月 21 日），清朝杰出的军事家、政治家皇太极突然猝死于清军入关前夕，未能看到他入主中原夺取全国政权的那一天。关于皇太极猝死的说法一直有很多，有的说是被人用毒酒毒死的，有的说他是过于肥胖，因心脏病突发而死。总之，不管是哪种说法，反正人是死了。

皇宫不可一日无主，皇太极死后，众臣经过一番艰难的抉择后，最终一至通过，立皇九子——五岁半的爱新觉罗·福临，也就是后来的顺治皇帝为新皇，由摄政王多尔衮和郑亲王济尔哈朗共同辅政。

1644 年 4 月 22 日，多尔衮在经过长时间精心准备之后，突然带兵攻入关内。灭李自成、张献忠农民起义军，夺取天下，10 月移都北京。如此一来，顺治皇帝便成为大清国入关后的第一位皇帝。写到这里，有人不禁要问，你写了半天大清以及大清皇帝，与咱张家口有什么关联？客官先别急，咱们先让大清皇帝给咱做个铺垫，下面马上就与咱张家口有关系了。

就在这一年，咱张家口发生了两件大事。一件是大境门洞开，另一件是朝廷在京敕封了范永斗、王登库、靳良玉、王大宇、梁嘉宾、田生兰、翟堂、黄云发等八大商人为皇商。咱先说这第一件事情。

大境门位于张家口市区北部长城之上，门外东、西太平山巍然对峙，地势十分险要。它是一座由条石为基、砖块砌就的拱形门洞。门墙高 12 米，底长 13 米，宽 9 米，有木质铁皮大门两扇。顶部为一平台，长 12 米，宽 7.5 米。外有 1.7 米高的垛口，内有 0.8 米高的女儿墙。门墙上书写有“大境门”三字。三字之上另有苍劲有力的四个大字——“大好河山”。此四字为 1927 年时任察哈尔都统的高维岳将军书写。大境门是有了，那么，此门究竟是明政府所开，还是清政府所开？在长城之上开这么一道突发奇想，后被史学家称为“万里长城第一门”“京西第一门”的城门，究竟出于什么考虑？它洞开的具体时间是在几月份？这里可有什么故事？下面听我细细道来。

当年开大境门的时候，晚明政府正处于“山河破碎风飘絮，身世浮沉雨打萍”的危困境地。国内李自成、张献忠起义，关外多尔衮虎视眈眈，内外交困之际，明政府只能将张家口等边关地区的大批驻军调往京师应急，张家口长城一带一时没了驻军。在军情如此危急的情况下，明政府哪顾得上在长城上开大窟窿呢。那么公鸡头母鸡头，不在这头就是在大清那头了。是的，大境门毫无疑问为大清所开。

1644 年，对于大清朝来说也是多事的一年。4 月，多尔衮带兵攻入中原，战事繁多。这之前张家口还未解冻，开门迎客也不是时候。10 月，大清又忙着移都北京，加之张家口寒冬将至，也非开门时节。由此推算，大境门的开通只能是在 5 月至 9 月这 5 个月的时间段内了。那么在长城上开门，如此重大的工程非重量级的人物是决定不了这项内容的。可当时多尔衮中原作战正酣，也抽不出身来顾及此事啊。是的，他是顾不得，可他手下有人顾得啊。当时多尔衮指挥军队力战中原，兵员马匹损失较大，急需大量兵马补充。兵员可从降军中列编，可马匹只能从蒙地购买。于是多尔衮一道指令降到了贝勒希福的头上，令他十天之内无论用何办法将两万匹战马送到前线。军令如山，希福接令后一时犯了难。战马他通过张家口的铁哥儿们范永斗等人从蒙地能够搞到，以前他不止一次地同范永斗做过如此生意，为“皇军”筹备了许多军马，可此次情况却有些不同了，因为时间上却是太紧张了。他一时急得抓耳挠腮，赶紧召集几位常在张家口做生意的贝勒商议此事。

“如果能在张家口长城上开个口子，让蒙地的马匹直接从口子穿过，或许能够节省一两天的时间。”达雅齐开口说了一句话。

希福闻听：“哎，此办法不错。”

“不错是不错，可张家口一线长城是军事重地，在那上面开口子叔叔会同意吗？”铁托真口中所说的叔叔自然是指多尔衮了。

“先不管那么多了，等马匹进来，咱再把那口子堵了不就行了吗？好了，就这么定了。”希福拍了板。

说干就干，希福等人当下便带了一小队军马赶到了张家口堡子里，此时的张家口堡已是大清国的属地了。希福一面让范永斗、王登库几人上蒙地购马，一面招募当地农民工在张家口长城上开口子。五天后当范永斗和王登库等人赶着两万匹战马来到大境门外时，长城上的口子早已凿开，正等候其到来。于是战马浩浩荡荡通过长城口，只用了八天时间便来到了前线。希福走进营帐向多尔衮交差，当多尔衮问起希福为何如此神速便完成了任务时，希福也没隐瞒长城上开口子一事，如实禀报。多尔衮听后不仅没有责备希福，而且还大大地表扬了他一番。“此事干得漂亮，等中原平定之后，我会论功行赏，好好奖励你的。另外长城上的那口子也别再封上了，干脆你就令人在那口子上建一座城门算了，这对我们今后出入蒙地，贸易互市大有益处。”

希福闻听当即高喊一声：“嘛！”随后便向多尔衮求题门名。

多尔衮沉思一番：“今后我们同境外的生意会越做越大，门名就叫‘大境门’吧。”

“门上的字是需要门面的，这门上的字……”希福希望多尔衮题一幅字。

“门面的事你看着办吧，我是顾不得。”多尔衮将希福想要说的话给堵了回去。

“嗻！”希福领命而去。

随后我们后面传说便来了。

希福从多尔衮营帐内出来，马不停蹄地直奔盛京（沈阳）而来，因为他考虑再三，觉得皇上的字最有门面，遂决定向小皇上求字。

盛京皇宫内，五岁半的小皇上福临，正在案几上练写大字，侍从进来告知希福求见，便停了手中的笔，宣其进殿觐见。希福从外进来，三叩九拜之后，将来意诉之了小皇上。小皇上闻听希福是来向他求字的，心中很是高兴，当即取了案上的纸墨笔砚，按希福的要求，挥笔在纸上写了“大境门”三个楷字，并在落款处写了“顺治题”的字款。待纸上墨迹晾干后，他将字交给了希福。希福将字仔细端详一番，觉得字虽然稚嫩了一些，但具备一定功力，而且又是皇上所题，遂如获至宝，谢恩后拿着小皇上的御题，退出大殿。

这年农历五月的一天，经过一番烧香祈祷、敬天敬地之后，大境门在张家口的长城上开始动工修建了。经过三个多月的施工，九月中旬，工程顺利完工。大境门这座雄伟的建筑从此便矗立在了张家口的长城之上。传说中顺治皇上所提的“大境门”三个大字也被工匠临摹雕刻在了城门墙上，虽然落款被省了去，但“大境门”三字却熠熠生辉，历经百年风雨、沧海桑田，仍横平竖直、刚劲有力地展现在城门之上。

说到此，这里还有一个小插曲也顺便讲一下。

大境门修成后，木匠师问监督官，包城门的铁皮门板之上，该钉多少铁钉使其固定。监督官也没怎么思忖，随口告诉木匠师：“从你家的家门到大境门这段路，你能走多少步，门上你就钉多少颗钉。”木匠师遂按其所言，量了步数，步数为多少，城门门板上便钉了多少钉。以上是一个大境门门板上钉钉的小故事，属稗官野史，不足为信。

回过头来咱再说这八大商人。这年 10 月，大清国迁都北京，迁都大典之际，朝廷并未忘记那些曾经的功臣，特意将为大清国做出了巨大贡献的范永斗、王登库等张家口的八位商人，请到京城，与其同乐，并授予其“皇商”称号。

正是：大清国一统天下，

八大商受封皇家。

# 第十一回　茶楼内康熙探访　长城外沙场点将

上回说到天下一统，大境门洞开，张家口八大商人京城受封一事。此回我们接着讲大清一统江山之后，张家口又发生了哪些故事。

历史上历朝历代的帝王将相，开国初期及中期，都将国家治理得很好，呈现出一片繁荣盛世，像汉代的“文景之治”，唐代的“开元盛世”，明代的“永宣盛世”，清朝也毫不例外，顺治之后，康熙继位直至乾隆登基，也出现了历史上著名的“康乾盛世”。

康乾时期，流传于世间的、有关康熙和乾隆二位皇上的传说很多，单就二人在咱张家口发生的故事，咱三天三夜也说不完。这里咱专拣两段较为出名和搞笑的故事与大家分享一下。

康熙在历史上被称为大帝，这“大帝”二字可不是随便叫的，必须要名副其实。康熙大帝名为爱新觉罗·玄烨，是清朝定都北京后的第二位皇帝，年号康熙。康熙 8 岁登基，14 岁亲政，在位 61 年，是中国历史上在位最长的皇帝。他擒鳌拜，平三藩，战沙俄，三征噶尔丹，为中国成为统一的多民族强国立下了无人能够替代的卓越功勋。

康熙二十九年（1690），新疆准噶尔部首领噶尔丹，在俄国政府的怂恿支持下，进攻内蒙古清军领地，与清王朝直接发生冲突。康熙帝为了维护祖国的领土完整，亲率大军，征讨噶尔丹。康熙三十五年（1696），康熙帝再次来到张家口，在此集结兵力，准备给噶尔丹狠狠的一击。在等待各路兵马会集期间，他来到堡子里，一边视察军务，一边来到百姓中微服私访，了解民情。

这天康熙带着两位侍从来到堡子里闲游，三人在店铺林立的街道上行走着，忽然被前面一座木楼上悬挂的一面幌子吸引了。此幌白幔黑字，上面写有“天下第一”四个大字，字迹隽洁，笔力遒劲。康熙自幼饱读诗书，潜心笔墨，对手谈（围棋对局时的别称，因用一只手的中指、食指运筹棋子，在棋盘上斗智斗勇，如同在棋局中以手语交谈一般，故称为“手谈”）、书画情有独钟。眼见幌上字体独特，猜想等闲之人难以写就，又见上写“天下第一”字样，便心生好奇，遂迈步走进店内。

店铺为二层阁楼，一进门厅有两根立柱竖于眼前，柱上一副对联颇有韵味：

茶亦醉人何须酒，
棋自陶我不须画。

康熙驻足观联，从联上书写内容，他觉得此店应是一座茶楼或是弈馆。进得厅来，只见厅内环境儒雅，天井下摆有七八张棋桌，有两张桌上有几位棋客正在下棋。见有人从外进来，店内一位小二打扮的年轻人赶忙上前相迎：“三位客官是要品茶还是弈棋？”

康熙猜得不错，此处正是一处喝茶与下棋合二为一的所在。康熙见一楼大厅人员嘈杂，便道一句：“品茶。”走了一路，康熙也的确感到有些口渴了。

“楼上请！”小二遂请三人上了楼。

三人上得楼来，见楼上同一楼一样，也摆有几张桌子，却是茶座。座上无人，只有迎街靠窗的地方坐一年约七旬的老者在那里看书，细看书面，上有“弈括”二字，知老者看的是一册棋书。再观老者，鹤发童颜，精神饱满，身形不俗，想必是茶楼主人了。见有人上来，老者合书迎客。“客官想喝什么茶啊？”老者果然为茶楼主人。

“你这儿都有什么上好的茶啊？”康熙坐一茶桌旁随口问道。

“我这儿有红茶、绿茶、白茶、黄茶、黑茶以及乌龙茶。这要看客官想品什么口味的了？”老者道来。

康熙略一思忖：“那就来壶黄茶吧。”他点了一壶与自己身份有关联的茶出来。

老者闻言，看了一眼康熙，随又开口问一声：“黄茶有海马宫茶、霍山黄芽茶、远安黄茶、君山银针茶、路丁茶。客官想喝哪一种？”

“嗬，品种还够多的。你有这么多品味的茶我也不知该品哪种好了。你就给推荐一壶吧。”康熙让老者随意上一壶。

“那老朽就给客官上壶海马宫茶吧。此茶青高味醇，回味甘甜，肯定适合客官的口味。”老者笑道。

“那就上一壶吧。”康熙十分随意。

很快，老者从茶室端一壶自己亲自炮制的海马宫茶出来，取杯为康熙倒上。

康熙举杯品了一小口，“嗯，正如你所说，此茶青高味醇，甘甜香口，不错，不错。”康熙赞叹不已。“来，老哥，你也坐下，我有话问你。”

老者闻话，在康熙身旁坐下：“客官有何话要问老朽？”

康熙指指窗外：“你窗外幌子上的字是你所书吗？”

“是老朽所写，怎么，有问题？”

“字写得很好，舒展大方，隽秀有力。只是你这‘天下第一’……”康熙将话有意停顿了一下。

老者听了康熙所问，笑道：“客官所问同其他客官问老朽的话一样，为何我要在此挂一‘天下第一’的幌子？其实这天下第一，我也只是为了招引顾客而挂出的一面招牌，非茶楼的茶和棋技天下第一。不过老朽有一点在天下还真能占得第一。”老者讲到此也有意停了一停。

“您老是什么占得了天下第一啊？说来听听。”康熙好奇了。

“说起这事，即使是当今皇上也不一定有我这样的福分啊——那就是，我这一生共生有十个儿子，每个儿子又都给我生了十个孙子，我现在有一百个孙子叫我爷爷，你说我占得占不得这天下第一？”老者很是自豪地告诉康熙。

康熙听了老者的话禁不住“扑哧”一声笑了。原来是这么一个天下第一啊！老者的话虽说有些荒诞，但的确也能称得上为“天下第一”，实至名归。想想自己，宫院内尽管皇后、皇贵妃、贵妃、妃、嫔、贵人、常在、答应无数，但细算起来，儿女虽说比老者多，但孙子加一起却没有老者多。故而老者这“天下第一”也并非浪得虚名。

当下，康熙也不计较老者那一句“即使是当今皇上也不一定有这样的福分”的话，而是对老者道一句：“今日技痒，能否在此同老哥弈上一盘？”他觉得老者既开了茶楼弈馆，棋技一定不俗，随问老者。

“来的都是客，客官既有雅兴，老朽陪弈即是。”老者言罢令小二从楼下拿一副围棋上来，摆开阵式，同康熙对弈起来。

康熙的棋技那可是有相当水平的，他不仅喜欢手谈，而且深得当时大国手黄龙士、徐星友的真传，与宫廷棋手对弈，也是胜多负少，可谓对手极寡，故而他自认为胜老者应该是轻而易举。然而没想到老者的棋力却是超乎他的想象。一盘棋下来，他输与了老者。康熙一时不悦，心虽不服，但还是与老者复盘交谈。老者指出了其输棋原因：“此盘棋你求胜过于心切，急于冒进，本来大好的形势，却因骄傲大意而放松了警惕，随手棋迭出，导致了最后的崩盘。”

康熙听了老者的话，点头称是。第二盘棋再弈，康熙稳扎稳打，攻防有度，终于胜得此局。康熙本想与老者再弈一局，但考虑到战事在即，遂与老者告辞，准备回营。

临行，老者却道出一语：“客官，此番出征，要备足冬衣，你别看眼前的六月骄阳似火，可今年这天与往年不同，胡天八月会有寒雪，要早备棉衣。”

“老哥，你怎么知道我要出征？”康熙吃惊道。

“天机不可泄露，客官听我之言即可。”老者言罢不再说话。

翌日，康熙所集大军陆续到达。大境门外校场内，八旗军队列队齐整，旌旗猎猎。队伍一侧，上千门“神威无敌大将军”（清朝特制火炮，威力巨大）、红夷大炮，威武地排列在那里，气势如虹。康熙头戴盔帽，身披铠甲，精神抖擞地驰马来到阵前，临阵点将，然后马鞭向北一挥，“出发！”随着康熙的指令，千军万马风驰电掣般地挺进了草原。

此番征讨，康熙率大军直逼噶尔丹腹地，双方拉开阵式，好一番激烈的战斗。只见草原上战马驰骋，狂沙翻浪，刀光剑影，血流成河。持续数十天的激战，噶尔丹军被八旗军杀得节节败退。为了挽回败局，噶尔丹组织了由万匹骆驼组成的驼队阵来对付八旗军。诸位，你可别小看了这驼阵，它可厉害着呢，它类似于中国古代战场上排列的火牛阵。敌军将驼头及驼身上捆上尖刀，用绳索将骆驼拴在一起，然后从后驱赶整个驼群冲入八旗阵营，待八旗阵营被驼队冲得七零八落后，噶尔丹的马军再掩杀过来，将清军击溃。如此这般，康熙大军起初吃亏不小。不过你有千条妙计，我也有一定的对付之策。在研究了骆驼阵的套路战术之后，康熙将“无敌神威大将军”、红夷火炮均调了过来，列于阵前。待敌军布阵完毕，还未发出进攻令之前，这边一声令下，千余门大炮炮火齐鸣，炮弹直接炸于驼群之中。立时驼群大乱，骆驼受惊四散逃窜。还未等噶尔丹反应过来，康熙便率大军掩杀过来。这一仗噶尔丹又被打得大败。噶尔丹虽然连败了几仗，但其依托后方实力，仍负隅顽抗。康熙远兵作战，军队粮草供给渐缺，不敢冒进，双方战况一时呈胶着状。

然而就在此时，天气突然发生了变化。灼热的八月天，一下子像翻了脸的狗犬一般，说变就变。一夜间整个草原气温骤降，昨日还热得汗流浃背，突然间一下子变得朔风呼啸，大雪飞舞，寒冷异常。正应了唐代边塞诗人岑参诗中所描写的场景——“北风卷地白草折，胡天八月即飞雪”。

此场寒冻来得猝不及防，噶尔丹营帐内的兵士瞬间被冻得瑟瑟发抖，喊爹叫娘声响作一片，原本还很高昂的士气，顿时严重受挫，失去了斗志。

见此情景，噶尔丹立刻令负责后勤保障的将领，前往新疆大本营调运棉服准备御寒。然而此等急来抱佛脚的运作，再快来回也需要一周时间，军情哪容他等待。而康熙这边，康熙在“天下第一”楼听了老者嘱咐之言后，早在作战前就让商队将大批的棉衣运往了军营，故而天气突变后，八旗子弟早已将厚厚的棉衣暖暖地穿在了身上。而此时张家口商人运送粮草的车队也到达军营，在此情形之下，康熙举鞭一挥，“杀！”十几万大军闻令，立刻犹一股滚滚的铁流，向着噶尔丹的军中冲去。写到此，此战的胜负不用我多言大家也猜出其结果了。是的，此战康熙大军大获全胜，噶尔丹几乎全军覆没，只带了数十名将士逃到了沙俄境内。不久噶尔丹便在抑郁绝望中死去。

康熙打得胜仗之后，抚慰安顿了新疆、蒙古诸王，交代了其保境安民等事宜之后，便按原路班师回朝了。

此次出征平乱，康熙帝感触良多。回京途中他一路回想着此次出征前，以及战场上所经历的一幕幕场景。他在假设，如果出征前假设他没去那“天下第一”楼喝茶、弈棋，没遇那老者，没按老者所言准备御冬棉衣，那么战况结果将会如何？答案显而易见：双方作战一定会旷日持久，形成拉锯战。而且战况一旦发生逆转，其后果难以想象。即使按好的方向发展，最起码也不会这么快就结束战斗——多亏了那位“天下第一”的老者啊。单从这未雨绸缪的意义上来讲，该老者的料事如神，也该称得上“天下第一”了。这天下第一的称号，就该归他。老者为大军作出了如此大的贡献，而他直到现在都不知道其尊姓大名，实属大不敬，故而康熙决定在班师回京的时候，再过张家口，进堡子里探望老者。因为他心中还有许多疑问等待答案。

正是：康熙大帝出兵，讷言敏行行进。

挥鞭指向敌营，高奏胜利回京。

# 第十二回 凯旋归玄烨叫关 堡子里再续前缘

上回说到康熙帝大败噶尔丹班师回朝，准备再经张家口去堡子里探访那“天下第一”的老者。下面咱接着上面的故事往下讲。

康熙返回途中，因心中有事，一路上归心似箭，他带着先头的百十来骑轻骑，日夜兼程，来到大境门外时，已是冬季的 11 月，恰逢子夜时分。一行人来到城门下开始叫门，俗称“叫关”。讲到这里，我又有一段故事要插进来。

历史上有关名人过关或叫关的故事很多——春秋时伍子胥过昭关，一夜白了头；战国时孟尝君用“鸡鸣狗盗”之法巧过函谷关；京戏《罗成叫关》中，罗成惨死紫金关……而在张家口的历史上，康熙叫关的故事又是一种类型，它与早年小学课本中《列宁与卫兵》的故事相类似，流传也较广，不妨给大家讲来。

康熙来到大境门外，一位将领上前开始叫关。然而按照朝廷规定，大凡关卡一般都是日落闭关，日出开关（有时也规定鸡鸣开关）。而此刻却是子夜，门上守军卫士岂能不负责地给你随意开门。将领叫了半天，城门卫士就是不给开门。将领无奈只好抬出康熙来叫门。“大胆奴才，皇上在此，你竟敢不给开门，我看你是活得不耐烦了。快快开门。”将领的话却是不耐烦了。

“谁在门外吵闹？”这时正好卫士长张元登上城门来查哨，忙问卫士情况。

卫士马上报告：“外面的人说是皇上在此。”

张元探头向城门外一望，果见有一群人在门外立马等着进城。随回话道：“朝廷有令，日出开门，日落关门。尔等还是等日出开门之后再进来吧。”张元是张家口本地人，是位尽忠职守的卫士长，当即他也不管皇上是否在此，立刻告诉城外之人。

“大胆奴才，皇上就在这里，你还不开门，我看你是不要脑袋了。”将领显然已动了怒。

张元听了却是不愠不火地道：“我也不认识皇上，我放你等进来，万一是假的皇上，我才真的掉脑袋呢。”张元心里这么想着，口中也是这么说着，反正就是不开门。

“你，你……”将领被张元堵得一时说不出话来。

“真是一夫当关，万夫莫开啊！今日咱就在外面山坡上宿营吧，别再为难他们了。”康熙对将领道了一声。

众将士只好按康熙所说，找一山坡安营休息。

翌日，城门打开，康熙等将士进入大境门，来到上堡的总管署。堡内守军统领闻听康熙昨夜班师回来，而守门军士未予放行，皇上在大境门外的山坡上冻了一宿，吓得差点尿了裤子，急忙跑到总管署向康熙叩头谢罪。康熙是何等胸怀，哪会责怪于他。君臣寒暄后，康熙令其将昨夜城门上值守的卫士长喊来。统领闻听后心道：这下可玩完了，皇上不修理我还不修理你张元吗？今儿个你怕是有十颗脑袋也不够被砍的了。

再说张元也早已听说昨夜真的是皇上门外叫关，一时也吓得不轻。加上统领叫他面见皇上时，又让他与手下军士交代一下后事，他怕是再也回不来了。张元闻听，伤心至极，用衣袖抹了一下不自觉地流出来的眼泪，干脆心一横，从室内找了半壶酒，“咕咚，咕咚”猛灌了几口——反正也是个死，死也要死得雄壮一些，皇上老儿要杀咱，咱也要雄赳赳、气昂昂地挺胸昂头，做个顶天立地的男子汉，不在他面前认栽。真是酒壮英雄胆，如此一来，张元心里反倒不再害怕了。

统领带着张元来到端坐于总管署大堂之上的康熙面前，张元已是抱着一死的心情，见了康熙当堂而立，怒眼圆睁，也不叩头施礼，大有一种“风萧萧兮易水寒，壮士一去兮不复还”的悲壮气势。

昨日在关外早对他憋了一肚子气的将领见状，从其身后一脚踹在张元的腿弯处，将其踹跪在地：“大胆奴才，见了皇上你为何不跪拜？”

张元倔强地从地上站起来：“跪也是一死，不跪也是一死，跪与不跪有何区别？”

“早知如此，何必当初？你昨夜若打开关门还会惹出今天这事吗？真是咎由自取。”将领冷笑道。

张元一言不发，像雕塑一般依旧昂头挺立在当地。

“张元，你可知罪？”康熙开始问话了。

“我尽忠职守，何罪之有？”张元理直气壮地回答。

“那朕再问你一句，你怕死吗？”康熙又问道。

“怕，人生在世谁不怕死，而且还是冤死。但文天祥曾说过：‘人生自古谁无死，留取丹心照汗青。’我这样说你能理解我此刻心里所想了吧？”张元的话使在场的人无不肃然起敬。就连踹了张元一脚的将领也不得不佩服其是条汉子——这张家口人虽然犟了一些，但却耿直、豪爽，面对死亡不仅没尿裤子，而且还引经据典，侃侃而谈，值得钦佩。一会若皇上真要杀张元，他不得不考虑要冒死请求刀下留人了。

康熙听了张元的话，微微地笑了。想不到这浑小子不仅憨直，而且还这般有文采。让他当一军士长真是屈才了，康熙打心眼里开始喜欢上了张元。

“这样吧，你现在到外面搬一块大石头进来，越大越好，只要你能搬得动就行。”康熙想造个气氛出来。但众人一时却不知其葫芦里面卖了什么药。

张元更不知就里，他出得房屋，心道：这皇上老儿让我搬一大石头进去，分明是要用这大石头取我性命——砸死我。哼，你让我搬大的，我偏不遂你心愿，我就给你找块小的，小的顶多在我头上敲个血窟窿眼儿，一时半会也死不了。想到此，他便在院内随意找了块小石头，双手假装很吃力的样子“搬”进了室内。

康熙见其样子哑然失笑，遂问道：“朕不是让你搬块大石头吗？你干吗拿块小石头进来？”

“外面没有大石头，只找到这么一块小的。”张元说道。

“小的就小的吧，这是你命里注定的，怪不着朕了。”

张元从康熙说话的语气中，胡乱猜测：看来我想的一点没错，这皇老儿真要用石头结果我的性命了。石头虽小，可连续的击打却也会死人的……

“来人。”康熙已容不得他多想了，“给朕将他手中石头用秤称一下，看看有多重。”

“嗻！”侍从上前将张元手中石头取走。

张元心中开始纳闷了：这皇老儿用石头砸我还要称石头的重量，真是拐子的屁眼——歪门了。他正想着，侍从拿着石头从门外进来，“启禀皇上，石头重三两二钱三。”

“好。吩咐下去，昨日大境门上所有值守军士，均按这石头重量分发银两。”康熙此刻已不再制造悬念了。“另外，张元尽忠职守，为守城军士之楷模，即刻升任为大境门最高统领，原统领另行安排。”

康熙这一突然间的圣令，一下子把室内所有人惊住了，张元更是傻愣在那里不知所以——我这是不是听错了？迟疑间，一旁的将领又及时踹其一脚：“还不谢恩啊！”

张元这才反应过来，急忙跪地向康熙叩头。“谢皇上隆恩！吾皇万岁，万岁，万万岁！”这一次张元可是打心眼里发出的真心感谢——唉！若早知皇上有如此奖励，自己为何不搬一块大的石头进来呢？他一时后悔不迭。

列位看官，读到这里康熙叫关的故事咱已告一段落了。据说，此故事在咱张家口历史上还真发生过。虽然说年代已有些久远，但康熙帝那宽厚的胸怀，张元那耿直倔强的性格、忠于职守的品格，无不展示出康熙帝文韬武略的才智和咱张家口人光彩照人的一面，为后人所传颂。

相传乾隆年间，直隶总督周元理在当年康熙帝休息的地方，建了一座亭子，名曰“卧龙亭”。这是后话不提。

下面咱还接着康熙帝后面的故事往下讲。康熙在处理完张元的事情后，吃罢膳餐，便又带一位侍从，再次来到堡子里的天下第一楼。

第一楼外“天下第一”的幌子依旧在微风中飘荡，楼内场景也依旧，上次同康熙弈过棋的老者还在，只是他看的那册《弈括》放在了一张茶桌上。二人虽近半年未曾见面，但老者见了康熙，仍然识得。“客官别来无恙？”老者抢先问话。

“托老人家福，一切安好。”康熙应答道。

“客官此次光顾本馆是想品茶还是下棋？”老者并不提康熙出征之事。

“二者都来。”康熙也没急着问老者他心中想要问的话。

老者没问康熙此次喝什么茶，而是直接泡了一壶康熙上次喝的海马宫茶上来，然后又取来棋具，二人遂一边喝茶一边手谈。

然而此次对弈，三盘棋下来，康熙却是未有一局获胜。康熙纳闷了：奇怪，是自己的棋艺衰退了，还是老者的棋技提高了呢？怎么一连三局都败下阵来，而且还都是未等收官就中盘落败，难道老者的棋技真如外面幌上所写——天下第一？既然如此，那他上次同他下棋一定是藏而不露，故意输他一盘的？新的种种猜测，加上旧有的疑问不得不让康熙做出判断——老者乃世间高手，绝非等闲之人。接下来他要出题了。

“老哥，棋咱不弈了，以你我目前水平，再弈多少盘我也不会胜一盘的。我只是好奇，上次我同你对弈，为何你会输我一局？是你故意放水还是有别的什么原因？你老能讲给我听听吗？”康熙开始提他的问题了。

老者笑了：“客官果真如老朽一开始就猜想的那样，非一般之人。如果老朽没再猜错的话，你半年前外出作战肯定是大获全胜凯旋了，而且得胜的原因与老朽在你临行前，嘱咐你之语有关，你此次班师回京是特意来此感谢老朽，并想问老朽何以得知胡天八月会有大雪要下的？我说的对吗？”老者一语中的。

"老哥真乃神人也！你老说的一点没错，我的心思全让你猜中了，既然这样你上次所说的'天机'也该透露给我了吧？"康熙在如此神奇的老人面前只有如实相告，且提出要求。

"好吧，老朽也非拘泥之人，既然客官有心再来得老朽这里，客官也属我人生有缘之人，客官既然与我有缘，那我还有什么不能同客官讲的呢？"老者遂慢慢讲了起来。

"上次客官来此喝茶，我觉得客官定是宫廷或是军中之人，是要准备开拔草原作战的。"老者娓娓道来。

"何以见得？"康熙虽被老者言中，但却感到十分好奇。

"上次客官来茶楼说的不仅是一口京腔，而且张口便点了一壶黄茶，黄皇同音，老朽便猜想客官身份必与皇家有关。再看客官举止神态，也非一般人可比，不是统兵元帅，也属大将之列。其次，那些日子张家口一带的上、下堡，上、下营坊，上、下东营，蒙古营，南营坊，小营坊都住满了官兵，来我这儿喝茶的客人说是康熙爷要出兵清剿噶尔丹，故而老朽猜测客官肯定也是准备要去出征打仗的，故而让客官准备冬衣，以防不测。客官，老朽说的对与不对？"老者说到此向康熙再次求证。

康熙微微点头后又道："老哥棋力如此之高，为何上次却要先赢我一局？而后又要输我一盘呢？"康熙追根问底。

"客官乃带兵打仗之人，先赢客官一盘是为了磨客官锐气，告诫客官骄兵必败。作战时一定不要小看了对手，力求稳扎稳打，有时急于求成往往会适得其反。而客官第一局棋就是输在了急于冒进、求胜心切上面。而我后面输客官一局自然是为了鼓客官士气，壮客官军威，使客官败不馁而胜不骄。"老者解释道。

康熙听了老者之言恍然大悟，老者真是用心良苦啊。

"那么那'天机'……"康熙终于问到了他这一路上心中最为好奇、上心的那件事情了。

老者再次笑了："这才是客官最为关切的事情吧？"

康熙点头承认。

“那‘天机’是我今年早春时从‘冷坨’上面观到的。”老者道来。

“冷坨？”康熙不解。

“‘冷坨’是张家口一带流传甚广的一句方言俚语，其实说白了它就是一个冰坨。后来该语发生了演变，成了那些不明事理，不按常理行事之人的指代语。我这样解释客官该听懂了吧？”

“嗯。”康熙点头明白。

“我家祖传有一瓦盆，据说是瓦盆窑烧制盆器时第一个出窑的盆，距今已有三百年的历史了。此盆有着以下神奇之处：第一，它冬天盛上水在外冻一宿盆体不会冻裂；第二，盆内所冻冰坨上面会有冰花景观出现；第三，每年早春天未解冻之时冻出的冰花景观会预示当年的年景；第四，此盆只有盛了赐儿山云泉寺的水才会结出各自的景观。故而老朽每年早春都用此盆接云泉之水使其成冰来观当年年景，而且屡次观景都会应验，从未有失。就拿康熙爷擒鳌拜那年为例，冰坨中间呈现一朵莲花，花上立一老龟，四周有竹，竹上所有竹叶犹一道道利剑，直刺老龟，你说奇也不奇？”

“真是不可思议啊！”康熙听得入了神。

“是啊。我今年早春再次观那冰坨，看到坨上现出茂草，而茂草之上又现雪花。老朽便猜测，今年盛草季节天气必变，有大雪将至。而盛草一般出自草原，七月生长最盛。由此老朽推出胡天八月必有飞雪，雪下冬至，天气必寒，故而便嘱托客官必备棉衣，用以御寒。”至此老者已将康熙心中所有疑问全部释清。

康熙听完老者讲述，心中叹道：大千世界真是无奇不有啊！他沉思良久，才颇有感慨地对老者道：“老哥，你我说了这么多，相互间也算是推心置腹了，你我忘年有交，如你所言实属缘分，既然你我有缘，你就不想问我或不想知道我是谁吗？”

“你我之间虽说有缘，但不一定非要捅破这层窗户纸，客官与我心照不宣，一直保持着这种神秘感难道不好吗？”老者笑着道。

“言之有理。不过你心中可能已猜出了我为谁，但我愚钝，却不知尊者为谁，这样对我不太公平。我想知道你的身份，最起码你也该告诉我你的尊姓大名吧。”

“哈哈哈哈……”老者一阵放声大笑后问康熙道，“你真想知道我为谁吗？”

“如果您方便说。”

老者举起了桌上的那册棋书：“这册书为我徒儿所著。”

“弈括。”康熙念出声来。立时他明白了眼前之人为谁了。难怪他为“天下第一”呢，原来老者竟是当朝手谈第一大国手黄龙士的师父啊！“你是天下第一圣手张……”

老者点点头，然后摆手没让康熙念出他的名号来。

正是：大千世界棋中有奇，

　　　不是传奇胜似传奇。

# 第十三回　乾隆帝微服私访　棋盘街缓缓出场

上回说到康熙叫关，再去茶楼探访老者一事，下面咱接着故事继续往下讲。

康熙得知了老者为谁之后，并未将老者名号道出，故而咱也尊重二位主人公的意见，不再多言，读者只知老者姓张，是黄龙士师父，有这么一个人就行了。反正名字对于一个人来说，只是一个符号而已，况且也过去了几百年，故事中的人物早已入土为安，而新的人物又将粉墨登场，这是历史的必然。不过在交代新人出场的时候还得插上几句。

康熙回京后，感念老者恩德，特差钦差将一面价值连城，上面且刻有“天下第一”的汉白玉棋枰及一副黑白猫儿眼宝石围棋，送到堡子里老者的茶馆，赐予老者。老者受宠若惊，接宝后爱不释手，珍爱有加。而由此后面又引发出了一连串有关该棋盘的故事，且听在下慢慢道来。

俗话说：光阴似箭，日月如梭。时间转瞬来到了乾隆年间。列位看官，写到这里你不仅要问了，如果按皇位顺序写的话也该先写康熙的儿子雍正才对，怎么一穿越立刻跳过乾隆的老子直接就来到了乾隆年间呢？其实，我这样写是有着不得已的苦衷，因为这雍正帝在咱张家口有无故事发生，我了解甚少，毕竟他在位年代不是太长（在位 13 年），故而便翻过了老子这篇去写儿子了。我后面的写作也是如此，了解甚少或咱不了解的故事就少写或不写。接下来咱书归正传。

这乾隆皇上也是位励精图治的皇上，大清史上所谓的“康乾盛世”自有他的一分子。乾隆全称爱新觉罗·弘历，在位60年。在他当皇帝期间，国内一统，江山如磐，国泰民安。正因为此，乾隆便有闲微服私访，四处游玩，带三五“驴友”不时地下江南、出塞北观花赏景，顺便考察一下民情，遇有民间疾苦，冤假错案，或是胡作非为之徒，也捎带着处理一下。此等出游方式简单，既免去了当地官府接待应酬的烦琐，也不惊扰百姓，而且还能掌握民间的第一手材料，预防了官员对军情民意的谎报，可谓一举多得。这年四五月间，乾隆游玩了江南苏、杭等地之后，天气渐热，便返京避暑。在处理了案几的一堆奏折之后，这年秋天，他带着大国手范西屏和力泰、正泰两位大内高手，又外出游玩了。此次他来的地方正是咱张家口。而他之所以带了范西屏出游，自然有其用意。原来这乾隆皇帝同他的祖父康熙帝一样，自幼酷爱手谈，而且棋技也超凡脱俗，虽然谈不上像范西屏一般，专业专吃手谈这碗饭，但在业余段位里面也属人中之龙了。那么范西屏又是何人呢？刚才我已捎带着提了下此人，其人为专业围棋大国手，就像我们当代的聂卫平、常昊等围棋国手一般，名声威震当时整个朝野。范西屏祖籍浙江海宁，名世勋。自幼潜心钻研围棋，13岁崭露头角，20余岁游京师。与高手对弈战无不胜，名驰天下。他弈棋出神入化，落子敏捷，变幻莫测，深得乾隆赏识。乾隆评其棋为：“布局投子，初似草草，绝不经意，及一着落枰中，瓦砾虫沙尽变为雷电……”当时唯一能与他对弈的对手只有一个，那便是他的同乡施定庵。二人曾在当湖（又名平湖）创下了惊心动魄的“当湖十局”，为后人所传颂。故而，此次出游，乾隆特带了范西屏西行，目的是一路上让他陪弈，且指点迷津。虽说二人非同一级别，但让子棋总是能弈的，乾隆从中受益匪浅。

渐入深秋，一行人先在塞外游玩了几日，然后来到大境门周边。乾隆一边观景，一边深入百姓中了解民情，询问庄稼的收成，感叹着百姓的疾苦。他登上城台，望着通向藩地蜿蜒曲折的车辙印迹，以及堆积在山下的破旧车辆，回忆一路上的所闻所见，禁不住触景生情，浮想联翩。回到驿馆后便提笔写下了《九月十三日进张家口途中》一诗：

风物正深秋，千岩霁霭浮。
乘时询稼穑，触景廑怀柔。
纵鲜窥藩旅，犹存插羽邮。
转输看故迹，休息倍堪筹。

这日，四个人来到了张家口的堡子里，在沿街闲游一阵之后，日近正午，众人均感腹中饥渴难耐，便一路开始寻找餐馆。正走着，一股酒饭香味扑鼻而至，几人不由得抽了抽鼻子。放眼望去，前面似有一酒馆，近前抬头一看，见门上挂有招牌，牌子上写有“头头是道”四个大字，他们闻到的香味便是由此间飘出的。几人在门前驻足，开始琢磨起来。这“头头是道”是何意思？既是饭馆，为何要叫这么个名字？带着心中的好奇，四人走进门去。

进得门里，果然是家饭馆，室内摆有柜台、饭桌，隔壁还有几个雅间。间内已有客人在吃菜喝酒。小二见有客人进来，马上笑着迎上。“四位客官，雅间请。”

四人进得一雅间坐下，小二已将茶水倒上。“客官想吃些什么？”

“吃先不忙。我想先问问你这饭馆为何叫了‘头头是道’这么个名？”乾隆尽管已是饥肠辘辘，却还是先提出了问题。

小二笑脸道：“客官，您问这个呀？看来您是外地人，我得先跟您介绍一下。我们这家饭馆是家特色饭馆，这儿做的所有菜都与头有关，我们这里荤的有鸡头、鸭头、鹅头，有牛头、马头、驴头，有猪头、狗头、狼头，有鱼头，舌头、骨头。素的有葱头、芋头、萝卜头，有大头菜、包头菜、猴头菇……凡是带头的你想吃什么头都有。而每样头都是一道特色菜。所以我家饭馆便起了头头是道这么个名字。客官这下明白了吧？”小二解释了一番。

“哦，原来是这么个头头是道。这名字起得有点儿水平，而且你说得也是头头是道。不过你刚才说你这饭馆内凡是带头的都有？”乾隆问道。

“是啊。”小二答道。

“话可别说大了。”乾隆接着道。

“只要客官能点出来，我这儿便能做出来。”小二连想都没想便脱口而出。

“是吗？那你给我来一颗龙头吧。”乾隆想难为一下满口说大话的小二。

“这个，这个……”小二显然为难了。

“这个什么呀？没有吧？”乾隆笑道。

岂料小二却是位铁嘴钢牙不认输的主儿，他转了转眼珠：“有是有，可那玩意儿没人敢吃啊。”

乾隆闻听小二之语，一时龙颜大怒，心道：真是不知死活的家伙。随开口道：“我敢吃，你上来吧。”他倒要看看这小二以何本事来糊弄他。

“客官，一颗够了吗？”小二又问一句。

乾隆看着小二极为认真的样子，一时觉得又有些奇怪，他想弄个明白，遂耐下心来说道：“龙头一颗。另外再上四颗羊头，半个猪头，鸡、鸭头各一盘，好酒一坛，素菜头随便上。”因为肚子不等人，先添了肚子再说。乾隆已有些等不及了。

“好嘞。”小二听了乾隆吩咐，正要转身离去，正泰却上前一把揪了小二的衣领，然后拔出带着的刀来，“老子看你是活得不耐烦了。”原来小二所言正泰早听着不高兴了，皇上乃真龙天子，而且就坐其身边，小二虽说不认识，但敢以“龙头”当菜，不该杀头才怪。

“客官，您这是怎么了？”小二不知就里，立刻吓得不知所措。

“住手，先让他上菜。”乾隆及时喝道。

正泰这才松开了手。

“莫名其妙。”小二嘟囔一声赶忙离去。

工夫不大，乾隆后点的菜都端了上来。而最先点的“龙头”却是最后一个上来。

“客官，这是您要的龙头。”小二端盘将“龙头”摆放在了乾隆面前。

乾隆看一眼盘中“龙头”，真是有些哭笑不得。原来盘中之物哪是什么“龙头”，而是一颗蛇头。

“你这分明是蛇头，怎么冒充龙头？”乾隆问道。

“客官有所不知，我们老家都称蛇为小龙，蛇头自然就是龙头了。客官真有口福啊，前几天刚好有客人想买几条小龙泡酒喝，我便弄了几条留在后院，准备留给客人。今个正好您点了这道菜，我便让厨子杀了一条给您弄了颗头上来。”小二解释一番后又问道：“客官想必是南方人吧？北方人是没人吃这个的。”

乾隆听了小二的话，脸上露出笑意：“这么说你这里是没有真正的龙头了？”

“客官真会说玩笑话，那恐龙早就灭绝了，再说就是有我们也不敢做呀，这要是传到皇上耳朵里，我们这饭馆还不都变成人头馆啊！”小二很会说话。

“哈哈哈哈！”乾隆听了小二的话禁不住开怀大笑，“你小子的话很有意思。”

“喂，你这儿有龟头吗？”正泰开了口。

“有是有，那要事先预订，今怕是不行了。客官是想要海龟头还是河龟头？那可都是大补啊。”小二说道。

“爷既不要海龟头也不要河龟头，爷就要你的龟头。”正泰道。显然他心中怒气仍然未消。

小二闻听，急忙将双手捂了裤裆：“客官您这玩笑可开不得，您这不是要小人的命吗？”

“你裤裆里的龟头，不值爷要，爷是要你龟儿子的项上人头。”

小二感到不妙，吓得转身逃出雅间。

四人见状，都禁不住笑出了声……

这顿饭四人吃得开心而惬意，虽说中间有段小插曲，但最终还是以喜剧的结果落幕，可谓皆大欢喜。

四人出得饭馆，乾隆一时技痒，很想找家弈馆喝茶下棋。康熙在世时，乾隆曾听祖父说过“天下第一”楼的故事，只是不知那茶楼是否还在。故而他想去看看。

几人几经辗转打听，终于找到了“天下第一”茶楼，但物是人非，时间已过去五十余年，此刻的茶楼早已易主，且改名为“玉源茶庄”。茶庄现在的主人姓黄名大旗，年约四十岁，十分健谈。他给乾隆等人讲了一段“天下第一”楼之后发生的故事。

那“天下第一”的主人，在康熙皇上赐予棋具之后不久，便将茶楼出售，把玉石棋盘赠送给了他的两位爱徒——章进发与王瑞昌，猫儿眼宝石棋子则分发给了他的儿孙，然后便回了南方故里，此后便再无音讯。他的两位爱徒均为晋商后代，祖父辈都在张家口堡子外关厢经商，父辈之间往来甚密，二人又都为家中独子，关系相处一向很好，平时每日均在一起对弈，亲如手足。此后二人接管了各自的家业，便商量着来堡子里发展。二人在棋盘街（当时还不叫棋盘街）附近面对面高价各买了一块地皮，建楼盖房，各建瑞永、北恒票号，开始各自经营生意，但不管买卖有多忙，二人始终没有丢弃他们共同的爱好——手谈。每日里总要将恩师送予二人的玉石棋盘拿出来，摆放当街弈上一局。久而久之，二人所居的这条街便热闹起来，来此观弈之人越来越多，二人不在时，也有爱好者摆开棋摊捉对厮杀。车马行人路过这里都按规矩从外手而过，后来自然而然就形成了上下道。再后来街道两旁渐起楼房，各类弈馆及娱乐场所纷纷涌出，此条热闹的街道便形成了后人所称的“棋盘街”。

又过了十几年，章进发与王瑞昌携手带着他们的玉石棋盘，回到了他们的山西晋中老家。昔日之人已人去渺渺，棋盘街却留给了后人。

正是：沧海又桑田，故人见无缘。

闲来弈几局，街道入棋盘。

# 第十四回　寻茶楼弘历技痒　弈园内高手较量

上回说的是乾隆在堡子里饭后技痒，想弈棋消遣，来到康熙当年曾喝茶弈棋的地方，引发出了棋盘街的故事。当下，乾隆在听了茶庄主人所讲之后，决定前往棋盘街转转。因为他听茶庄主人讲，近日棋盘街的“弈园”内来了位名叫红杏的弈妓，其女年方二十，生得不仅貌美，而且棋技极高，杀遍了整个张家口的手谈高手，至今还无一人能够胜得该女子，一时轰动了整个张家口弈林界。乾隆生性风流倜傥，闻听弈园有如此高手，而且还是位绝色女子，便按捺不住心中的冲动，遂告辞庄主，前往棋盘街游玩。

四人来到棋盘街已是下午申时。一番找寻后，“弈园”呈现在了其面前。从外看这是一家颇为宏大壮观的阁楼式弈馆，其规模比起当年的“天下第一”楼大了许多，门楼上“弈园”两个硕大楷字特别醒目。门前告示牌上写有如下告示：

本馆头牌女棋手红杏献技弈棋，弈银十两。凡胜得红杏者获银二百两，负者付银一百两。

乾隆看了告示，觉得弈银对百姓棋手而言虽说高了一些，但以一赔二也算合理。

四人进得馆内，见天井内摆有十几张棋桌，而且桌上座无虚席，棋客正两两捉对厮杀。只见棋枰上硝烟弥漫，杀机四伏——立、长、伸、退、打、提、吃、尖、跳、关、断、粘、挖、镇、靠、压、杀、刺、枷、虎、封、渡等各种招法、手段应有尽有，层出不穷。十九路棋枰上下左右纵横交错形成的三百六十一个交叉点上，路路有奇妙，点点皆变幻。棋枰虽小，乾坤却大，正是千古无同局，神鬼难猜测。此间生意看来火得不得了。

弈园馆主是位四十岁左右的半老徐娘。见有客人进来，马上笑脸迎上，“客官，天井棋桌已满，楼上还有雅间。你等是自己对弈还是与馆内棋手对弈？”徐娘问道。

“我等要同红杏对弈。”范西屏说道。

“客官是慕红杏之名而来的吧？今日不用预约，红杏正好有空闲。既找红杏弈棋，想必外面告示所写内容客官都看过了吧？”

“看过了。”范西屏点点头。

“那好。客官请上楼。”

四人随徐娘上得楼上。楼上四周皆为一间间雅间。徐娘来到北楼中间一雅间门口驻了足。“杏儿，来客人了。”徐娘说着将门打开，乾隆与范西屏遂走了进去，力泰与正泰则留在门外守候。

室内，一位眉清目秀，年约二十岁的靓丽女子正手拿着一册棋书，端坐在桌前打谱。见有客人进来马上收拾枰上残局，沏茶倒水，笑脸相迎。乾隆观被称为红杏的女子，见其果然貌美如花，举止端庄，抬手迈步动作优雅，可见其平时训练有素。红杏也观乾隆，见其气宇轩昂，仪表堂堂，属人中之龙。而跟随其后的范西屏也飘逸秀气，身形不俗，心中便不敢怠慢，做好了应对准备。她将乾隆和范西屏让至桌前，问一声：“二位客官谁先来？”

乾隆对范西屏道一声：“我先来吧。我若不敌，你再来。”言罢便在棋桌前坐下。红杏见状，遂坐于乾隆对面，二人即刻开始对弈。

在红杏与乾隆对弈期间，范西屏坐在二人旁边翻看起了红杏打谱的那本棋书，这一看不打紧，发现此书竟是弈林中人们传说的早已失传了的《玄妙棋精》，便感到红杏大有来头。他想问一下红杏尊姓大名、师承何人、书从何来？但见二人已经下起棋来，只好欲言又止，一心一意地浏览起了棋书。

红杏不愧是弈园的头牌棋手，一个时辰之后，棋枰上胜负已经分明，乾隆执黑负于红杏十目左右。弈毕，红杏起身向乾隆道了个万福：“客官承让了。”

乾隆笑着道：“红杏姑娘不必谦让，在下技不如人，只能甘拜下风了。”说罢转身对范西屏道：“你来吧。”范西屏也不推让，他怎么也要把皇上输掉的面子给找回来啊。于是便坐到红杏对面，与红杏对弈起来。范西屏是何许人啊，此局红杏自然不敌，输给了范西屏。红杏输棋后脸涨得通红，更显得妩媚动人。“客官棋力超群。令小女子十分钦佩。你我能否再弈一局？否则小女子心有不甘。”

范西屏看一眼乾隆。乾隆点头示意他再弈，范西屏遵命而行。二人对弈中，乾隆仍旧坐一旁耐心观战。然而此局红杏并未扳回胜局，仍以失败而告终。至此，红杏不得不心服口服了——世界之大，真是山外有山，天外有天啊。想她红杏在弈园挂牌以来，哪有过如此败绩，今日却连输两盘，便知遇到了世间高手，故而对范西平既是钦佩又是仰慕。“先生棋技之高令红杏佩服之至，小女子自出道以来，所输棋局寥寥无几。今日承蒙先生指点，实属三生有幸。敢问先生尊姓大名？也好让小女子永记于心。”红杏对范西屏的称呼已由客官改为先生。可见其心中对胜者是何等的敬佩了。

范西屏听了红杏之语，正要告诉红杏自己为谁，却被乾隆拦住：“今日天色已晚。你我三人明日接着再弈，你看如何？”乾隆十分机敏地回绝了红杏，他不想让红杏知道范的身份，毕竟他们此次出行是微服私访，多事不如少事。

“恭敬不如从命。小女子明日恭候便是。”红杏自然识得大体，见乾隆不愿让范西屏将姓名告诉于她，也只好作罢，反正明日还要接着再弈，明日再问也不迟。

红杏在楼上目送着乾隆等人从柜台上结账后步出弈园，这才回到自己房间。

康熙四人出得弈园，门外华灯初上，已是夜晚。四人找一饭馆吃过晚饭，便就近找一客店住下。在店内乾隆心中仍想着输于红杏的那盘棋，于是便让范西屏找来棋具，与范西屏复起盘来。二人一边研究棋局，一边探讨乾隆棋中所存在的问题。棋进中盘，范西平一眼看出了乾隆关键性的一步败着。“这步棋次序有误，正确着法应该是先尖顶，后杀气（尖顶、杀气均为围棋术语）。”

乾隆仔细琢磨一番后，觉得范西屏言之有理：“对，对，对。应该是先尖后杀。”乾隆在弄清了自己输棋的原因之后，身上不禁感到一阵轻松。“还是你这大国手厉害呀，一眼就看出了我输棋所在，佩服，佩服。”

翌日，乾隆和范西屏四人吃过早饭后来到院内，正欲上弈园找红杏再行对弈。忽见一群如狼似虎的衙役从外闯进院来。这些衙役见了乾隆和范西屏二人，二话不说，上去就要抓人带走。乾隆一时不明就里：“你们凭什么抓人？”

“凭什么，到了县衙你就知道了。”领头的捕快并不解释原因。

嗬，真是胆够肥的，连皇上也敢抓了。力泰和正泰见皇上和范西屏被抓，立刻动了手。仅一个回合便把两名衙役打倒在地。二人还想接着再打，却被乾隆拦住了。

“住手。咱就跟他们走一趟吧，看看究竟是怎么回事儿？”力泰和正泰闻乾隆之语，只得作罢。

四人很快被众衙役带到了堡子里的万全治所衙门。大堂之上只见万全知县刘生智端坐于大堂之上，众衙役持水火棍（也叫杀威棒）杵立于两侧。见人犯带到，刘生智一拍惊堂木。对着乾隆和范西屏咆哮起来。“大胆狂徒，见了本官为何不跪？”

“你先说出我等犯了何罪，再跪你不迟。”范西屏出口道。

“大胆色徒，装什么大头蒜。快快把你二人昨晚奸杀弈园棋女红杏的罪行从实招来。”刘生智道出了缘由。

“什么，奸杀红杏？”乾隆问一声，他和范西屏被搞得糊里糊涂，一时丈二和尚摸不着头脑。

“休得抵赖，你二人昨天下午到弈园找红杏弈棋，见其生得美貌出众，便于夜里潜入红杏室内将其奸污后又杀人灭口，铁证如山，还敢不招？”刘生智似乎已掌握了二人的犯罪证据。

“什么，什么？你是说红杏姑娘已经死了？”乾隆有些不相信自己的耳朵。

“你装什么大尾巴狼？现有人证指控你二人行凶杀人。再若不招，小心本官大刑伺候。”

“有何人证？”乾隆感到奇怪。

刘生智冷笑一声：“带人证上堂。”

随着刘生智的声音，只见弈园内的徐娘和乾隆住店的那家店小二被带上大堂。“你二人把你们昨日看到和听到的情况说一下。”刘生智命令二人。

“大人，”徐娘手指乾隆和范西屏，“昨天下午就是此二人同红杏下棋的。”徐娘告诉刘生智。

“大人，小的昨晚路过二人房间，听到二人在里面说‘先奸后杀’。今早我一出门便听到有人说弈园的红杏被人奸杀了。便赶紧来府衙报了案。”小二也道出了原委。

“哈哈……”乾隆听了小二的证词，立刻想到昨晚他同范西屏在屋内复盘时他所说过的“先尖后杀”一语，禁不住大笑。此时二人终于明白了自己被抓到此地的原因了。

刘生智却被乾隆笑得丈二和尚摸不着头脑：“休得放肆，现在人证证词在此，你还敢藐视本官？”

乾隆止住大笑，随将昨晚店内复盘之事和盘推出。

刘生智却是不通弈理，他认为乾隆是在狡辩抵赖，立刻气得翻了白眼。“来人，给我大刑伺候。”

刘生智话音刚落，只见力泰从一旁走上。掏出一面上面刻有“钦差”二字的金牌，拿在刘生智面前。刘生智一见此物，立刻吓得魂飞魄散，赶忙跪在了乾隆面前：“钦差饶命。臣不知钦差驾到，罪该万死！”

乾隆却不看他一眼：“刘生智，命你五天之内将杀害红杏的凶手缉拿归案，将功补过。”乾隆记忆力一向超群，全国所辖县级官员均记得其大名。既然刘生智将他误认为了钦差，干脆他就默认自己为钦差，向刘生智发了话。

“另外，红杏姑娘的身份来历也请刘大人给查一下。”范西屏最后补充一句。

“是，是，是。”刘生智满头大汗，连声应答。

乾隆本来一大早要找红杏弈棋，没想到红杏被人奸杀，而自己还差点儿被误认为是凶手，心中一时愤懑，再也无心下棋。范西屏只好陪其游玩于张家口的山水之间，以解其心中郁闷。

这一日二人来到翠屏口附近游玩，发现前面有一片柳林景色宜人，便向林中走去，力泰和正泰远远跟在后面，保护着二人的安全。在树林的空隙处，他们看到一位中年男子正在林中练拳。男子踢、劈、推、拿身手甚是了得，让人看了眼花缭乱。二人穿过柳林拾级而上，看到有一处院落，院门敞开，门匾上写有“弈得阁”字样，便觉得此地定有棋弈，否则主人门上不会挂弈得阁门匾。二人遂走进了院子。

院内花草遍植，有一棵槐树当院而立。二人来到村下驻足观赏眼前景观。范西屏看到树下有一石桌，桌上摆有棋枰，便走到近前，见枰上摆有半盘残棋，像是主人打谱时刚打了一半儿，突然间觉得有了疑问手又停止了打谱。然而范西屏却在这半盘残棋中发现了问题。这时恰有一书童模样的少年从室内出来，范西屏马上将书童叫住，指着石桌上的棋局问道：“小主，此棋是何人所摆？”

书童指了指正在门外柳林中练拳的那位中年男子，“那是我师父的棋，他每日都要坐在这里看着书摆上半天。”书童告诉范西屏。

范西屏听了书童之语，又向门外不远处还在练拳的那位中年男子看了两眼，然后又问书童："你师父叫什么名字？"

"师父叫易得。"书童告诉范西屏，然后问道："你们是不是来找我师父弈棋的？"

一旁的乾隆正欲搭话，却被范西屏抢先说道："不，我们不会弈棋，只是来此随意转转。"说完便拉了乾隆走出院子。

乾隆正感技痒，忽见范西屏拉他出院，便知此地不易说话，便跟着范西屏绕过院前树林，来到山下。

"怎么回事？"乾隆见四下无人，不解地问范西屏。

"皇上，咱还是先去万全衙门吧，我已发现了杀害红杏姑娘的线索。"范西屏悄声告诉乾隆。

乾隆闻听，很是惊讶。遂同范西屏一同来到了万全县衙。

四人进得县衙，刘生智诚惶诚恐地迎上前来，他告诉二人红杏的身份及来历已令手下人打探清楚。

红杏姓康名婉儿，浙江海宁人，出身于弈林世家，其父康雨霖曾拜师于国手施定庵，棋艺非凡，但却英年早逝。婉儿自幼随父学弈，父亲去世后母亲改嫁，她被迫流落于各地弈馆弈棋，取名红杏。

刘生智将红杏的情况讲了一大堆，但缉拿凶手一事却只字未提。

"难怪她手中有《玄妙棋精》一书呢，原来竟是故人之女。"范西屏听了刘生智的讲述，不禁言语道。

"《玄妙棋精》是怎么一回事儿？"刘生智好奇地问道。

"《玄妙棋精》是古代流传下来的一本棋书，上面载有许多玄妙的棋式，为后人棋手所仰慕。"范西屏道一声后，双目突然盯紧了刘生智，"刘大人，红杏被杀之后你可去过现场？"

"去过。"刘生智答道。

"你可查过红杏房间有无此书？"

"不曾见过。"

“这就对了。杀害红杏姑娘的凶手我已找到，你可速速派人到弈得阁缉拿易得，他定与此事有关。注意，这家伙是个练家子，务要多去些人手。”范西屏道。

刘生智闻言，哪敢怠慢，急忙调兵遣将前去拿人。乾隆怕刘生智的手下对付不了易得，使其逃脱，便令力泰与正泰也一同前往。临行，范西屏同捕快头交代了几句话。捕快头点了点头。

一个时辰之后，被捆成大粽子一般模样的易得，被众捕快抬上了大堂。

“这是从这家伙室内搜查到的。”捕快头将一册书递到范西屏手中。

范西屏一看此书，正是那天他在红杏处看到的那本《玄妙棋精》。

刘生智见人赃俱获，“啪”的一拍惊堂木，立刻坐堂审问：“大胆易得，快把你奸杀弈女红杏一事从实招来。”

“老爷冤枉啊！”易得却是拒不认罪。

“易得，你这册棋书从何而来？”

易得抬头一看，见是范西屏拿着《玄妙棋精》站在他的面前，双腿不由得哆嗦起来。最后在铁的事实面前，易得只得交代了他奸杀红杏、盗取棋书的罪行。

原来易得也是位弈林高手，半月前，易得慕名前往弈园同红杏弈棋，在那里他看到了红杏手中的《玄妙棋精》。《玄妙棋精》上载有许多弈林中人所仰慕的古代经典棋作，相传该书早已失传，可易得没想到却在红杏手里发现了此书，于是他便暗中打起了此书的主意。故而他便在红杏与乾隆弈棋的那天夜里——在夜深人静之时，凭借其高超的身手，秘密潜到弈园。他先用舌尖点破红杏窗户上的窗纸，再用熏香将熟睡的红杏熏迷，然后用尖刀拔开屋子的门闩，潜进红杏室内。在红杏枕边，他借着窗外月光找到了那册棋书。窃书后他正欲离去，忽见睡在床上的红杏娇翠欲滴，秀色可餐，心中不仅欲火升腾，于是他回过头来对沉睡中的红杏实施了强暴。然而就在此时，红杏却在迷睡中睁开了双眼，易得见红杏认出了自己，干脆一不做二不休，将罪恶的双手伸向了红杏……

易得交代完自己的罪行后，乾隆和刘生智将目光都集中在了范西屏身上。范西屏自然明白二人的心事，于是他将在弈得阁无意中看到的，易得打谱的那盘残棋中所发现的秘密讲了出来。

原来范西屏一向有着过目不忘的特殊本领。他发现了易得打谱的那半盘残棋之后，感到此局似曾见过，仔细一想终于想起这是《玄妙棋精》上所载的棋谱，由此他感到易得十分可疑，当即判断出易得即使不是杀害红杏的凶手，却也知道一些内情。到了万全县衙后，他从刘生智口中得知红杏的棋书已没了踪影，便更加证实了他的猜测，于是便立刻让刘生智前去弈得阁抓人，结果一切都在他的预测和判断之中。

乾隆和刘生智在听了范西屏的讲述之后，对其过目不忘的记忆和敏锐的观察力，由衷地钦佩。至此，弈园红杏一案就此告破。

正是：弈园弈棋，惹出麻烦。
　　　国手火眼，智破棋案。

# 第十五回　堡子里定安建府　八姨太如泣如诉

上回说到乾隆带着范西屏来棋盘街的弈园对弈，恰遇弈女红杏被杀一案，后被范西屏破获此案，使得乾隆对范西屏刮目相看。回京后乾隆对张家口一带的印象更加深刻。他觉得张家口人杰地灵，既是蒙、汉、满、回等民族的交融中心，又占据着十分特殊的军事地理位置，是块十分重要的风水宝地，于是他特在乾隆二十七年（1762），下令在来远堡明德北街三角地带设置了察哈尔驻防都统署，这是张家口市目前唯一保存较为完整的清代官衙建筑，也是清朝在全国仅设的三处驻防都统署之一（另两处为乌鲁木齐都统署和承德都统署）。民国十七年驻防都统署衙门改为察哈尔特别区，成为国民党察哈尔省驻地。抗日战争时期，日本帝国主义扶植成立了以蒙古贵族德穆楚克栋鲁普为首的伪“蒙疆联合自治政府”，1941 年德王将其官邸迁至于此，以后都统署便被称为“德王府”。至清末，此间共有 61 位都统在此任职，民国又经历 8 位都统、13 任省政府主席。解放后，这里为察哈尔省人民政府驻地。察哈尔都统署与后来私人修建的定将军府，以及满汉绅商集资修建的抡才书院，均为咱张家口保存较为完好的、建筑各异的清代三大建筑宅院，为后人所瞩目。有关都统署内发生的重量级历史人物的故事，咱稍后章节里再叙，因为有些知名人物是在此后的年代里才出现的。现在咱先讲定将军府和抡才书院内所发生的故事。

坐落在张家口堡子里的定将军府是以定安将军而命名的，它是定安私人府邸。

定安，字帮村（生卒年月不详），清朝贵胄。汉姓黄，满族镶蓝旗人。他的祖先随清军入关后，就驻防于张家口，并在张家口安家立业，其祖父辈地位并不显赫，但到了定安这里，家庭便发生了重大变化。

定安自幼聪明好学，二十岁时考取了功名。咸丰三年（1853）由文生员被赏戴五品官职。此后便逐年迁升，直至都统位署。定安在清末所处的地位无论是在军界还是政界，在当时来说都很重要。同治五年在任密云副都统期间，就已成为当时全国四个副都统之一。同治七年定安由密云副都统迁升为绥远城将军。随后定安跟随僧格林沁征讨捻军。僧格林沁全军覆没后，定安又率余部随同左宗棠共同作战，平定了西捻军，东捻军则被李鸿章剿灭。定安班师回朝后因战功卓著，晋升为一品顶戴。由于常年戍边、征战、练军，吃睡不好，定安得了严重的胃病。无奈之际，他向朝廷告了病假。皇上念其卓越的功勋，赏赐了他大量金银珠宝。让他前往张家口老家安家养病。于是定安便在张家口堡内买了块地皮，修建了赫赫有名的定将军府。此后定安在其府中一边养病，一边积极参与张家口的公益事业。做了许多有益于百姓的善事。他植树造林，助资办学，与当地驻军治安剿匪，为维护张家口的稳定作出了很大的贡献。病好以后，他又被朝廷派到山海关外为大清帝国训练八旗子弟。光绪十三年（1887）朝廷又授定安为钦差大臣，会同东三省将军办理练兵事宜，节制副都统以下诸将。光绪十四年又被任命为正白旗汉军都统。后来定安在黑龙江一带率军同外敌作战，战斗中被乱军砍去了头颅，后经士兵奋力抢夺，最后只抢回了他的身子，而其头颅却被敌军兵士带回去邀功了。

定安死后，朝廷为了抚慰其家属，在其下葬时，特制了一个木质包银的头颅，与其原配夫人一起安葬在了张家口永丰堡的南山坡。他的坟地被后人称为“将军坟”。将军坟牌坊相连，石碑林立，松柏参天，肃穆庄严。此后其后人将一对石狮子立于坟前，并安顿了永丰堡一户张姓佃农代为看管守护坟地。据说现在水母宫门前的那两个石狮子就是将军坟前的那一对儿石狮子移过去的。

相传定安一生共娶了九房姨太太，其中八姨太翠红的故事被后人传得十分神奇。定安在江苏、安徽一带作战时，曾在杭州将一位20多岁的女子掠走，一直带在其身边。此女子名叫翠红，其名是取了杭州西湖花神庙之联“翠翠红红处处莺莺燕燕，风风雨雨年年暮暮朝朝”中的翠红二字。翠红生得不仅娇美可人，而且琴棋弹唱也无所不能。尤为琵琶，弹得如泣如诉，倾耳动人。犹如白居易诗中所叙的那样：

大弦嘈嘈如急雨，小弦切切如私语。
嘈嘈切切错杂弹，大珠小珠落玉盘。

定安正是在驿馆听了她所弹的一曲《春江花月夜》，才如痴如醉，喜欢上了翠红，最后将其掠走。

定安在张家口建定将军府后，将翠红纳为八姨太。之后按算命先生之言，又纳一女。九位太太归其一人，凑成了“九九归一”。定安在纳了九姨太之后不久，胃病逐渐好转。他在家又休息了一段时间后，朝廷急着用人，便赴东北练军去了。这一练相隔半年左右才回家一次。回一次家也就在家只休息十天半月时间，然后便又返去军中了。他每次回家，短短的十几天时间，除了处理家中事务外，还要摆平太太们之间争风吃醋、钩心斗角的诸多关系。况且太太们个个都争奇斗艳，各有各的妩媚，加之久别胜新婚，每晚不去哪一房都不合适。定军在战场上虽说是员猛将，威风凛凛，虎虎生威，但在家中这无硝烟的战场上，一圈轮下来，将军的身子便被掏得像个空心大萝卜一般，只能喝大补汤来补精养神了。

半年之后，当定将军再次回到定将军府时，太太们都围在他身边问寒问暖，叽叽喳喳说个不停。定将军也不多言，只问了众太太一句话：“这段时间你们肚子里有谁有了小将军了？”

众太太闻听，面面相觑，大多人不再吱声。唯有最小的九姨太大着胆子道一声：“老爷，你让我们肚子里有小将军那不是天方夜谭吗？你每次回来只同我们睡上一次，哪有那么容易怀上的呀。”

定安闻听，觉得九姨太说得很有道理，是啊，他每次回府，每位太太房间走马灯似的只转上一圈，太太们怎会给他怀上小将军呢？看来这太太多了也未必是件好事。当初他娶大太太时只其一人，很快便有了三个孩子，后来又娶了二太太，也为其生有一子。再后来娶的太太多了反而生的孩子却越来越少了。定安正思忖着，只见八姨太翠红羞怯地悄声言道：“将军，我有了。”

“啊，这是真的吗？”定安惊喜地问道。

翠红点点头，再没多言。她看到除定安之外，周围射过来的都是嫉妒、愤恨的目光。定安却是不管什么目光，他当即喊一声：“来人。”

总管闻声而至：“老爷，有何吩咐？”

“摆宴，今晚我要一醉方休！”

翌日，安定来到发妻大太太房间，大太太的一番话，让安定一下子疑窦丛生。

“老爷，这翠红怀了孩子给咱家添丁进口，按说是件好事，可我总觉得这里面有些蹊跷。这第一，你每次回来几位太太房间都要去住上一宿，可为啥那几位都不见动静，偏偏翠红就有了呢？这第二，这日子也有些不对头，你上次回来是在半年前，如果她若怀上孩子，那肚子也早该显出来了，可你看她那肚子，到现在也不显怀。还有这第三……”大太太说到这里欲言又止。

“第三怎么了？你倒是往下说呀。”定安有些心神不定了。

“我听老七说，她有一次看到老八在画室给那罗丹磨砚时，两人的手都摸在了一起。所以我怀疑……”大太太没说下去。

“什么，照你这么说我是被这俩王八蛋给‘绿’了，做了王八？”定安这下可真急了眼。

“我也不敢肯定。我私下里曾试探着问过老八的使唤丫头瓶儿，可那丫头口严得很，我啥也没问出来。”大太太告诉定安。

"这事我来查吧，我若真的当了王八，非剥了他们的皮不可。"定安咽了口唾沫，狠狠地道一声。

须知，世上有两件事可是绝对不能触碰到底线的，碰了就要涉及人命。这两件事即为：杀父之仇，夺妻之恨。当下定安听了大太太所诉，也顾及不了许多，立刻令手下卫士将翠红的使唤丫头瓶儿带入大堂。一番审讯之后，瓶儿抗不住那皮鞭的抽打，只得将其主子与那罗丹有染一事和盘托出。定安听了之后，原本复杂愤怒、欲杀人的情绪在自问了一番为什么之后，反倒平静了下来。心道：我待你二人一向不薄，你们为何要这样对我？他想弄个清楚。那么定安所言"待你二人一向不薄"的话语中，又隐含了什么样的内容呢？

原来定安自纳翠红为八姨太之后，对翠红娘家所送金银财宝可从未有过缺失。而那罗丹，年约 30 岁，本是江南一介穷书生，平日靠卖画为生，画卖不下去的时候便沿街乞讨，要饭度日。后来乞讨到了将军府外，一待就是数日。定安见其生得眉清目秀，又有画画的本事，便将其留在府中打杂，好吃好喝养着。并专门给他弄了间画室作画。画作画好后罗丹便拿到门外去卖，时间一长也挣得不少银子。

定安自幼便喜欢字画，自己虽不会作画，画的功笔却也懂得一二，而且家中也收藏了不少当代名人字画。他见罗丹所画作品不似那初出茅庐之人的青涩之作，也拿其作品送于皇室贵族品赏一番，但只因罗丹名不见经传，画作并不为人看好。由于罗丹长居府内作画，也属定安闲养的一位门客，定安对其十分喜欢与尊重。后来八姨太翠红同他嚷着想要与罗丹学画，而定安走南闯北见过大的世面，非拘泥之人。他觉得技不压人，翠红难得有此雅兴，再学得一门丹青绘画，更加多才多艺，也未尝不可。换作其他几位太太，一天只钻在麻将堆里，哪有心思去胡乱涂鸦。于是便答应了翠红的要求，同意其同罗丹学画。岂料，他这不经意的决定，却是将一块肥肉送入了狼口，造成了今天这等尴尬局面。现在定安觉得必须得快刀斩乱麻，尽快处理了眼前这丢人现眼的事情。当即他令手下弄了一壶毒酒上来，他在战场上尽管杀人如麻，但在家中，他不想再动刀了，免得家中染上血腥。他要用毒酒结果了这对奸夫淫妇的性命。

很快，翠红与罗丹被带到了大堂。其实翠红和罗丹早已等待着这一时刻的到来。刚才，就在瓶儿被带走的那一刻，翠红就已知道了她和罗丹已东窗事发，便早早地通知了罗丹，二人抱头痛哭一番后，只等一死了。

“你我毕竟夫妻一场，咱们今日就好合好散吧。”定安对翠红的语气十分平和。“这是为你俩准备的，把它喝了吧。”他指着桌上的两杯毒酒，“就算我最后送你俩一程了，别怪我，是你俩欺人太甚了。你俩最后还留有什么话要说吗？”定安最后问道。

“有。”翠红一失往日的娇柔，怒目紧盯了定安。“定安，你迟早会遭报应的。我和罗丹——不，他不叫罗丹，他的真实姓名叫雪野。我俩本是结发夫妻，是被你硬抢了我做了你的八姨太，将我们夫妻俩活生生地拆散，现在你又在这里猫哭耗子，反说我们欺人太甚，其实这欺人太甚的是你才对。”翠红说完，将桌上的一只酒杯端起，对着罗丹——雪野柔声道一句：“夫君，我在那边等你！”言罢就要一饮而尽。

说时迟那时快，就在翠红举杯的那一瞬间，只见定安一掌击出，将其手中之杯击落在地，地板上即刻冒出一股白色烟沫。“老八，你，你刚才说的可都是真的？”定安吃惊地望着翠红。

“临死之人，我有必要骗你吗？”翠红反显得十分镇定了。

“他是你丈夫你怎么不早告诉我？”定安指着雪野问道。

“告诉你他还能活吗？你有权有势，杀人不眨眼，就连皇上都敬你三分。你杀他还不像捏死只蚂蚁吗？”翠红现在已是什么都不怕了。

“你叫雪野？”定安转身又问雪野。

“是我。”雪野点点头。

“那你可是用棉絮蘸墨作画的江南才子雪野？”

“是的，我既能用笔作画，也可用絮蘸墨作画。”雪野告诉定安。

“你稍等。”定安说着前往书房取出一幅画轴打开给雪野看。

“这是我的蘸墨画作《山竹风雨图》，它怎么会在你手中？”雪野吃惊地问道。

“哈哈哈哈！”定安闻听雪野之语，禁不住哈哈大笑。“这是我当年托朋友在江南购得的。真是没想到啊，原来此画作的主人竟然是你。”定安与雪野说着，二人仿佛为一对好朋友，之间根本没有发生过什么事似的，反倒把翠红给弄糊涂了。

“喂，你怎么同我家相公套起了近乎？你不是要毒死我们吗？还不动手？”翠红问定安道。

“唉！”定安叹了口气，“此事都是因为我的鲁莽才造成了今日这局面，我定安虽然杀人无数，但却也不能不问青红皂白就滥杀无辜啊！我抢你做八姨太，使你二人夫妻分离，这本身就已错了，若再杀人不是更错上加错吗？”定安自打圆场道。

“那您的意思？……”翠红知道事情已向好的势态发展了。

“我的意思是你再给我弹一曲《春江花月夜》吧，我还想听。”定安言罢又对雪野道一句，“你呢，给我画两幅画送我，恭亲王早就想得到一幅你的亲笔画了，只是怎么也找不到你本人，没想到你就藏在我的眼皮子底下啊。”定安笑侃道。

“我也是为了寻找翠红才不得已隐姓埋名来到将军府上的，还请将军海涵。我这就给您作画。”雪野说着便前往画室。这时翠红也抱琵琶过来，她随定安也一同走进画室。定安在一把椅子上坐下，一边看雪野作画，一边听翠红弹唱那《春江花月夜》：

春江潮水连海平，
海上明月共潮生。
滟滟随波千万里，
何处春江无月明。
……

随着翠红那如泣如诉的弹唱，那优雅的琵琶乐开始在空中飘荡，余音绕梁，久久不能散去……

写到这里，大家对后面的结局也应该做出一个判断了。此后翠红与雪野二人自然是以喜剧的形式告别了将军府。临行，定安雇车载着满箱的财宝，将二人送回了江南。

正是：琵琶如珠落盘，
丹青泼墨渲染。
两情破镜重圆，
依仗将军成全。

# 第十六回　安维峻授课书院　马市图真假难辨

上回说的是发生在定将军府内的故事，这回咱再讲一下堡子里的抡才书院。

抡才书院建于清光绪四年（1878），是张家口的第一所公办学校，它是由察哈尔都统穆图善和万全知县（当时张家口属万全县管辖）尹开先及当地商绅和官宦人家集资共建的一所学堂。是张家口晚清唯一一所保存完整的近代书院，也是张家口近代史上的第一所大学。“抡”，择也。是挑选、选择的意思。“才”，自然是指人才。抡才即为国家和朝廷培养和选拔人才之意。抡才书院建院之后，在此任教、来此讲学的社会贤达、名流、学者、大家、领袖等络绎不绝，其知名人物就有当朝赫赫有名的谏臣安维峻，礼部右侍郎志锐（珍妃的哥哥），以及后来的改良派领袖康有为，著名学者王泽民等人。抡才书院本着立志、明德、修身、进学的学风，以及孝亲、谨信、谦逊、事功的院风，为国家及张家口本土培养了大批的优秀人才，为后人所仰慕。发生在抡才书院的故事很多，下面我们就从这“陇上铁汉”安维峻开始讲起。

安维峻，字晓峰，甘肃秦安县人，清代著名的谏官。光绪六年（1880）中进士，选翰林院庶吉士。1893 年任福建道监察御史。安维峻性情耿直，不畏权贵，中日甲午之战前夕，支持光绪皇帝为首的主战派，连续上疏 65 道，最著名的是《请诛李鸿章疏》。这份奏疏的刀锋，直逼权倾朝野的直隶总督大臣李鸿章和恩威并重实握皇家大权的慈禧太后。他提出把李鸿章革职查办，慈禧太后不得参政。看到奏折的慈禧勃然大怒，准备杀掉安维峻。在这紧要关头，恭亲王奕䜣挺身而出，为安维峻求情。最后安维峻的命虽然保住了，但官却丢了。安维峻被发配到张家口军台效力。

那么军台是个什么部门呢？其实军台就是负责收集军事情报的一个小单位。

临行，安维峻特意上恭亲王奕䜣府上辞行，对其救命之恩表示了深深的谢意。

“你的个性太直了，那样是会掉脑袋的，以后遇事脑子要多转几个弯，要深思熟虑后再做定夺。张家口是个很热闹地方，并非荒凉之野。你先过去，等太后气消了，我上书朝廷设法把你再调回京城。”奕䜣对耿直的安维峻打心底里说还是很赞赏的。

“多谢恭亲王抬爱，张家口若有什么需要在下办的事情，请亲王一定要直言不讳，在下定当尽全力而为。”安维峻不管恭亲王所言是真是假，但嘴上的客气话还是要说到位。

“对了，你不说我差点忘了。你知道我一向喜欢字画收藏，我听说张垣有一幅明代的《马市图》流传于民间，你去后想方设法为我打探到它的下落，不管花多少钱，一定要帮我淘换到它。”奕䜣要安维峻帮他做一件事。

“此画作是谁的作品？”安维峻问一声。

“有传言说，此画为明代画家徐渭之遗作，也有人说为董其昌所作，但不管是谁的作品，画作却是存在的。我朝闽浙总督王鹭曾为该画作序，我从《万全县志》上读过此序文。”

“既然如此，在下定当不遗余力，为恭亲王探得这幅画的去向。”安维峻决定领命而为。

安维峻离京时，京城百姓绢写“陇上铁汉”四字相赠。大刀王五派弟子亲自送其到张家口。可见安维峻在百姓心目中的认可度是何等之高。

安维峻到张后，受到了察哈尔都统、万全知县和官商绅士的青睐，被敬为贵宾。最后他受聘到抡才书院担任了主讲。

在抡才书院期间，安维峻凭借他的声望，先后邀请了一批知名人士到抡才书院讲学，大大提高了抡书院的知名度。不久，珍妃的哥哥志锐，因上书要求罢免慈禧太后的亲信孙毓汶，得罪了慈禧，也被慈禧发配到了外蒙古乌里雅苏台。志锐路经张家口时被安维峻邀到抡才书院，担任临时讲师，亲自为学生授了几天课。

安维峻学识渊博，他在授课时旁征博引，引经据典，深入浅出，教学风格深受学生们的喜爱。安维峻除了在课堂上严谨教学之外，对他的学生也是格外的关爱。学生们对他很是敬重。

安维峻为学生上课之余自然没有忘记恭亲王交代之事。半年之后的一个假日天，安维峻带了他的两位得意弟子——张继林和苏杰来到了下堡大河套的字画地摊前。地摊上摆放的字画很多，有半展开的，有全展开的，也有在轴中未展开的。其中有山水画，有虫鸟画，也有人物及动物画。安维峻要在此打探询问一下摊主这市面上有无《马市图》这一说。

摊主是位年约四十岁的中年汉子，闻听安维峻询问《马市图》，又见其衣着穿戴十分得体，身边还跟着两位衣锦华丽的少年，心中便多了几分揣摩，眼珠子滴溜溜地一转:“客官是随意问问还是……”摊主试探着问道。

“怎么，你知道此画还是……”安维峻也试着回答。

“此画我手中没有，但我知道谁的手中有此画作。收藏此画之人同我乃至交，我见过此画。而且同此画相配的还有王骘所作的《马市图序》。”

安维峻听了摊主之言心中不禁大喜：“摊主，你能带我见见你藏画的这位朋友吗？我想购买此画。”

“不可，我这朋友性情孤僻得很，从不见生人。”摊主答道。

“那么那画他可否出手？”安维峻已是迫不及待了。

“这我倒可以给问问。”

“什么时候能回话与我？”

“明日此时在此等我。”

“好。咱一言为定。”安维峻信心满满。

翌日，安维峻依旧带着他的两位学生来到了字画摊，摊主见安维峻如约而至，便笑着迎上前道：“看来客官真是要想购买那幅画了？”

“那是自然。”

“昨日我已看出客官乃诚心想买此画，便告得画主，画主也愿意出售，但需这个数，少一文不卖。”摊主展开了右手的五个手指在安维峻面前晃了晃。

“是五百两银子吗？”安维峻问道。

摊主摇一摇头：“不，是五千两。”

安维峻闻听一怔，心中不禁一惊。安维峻本是位清官，以他每年的俸禄，除了养家糊口外，哪能拿得出眼前这类似于天文数字的银两来购得此画呢？难道他还当真要向恭亲王去讨这购画款吗？虽说此画是为恭亲王所买，但人家救你性命，自己又怎么好意思让人家出这个钱呢？安维峻一时犯了难。

摊主似乎看出了安维峻的心思。为了吊安维峻的胃口，他不失时机地将一本小册子从怀中掏出递给了安维峻：“你先看看这个。”

安维峻接过小册子一看，竟是王鹭所作的《马市图序》，心中更感欲舍不行，欲得不能。

安维峻的为难被他的两位学生张继林和苏杰看在眼中，二人嘀咕一番后，走到了安维峻面前：“先生，我和苏杰商量了，我俩愿出五千银子来为老师购得此画。”

“不不不，这怎么使得。”安维峻知道，凡在抡才书院读书的学生，都是官宦人家子弟，家中都很富有，可一下子让弟子拿出五千两银子来——虽然是为恭亲王购画，但是由学生出钱购得，他也心有不忍。

这时一旁的摊主说话劝道：“既是你的两位弟子愿为你出这个钱，你还犹豫什么？你要知道，书画这买卖讲的是机缘，有时过了这村就没有这个店了。”

“是啊先生，我们家中都不缺钱，您就收下我们这份心意吧。”苏杰也开了腔。

在此状况下，安维峻只好答应了二人的盛情相助，因为他的确需要这幅画。

很快《马市图》以五千两银子成交。这在当时来说，一幅画的市值价如此之高真是创了张家口有史以来的最高价了。至于持有此画的原主人一直未有露面，故而此画的原作画之人更不得而知了。据摊主讲，此画也是原主人从他人手中购得的，不知几易其主，其价格也是翻倍的增长。可见其所存意义之大，今后的升值空间无法估量。

《马市图》到手后，安维峻展开画作，对照王鹭所作之序，对《马市图》进行了仔细研究，结果表明，王鹭所写《马市图序》文笔独特，叙述逼真。开头部分的描述言简意赅，翔实而见文字功底。其言为：

《马市图》一卷，盖故明万历笔也。载宣府来远堡贡市，拓中为城，旁肖红厓、宁静诸山。

俯瞰梁枥，城中有台翼然，朱衣危坐者二人，青方袍左右侍者十许人，青袍坐别幄者四三人，环城睥睨，甲盾立者可百人。缦胡之缨，短后之服，弓刀森植，意状闲整。台下军吏数曹，长跪白事。规方需地，百货坌集。车、庐、马、驼、羊、毡、毳、布、缯、瓦罂之属，蹋鞠、跳九、意钱、蒲博之技毕具。其外穹庐千帐，隐隐展展，射生、投距之伦，莫可名数。盖一时之盛也。

……

其结尾为：

图高四尺，袤五尺，矾绢写。今存某处。年月日叙。

安维峻比对图序之后，对《马市图》做了以下结论：《马市图》是张家口茶马互市的实景描绘，是明朝隆庆议和之后的一幅北方的“清明上河图”。价值极其珍贵，对研究明代马市有着极其重要的历史意义。

另外安维峻还发现王鹭在作此序时，隐去了作者及收藏者之名讳，可见他是怕如此名贵画作为心怀叵测之人图之，给持画者带来隐患。故而对作画之人及收藏者只字未提。

安维峻对《马市图》进行一番仔细研究后，这才将画及《马市图序》，一并装一纸筒，外面用蜡封好，派其出钱买此画作的学生张继林和苏杰赴京城送到恭亲王府上。安维峻之所以派此二人前往，自然有他心中的小九九。

不久，二位学生回张复命，告知其画作已交到了恭亲王手中，而且恭亲王还为安维峻写了一封收画后的回书。此外，恭亲王从张继林和苏杰口中得知了安维峻买画的整个经过。遂将一万两银票让二位学生转交予安维峻，一半作为购画费用，另一半让安维峻补贴家用。安维峻收银后心中颇为感激。看来他让他的两位学生前去为恭亲王送画之举极其明智，若自己亲自前往送画，给恭亲王买画的钱他怎好意思收取。

当下，安维峻将恭亲王的回书打开，几行工整的蝇头小楷立刻映入他的眼帘：

晓峰台鉴：

画作《马市图》及序收悉，经行家鉴定，此图虽非真迹，但本王亦心绪昂然。昔日燕昭王用五百金购得千里马骨，今本王花万银买一赝品，世人闻知，何愁真品不归于我。望尔再接再厉，以购得真品为盼。

奕䜣

安维峻读完恭亲王的回书，不禁心悸。五千两银子所购《马市图》竟为赝品，这怎不让他大惊失色。信中恭亲王虽没有一句责怪他的语句，但买一赝品给恭亲王，却也足使他感到汗颜。

读完书信，安维峻见天色尚早，便带了张继林和苏杰直奔大河套的字画摊而来，他要找那卖给他画的摊主讨个说法。然而当三人来到字画摊前的时候，此处哪儿还有那摊主的影子。一问旁边摆摊的人才得知，自从那天安维峻买画后，那字画摊再也没人出来摆过。至此，安维峻终于证实，恭亲王信中所言一点不假。他所买的那幅《马市图》的确是赝品，否则摊主不会弃摊而逃。

事已至此，安维峻只好让两位学生将恭亲王所给银票兑换成银两，他留了三千，余下的他全部分给了二位学生——恭亲王的银子，不要可是白不要，尽管这些银子要得不怎么心安理得。

事后，安维峻又多方打探《马市图》的真迹，但《马市图》却像从人间蒸发了一般，即使是赝品也没有再在世间出现过。有人说此画其实一直就在张家口被人收藏着，但张家口发生兵变之后，此画已被乱军焚毁，是真是假，不得而知。

至于此画究竟为何人所作，文字中无有记载，至今为谜。

正是：马市图当年辉煌再现，
万全志空留一纸序言。
寻图源百年难觅真迹，
安晓峰画摊懵懂被骗。

# 第十七回　张库大道老倌车　与狼同行多坎坷

上回说的是发生在抡才书院的故事，其实抡才书院自建院以来，发生在此的有关文人雅士的故事还很多，限于篇幅，这里咱就不再一一赘述，因为后面关乎咱张家口历史兴衰的张库大道已跃跃欲出，等待着我们讲述。闲话少叙，接下来我们就讲一下这张库大道。

说起这张库大道来，这里面的故事就更多了。张库大道是由察哈尔首府张家口出发，通往蒙古草原腹地城市乌兰巴托（当时叫库伦），并延伸到俄罗斯恰克图的一条重要的贸易运输线。它全长1800多公里，有着“北方丝绸之路”的美誉。它在国内外有着重要的政治、经济、文化等历史地位和影响。张家口北通蒙古大草原，东望京、津地区，西联晋、陕，战略地位和交通位置得天独厚，是张库大道的源头。

当年，在漫漫的张库大道上，每年都有数以万计的骆驼和老倌儿车队在日夜不停地行走运货。所谓的老倌儿（“老哥”的意思）车队，其实就是牛拉车队。

读到这里有人不禁要问了，这张库大道上怎么不用骡拉车或是马拉车呢？这样行走不是更快捷吗？老牛拉车走起来又那么慢。列位客官，在当时的条件下，路途那么远，骡、马的耐力远远比不过老牛，老牛一路慢走，所消耗体力也较慢，所谓的“慢工出细活”的道理也在于此，故而老牛最终能够走完行程，到达目的地，而骡、马怕是只走一半路程就力竭而亡了。另外老牛喝水不挑水质，一摊臭水也能止渴，所以当时的条件只有老牛车才能上路。

闲话少叙，咱书归张库大道。在这条大道上，常年行走于此的有皇封御赐的张家口八大皇商——山西帮，有津、京一带的——津京帮，也有代表咱万全、蔚县、阳原、怀安、涿鹿等地的——本地帮。这些驼队和老倌车上承载着的货物有由内地运往蒙地及俄罗斯，乃至欧洲的绸缎、布匹、米面、纸张、砖茶、食盐、红糖、瓷器、铁器、鞍具、小百货等，返程的货物有从蒙地交换回来的牛、马、驼、羊、皮货、绒毛、药材、碱坯等。也有俄国人的毛呢、毛毯、天鹅绒、银器等。1909 年由中国人自己设计和修建的北京至张家口的京张铁路的竣工通车，更加快了张家口与蒙地、俄罗斯、欧洲等地的商品流通速度，张家口成了全国乃至世界的物流集散地和“旱码头”。1918 年张库公路也建成通车，张库公路开通后，张家口对库伦及俄罗斯的贸易发展到顶峰，成了张库大道历史上最为辉煌的时期。张家口由此成了驰名中外的陆路商埠。直至 1924 年外蒙古宣布独立、1929 年国民政府与苏联断交，蒙古关闭了中国的所有商号，张库大道才被迫中断。繁荣近二百年的张库大道开始衰落。张库大道的历史成就了张家口，张家口由此发展成为中国北方最繁盛的商业中心之一，甚至在全国的经济格局中也占有很重要的地位。张库大道贸易的兴盛促进了张家口的繁荣和发展，也促进了乌兰巴托这座草原城市的形成。同时张家口还吸引了为数众多的外资企业。张库大道全盛时最高年贸易额达一亿五千万两白银。当时张家口出大境门向西近十里长的狭长沟谷中，商号店铺鳞次栉比，交易市场人声鼎沸，张库大道在当时曾红极一时。那些常年行驶在张库大道上的车队以及商人们，虽然挣得盆满钵满，但客观地讲，他们的所获却也付出了艰辛的代价，这些所获是用汗水、血水乃至生命换来的。骆驼商队每年秋季开始出发，直到冬季返回。老倌车队一般是春季出发秋季返回。行驶在张库大道上的驼队、老倌车队一路上不但要面对黑、白、黄、雨、狼、匪等灾祸，而且还要穿越泥泞的草地和戈壁瀚海，真是千辛万苦，历经生死。故而张库大道也并非一条康庄大道，而是一条极不平凡的生死商道。下面咱们就先从这黑、白、黄、雨、狼、匪说起吧。

这“黑”指的是草原上的烧荒。这也是草原霸主俺达汗当年所经历过的场景再现。当然那时的烧荒是人为的，但草原上的烧荒有时也并非人为，也有自燃的。而草原是张库大道的必经之地，草原上一旦烧荒，千里沃野全部变黑，路上的牲畜——无论是拉车的老牛，还是从蒙地贩回来的牛、马、驼、羊，便失去了赖以生存的草料，草料没了，驼队和车队便会陷入绝境，只能靠车上拉着的一些草料来勉强度日，直到遇到新的绿草地才能存活。所以遇上这样的烧荒，车队便称之为遇上了“黑灾”。

“白”指的是雪灾。车队这一路如果遇上了大雪，无疑也遇上了灾难。只有顶风冒雪，往风口方向走才能脱险。因为风口处大雪被风一吹，雪的厚度便变薄，牲畜可用蹄刨开薄雪找到食草。

“黄”指的是黄沙。有诗云：“黄沙百战穿金甲”，你想吧，黄沙连金甲都能穿透，可想有多么的厉害了。戈壁滩上这厉害的黄沙，有时刮起来遮天蔽日，而且一刮就是好几天，还夹杂着鹅毛大雪，自然也是一种灾难。

“雨”的概念大家都易理解。车队遇上大雨，茫茫草原，前不着村后不着店，只能躲进布制的帐篷内临时避雨，雨后再将车上拉着的备用木柴点燃，烤干身上湿了的衣服，由此，因雨感冒、发烧的老倌大有人在。

“狼”对于大家来说也不陌生。看过《狼图腾》的读者都知道狼的厉害，而草原狼却是既让人恐惧又让人敬畏的一种动物，车队一旦被狼群缠上，其后果可是非常严重的，如若处理不当，将会尸骨无存。后面咱会专讲一段发生在张库大道上车队与狼的搏斗场景。

“匪”顾名思义指的便是土匪了。张库大道历来为土匪出没之地，因为此条路上布满了黄金。人为财死，鸟为食亡。土匪们为了生存自然要打车队的主意。于是这条大道便充满了传奇与血腥。

当年，常年行走于张库大道的驼队、车队很多，下面咱就从富于传奇色彩的张家口常家的老倌车队和霍家的驼队说起吧。咱先说这常家。

张家口常家怎么听着有些耳熟？常家是不是在上、下堡及周边开有大德川、大德美、大德成、大德瑞、大德正、大德旺等十个以“德”字为标志字号、号称“十大德”的常家？没错，我说的就是此常家。

常氏家族在张家口的商业大舞台上创造了万里茶路和张库大道历史上最为辉煌的商业奇迹。其代表人物即为常氏商业创始人常威之子常万达。

常万达接手常家家业时已在张家口拥有了雄厚的经济实力。开设了大兴德、笃信诚、天德顺、成吉厚、大德宏、大合店、独慎玉、瑞隆玉、复兴和等商号。

常万达目光敏锐，胆识过人。他抓住张库大道最为兴盛时期的黄金机遇，以张家口为大本营，广集中原和江南及当地物资进军恰克图、莫斯科和西欧地区，做起了国际贸易。他经营出口的货物以茶叶为主。他在福建省崇安县下梅镇设庄收购茶叶，创立收购、加工、制作、收藏、运输等一条龙的产业链条，将茶叶运到大本营，然后再将茶叶等生活用品通过老倌车运至大圐圙（蒙古语指围起来的草场，多用于地名，这里指蒙古的库伦）、恰克图及西欧等地。

常家的老倌车队准备上路了。同以往出发前一样，临行时，车队都要在大境门外集结，举办隆重的送行仪式。常府上下人员包括远行车队老倌的亲戚朋友以及大境门周围的百姓都要来此看上一番热闹。伙计们先给远行车队的头牛披红挂彩，再抬一张条桌放在头牛前，桌上摆满了供品和香烛，随后负责此次远行的常家人常玉，带两名老倌儿手持燃香，口念吉语，对着头牛顶礼膜拜，保佑此次远行人、牛无恙，一路平安。

常玉是常万达最为信赖的一位本家侄儿，长得虽然高大威猛，但却是一位有勇有谋、粗中有细的张飞式人物。他常年行走于张库大道，负责为常家押送货物。此行，常玉的车队依旧有百辆之多，车上除了装有茶叶外，另外还有米、面、油、酒，蛋、盐等生活用品，以及不少的工艺品，像首饰、鼻烟壶、木质雕刻、古装画等。油、酒、蛋等物品，都是由荆条编织的篓子盛装，篓内存有小米，然后将易碎的鸡蛋置于米中，再用蘸上马血的麻纸糊严，无论走多远的路，到达目的地后鸡蛋都会完好无损。凡去过大圐圙的人都知道：

大圐圙三千六（1800 公里），
去时春回时秋，
雨里淋风里走。
荒无烟人心揪。

鉴于路途的遥远、艰难和危险，所以车队每次远行，常万达都要亲自出来为车队饯行。此次他也毫不例外，他让伙计把陈坛老酒倒进碗内，将碗中之酒与远行之人一饮而尽，直到目送着车队上路后他才返回家中。

为了路途的安全，此次出行前，常万达又为车队配了十来支快枪，增加了与枪相对应的保镖，把个常玉喜欢得冲常万达直叫祖宗。

常万达当时所处的时期，正是张库大道运输最为繁忙的时期。当时通往库伦的通商口子主要为东口和西口。西口又叫杀虎口，在山西境内，晋商均走此口。曾风靡一时的小曲《走西口》的曲调，便起源于此。东口即为张家口，走的多为冀、察、津、京及本地商旅。东口通往库伦的基本走向是：从张家口出发，沿西沙河出平门，走西勾上坝。也有越黄土梁，穿苏家桥，经万全城北行，过膳房堡后，爬神五台坝，达兴和城（张北县城），然后往北行至白庙滩黑马湖，过东四盟，进入蒙古地区，然后直抵大圐圙。此次出发后，常玉一路上尽管千小心、万提防，但还是遇上了麻烦。

原来常玉带着车队进入草原的头一天夜里，一头拉车的黄牛卸套后，独自离群，遇上了野狼，被狼群生吞活剥吃得只剩下了一堆骨头。第二天套车准备上路时，人们发现少了一头牛，后来在不远处发现了牛骨才知道被狼伤害。

少了一头拉车的牛，该车上的货物只能往其他的车上匀，倒腾了半天，车队才继续往前赶路，这一天人车均平安无事。

到了夜晚，常玉再不敢掉以轻心，他将所有车辆围成一圈，将牛都圈到了中心部位，然后在车四周燃放了十来堆木柴，这些木柴都是随车而带，夜间点燃后用来煮饭、取暖、驱狼。因为车队目前经过的地方属半沙漠半草原地带，白天热得要命，夜间冷得打战，狼又最怕火，所以将牛安置在四周有火的中间地方是最为安全的，故而夜间燃火一举多得。果然这一夜狼再没敢接近牛群。而狼是最为狡猾凶残的动物，它们在夜间没得到想要食用的美味，白天仍不死心，车队上路之后竟有十几只狼尾随在车队后紧跟而来。这些家伙走走停停，不紧不慢，若隐若现。常玉看着生气，这些家伙如果一直跟下去，对车队是个极大的威胁。眼下是十几只，但这十几只狼一旦把周围的狼再招过来，情况会对车队很不利。于是常玉和其他几位保镖商量，决定先把跟在车后的这些家伙赶走再说。随后几个人在草丛中藏下身来，待车队过后，跟在后面的狼刚一露头，常玉高喊一声："打。"几个人手中的枪瞄准前面的狼同时开了火，立时便有三匹狼嗥叫着中弹倒地，其他狼见状急忙四散逃命，但有一只前蹄被打中、长得健壮凶猛的灰狼，不但没有离去，而是对着空旷的原野长长地嚎叫了一声，这一声声嘶力竭的嚎叫过去不久，周围立刻附和着传出了许多狼的嚎叫，紧接着车队四周很快便出现了上百只的狼。原来那灰狼竟是一只头狼，它的一声嚎叫，竟把周围的狼群都招了来。它们一步步向车队逼近，很快就把车队包围了，情况颇是危急。

列位读者，看到这里你心中不免有些嘀咕：那头狼此前为何不招呼群狼前来，而是在此刻才突然嚎叫，召集群狼呢？其实那头狼是有自己心中的小九九的，它的心理也和人的心理一样——一块肉如果一个人吃，可以大快朵颐，但人多了来吃便不够塞牙缝了。头狼也是此种心理，它怕狼多肉少，故而只带了少数的狼尾随在常玉的车队后面。然而眼下却不同了，头狼偷鸡不成反蚀米，肉不但没吃到，而且前蹄还挨了一枪，一时间又气又急，既恨又怒，报复心极强的它此刻已顾不及狼多肉少了，它立起身来，仰天发出长嚎，开始召集群狼。立时，听到呼叫的群狼便从四面而来。

常玉从未见过狼有如此巨大的阵容，望着眼前的情景，立刻吓得头上冒出了冷汗。身边人急问常玉怎么办，常玉危急中赶忙跑回车队，令车队从头连到尾原地又围成了一圈儿，然后将十几名枪手分散开来，准备应敌。这边刚布置完，狼群便开始进攻了。它们拖着长长的身子，龇着牙，张着血盆大口，一只只疯狂地扑向了车队，而且最近距离的狼已窜到了距车十来步远的地方。

“打。”随着常玉的一声令下，十几支枪同时开了火，狼立时被打死、打伤了十来只，其余的狼见状急忙停止了进攻，掉头回窜。

“嗷。”随着头狼的又一声嚎叫，掉头回去的狼竟然一只只又掉转回了头，停在了原地。只不过没有再进攻。常玉见此情景，知道情况更加危急。白天，火对狼已失去了作用，他赶忙令手下人向四周天空燃放响花，并燃起狼烟。这是紧急情况下遇难人向附近的人所发出的求救信号，草原上一旦发现这样的信号，很快便会有人马前来营救。

这期间，常玉让老倌们也都备好刀棒，严阵以待。一旦狼来到近前、长枪无暇顾及的时候，刀棒是对付狼的最好武器。这边常玉忙着布置防范措施，四周虎视眈眈的狼群也在蠢蠢欲动。它们先是相互之间来回穿梭着，像是在传递信息一般，随后便停了下来。头狼的周围聚的狼最多，有四五十只，其余狼都分散四周，其目光紧盯着车队。不久，随着头狼的再一次仰天长嚎，狼群开始进攻了。它们疯了似的向车队扑来，常玉他们急忙开枪，扑上前来的狼果然又被击中数只，但这一次他们却是毫不后退，前面的狼倒下，后面的狼却奋不顾身地冲了上来。常玉他们顾不得还击，狼便来到了眼前，而最先跑上来的几只狼已冲进了车队，扑向了人们。好在人们事先已有所准备，一个个持刀的持刀，拿棒的拿棒，与狼近距离地展开了肉搏战。群狼越来越多，有的狼开始袭击牛，牛拉着车四散逃命，车队一时大乱。常玉他们既要保护牛，同时又要保护自己，一个人至少要对付四五只狼，有的甚至是对付七八只。一只狼被打倒，紧接着另一只狼却又不顾一切地冲了上来。

渐渐地，常玉他们已感到了精疲力竭，而狼的斗志却是丝毫未减，眼看着人和畜都要被狼拖垮、吃掉。就在他们感到绝望的时候，突然人们看到前方尘土飞扬，一队百余人的骑兵赫然出现在了众人面前，骑兵们个个手持着明晃晃的战刀杀进了狼群，他们见狼就砍，逢敌便杀。很快狼群便被杀得狼尸遍野，溃不成军。刚才还不可一世的群狼顷刻间便消失得无影无踪。

事后常玉他们才知道救他们的是一支专门对付草原狼的蒙古骑兵。是他们发现了常玉他们发出的求救信号后，专门赶来营救他们的。若不是常玉在关键时候机智果敢，若不是蒙古骑兵及时赶到，常玉的车队怕是早就全军覆没了。但尽管如此，拉车的牛还是被狼咬死了一头，咬伤两头。无奈，他们只好派人上蒙地又买了几头牛，这样一来，去库伦的行程便被耽误了数日，从库伦返回张家口时已进入了冬季。

正是：漫漫长路，历尽艰辛。
风餐露宿，以死相拼。
春去秋归，千里之行。
生死无畏，狼退我进。

# 第十八回　张文贵路劫驼队　杜焕章视死如归

上回讲到老倌车在张库大道上所遇到的“黑、白、黄、雨、狼、匪”等灾祸。黑、白、黄、雨属自然灾害，非人力所控。而后两项内容——狼和匪却是动物与人、人与人之间的斗法了。动物与人再怎么斗，其结果即为：再狡猾的动物，最终也是斗不过好猎手的。前面我特别讲了一段常万达的老倌车队遭狼袭击一事，虽然很是凶险，但结局却是转危为安，在可控范围之内。而匪与驼队相遇却是人类与人类的较量，靠的是斗智斗勇才能取得胜利。所谓的“狭路相逢勇者胜”说的便是这个道理。下面咱就再说说霍老五的驼队在张库大道上所遇到的匪。

霍老五，大名霍承勋（也有称其为霍承熏的），字行伍，绰号霍老五，光绪二十五年（1900）生人，祖籍山西孝义，至先世迁至万全城，到他这代已是七代经商。其父霍枚在世时，在万全、张家口的买卖已做到了极致，是霍家最为辉煌的时期，到霍老五手中家业又得到了发扬光大，在张家口周边及坝上乃至津、京地带都有他家的土地及产业（天津卫很有名的万全街即为霍家所有）。当时盛传霍家为张家口周边三十六县之首富。当年慈禧太后西逃路经万全一带时，霍枚曾捐银两万两以资助“老佛爷”。另外霍老五的政治背景也很不简单，他所娶的大老婆是万全知县陈钰的妹妹。陈钰之姐嫁的是民国大总统袁世凯的三公子袁克良，霍老五和袁三公子是挑担关系。而霍老五所娶的三姨太则是民国初期张家口色艺双全、红极一时的梆子戏名伶筱金蝉。这样的一位人物其本身便充满了传奇与神秘的色彩，故而下面发生的故事你也许便见怪不怪了。

张库大道的辉煌时期，也是张家口周边劫匪最为猖獗的时期，这些土匪成群结队，三二十人的有之，百八十人的有之，最多的劫匪群竟达千余人。这些土匪打家劫舍，明火执仗，昼伏夜出，有的甚至大白天就公开绑票、抢劫、强奸、杀人，闹得周边百姓人心惶惶，谈虎色变。官府曾多次组织官军进行剿匪，但却收效甚微。官军每次出动，土匪便同官军打游击、捉迷藏，或化整为零混入人群，或隐居山林，逃得无影无踪，一旦官军撤离，他们又聚结成群，继续干他们的无本生意。当时活跃在张家口一带的土匪有以下几股。

白三阎王，热河省人。从小就拜把子，“拉杆子”，是张家口北部有名的老匪，人数最多时达 1300 多人，经常出没在坝上一带。

曹老七，怀安人，从小放猪，后为匪，匪徒有 300 多人。

刘七点，康保人，大名叫刘四喜，匪徒也有 300 多人。

小五点儿，大名叫宋殿元，出生于张北县。有匪徒 300 多人，是坝上有名的大杆子。关于小五点儿的传说很多。他娶万人迷为妻，骑得快马叫水上漂。抽大烟、打牌、玩女人是他的三大爱好，当土匪后干尽了罪恶的勾当。他长期霸占有四个女人，除此之外，每到一处凡被他看上的女人绝不放过。他全靠抢劫、绑票、勒索来满足他吃喝玩乐的欲望。抗战时期他投靠日军，抗战胜利后，他又为国民党军充当鹰犬。曾任伪警察队中队长和国民党骑兵团团长，多次带兵围剿八路军抗日根据地，杀害村干部和革命群众。1951 年 4 月，被察哈尔省公安处在包头市西脑包四十号大店抓获，月底押解回康保县枪决。

荣三点，大名包仲仁，蒙古族人。当土匪之前曾是位牧主，因其在家中排行老三，为匪后被人称为“荣三点”，有匪徒近 300 人。后被奉军收编，在三十一军郑泽山手下当了位师长，后因与军长郑泽山发生口角，被郑当场击毙。

此外，还有蔚县土匪头子宗孝，绰号宗秃子。在暖泉当过保商团团长，后投靠日军，国民党统治蔚县时期又当了还乡团团长，干尽了坏事，1949年被人民政府镇压。

王大美、王二美兄弟俩是阳原一带的土匪头子，经常出没在蔚县、阳原、涞源、广灵一带烧、杀、抢、掠。国民党宋哲元部剿匪时王大美被宋部击毙，王二美继续为匪，后投靠国民党当了上校团长，到处杀害共产党人，1956年12月4日在阳原县城被审判镇压。

万全县的土匪头子名叫张文贵，祖籍万全北新屯何显庄村人。出生于一个泥瓦匠的家中，儿时读过几年私塾，之后便跟着大人们下地干活了。13岁到万全城里打工，16岁时因同他一块儿干活的一位伙计发生口角，用菜刀砍了人家两刀，被告到县衙，坐了两年牢房，出狱后投奔了新开口的匪首五老鞑儿，当了一名土匪。在匪窝里，他骑马打枪，练就了一手百步穿杨的好枪法。他骑在马上用枪击房檐椽头子，百发百中。由于他出手快，枪法准，而且又胆大心细，心狠手辣，无人敢干的买卖他都敢做，受到了五老鞑儿的青睐。几年后五老鞑儿让位于张文贵，让张文贵当了匪首。张文贵当匪首后用抢劫来的钱财四处招兵买马，扩充自己的武装，最后竟拥有了一支七八十人的土匪队伍。张文贵的土匪一律都是骑马作案，来得快，走得也快，而且抓人后即刻带走，过后再要赎金，否则就撕票。他们经常出没于张家口周围地区，隐于深山洞窟和草甸之中。官府曾多次出兵剿灭，因其狡兔三窟，官兵每次清剿他都消失得无影无踪，但官兵一撤，他又不知从什么地方冒出来，弄得那些乡下的有钱人每日里都提心吊胆，纷纷往城池内迁移，或建高墙，买快枪，组织家丁护院严防死守，一遇土匪便开始敲锣，紧闭寨门，持枪还击，等待救援。这法子弄得土匪一时间狗吃刺猬——无法下口，日子一长，反倒失了好几名土匪。如此一来，张文贵打家劫舍变得异常困难，于是他改变策略。将目光盯住了往返于张库大道上的商旅车队。这次霍老五的驼队便“中了彩”。

霍老五的驼队有八十余峰骆驼，驼队总管姓杜名焕章，1900年生人，和霍老五同庚，是霍老五的又一位铁杆弟兄，常年为霍老五经营理财，为霍府上下打拼，立下了汗马功劳，深得霍老五的信任，为霍老五铁杆“七兄弟”（其余六人为：李二喜、马锦云、史文宝、罗忠义、刘启、黄忠）之一。此次杜焕章带驼队上大圐圙，除了运送货物以外，霍老五还交给了他一项十分特别的任务——带一封特别重要的信到张北县城，将信交于城内荣达皮货行的老板荣尉林。

此信件是霍老五回万全城内拜访他的老师冯雅颂（中共地下党员）时，冯老师特别拜托他做的一件事。霍老五虽不知信的内容是什么，但他早已隐隐知道冯老师的身份，而他则是冯老师最为信赖的学生，故而冯老师便将此信交予了霍老五。此前，霍老五也曾不止一次为冯老师送过类似的信，而且每次都顺利完成任务，冯老师对霍老五早已是深信不疑，充满了信任。此次冯老师却是在霍老五临行前特别叮嘱了他一句：“老五，我把此信交与你等于是将我的性命交予了你，你明白我的意思吗？”

“放心吧老师，你的命便是我的命。”霍老五只道了这一句话便拿着信离开了……

“人在信在，人不在，信也得在。”霍老五对杜焕章下的是如此的命令。杜焕章深深地感到了任务的艰巨与重要。

正值秋高气爽的季节，驼队依旧是在大境门外集结。霍老五依旧出门相送，目送队伍走出他的眼帘。回家的路上，霍老五身上已感到了一丝丝秋的凉意，他哆嗦一下身子，心中不由暗道一声：但愿此行一路平安！然而尽管他千祈祷万祝福，但驼队在路上还是出事了。

这天上午，霍老五正在堡子里的家中一边品着香茗，一边听留声机中的唱片音乐。这台留声机是前不久他去上海时刚从十里洋场购回的洋玩意儿，这几天他正听着唱片里的音乐上瘾。这时只见杜焕章带着满脸的划伤从门外进来，“五爷，出事了！”杜焕章进门后便急切地向霍老五报告。

霍老五急忙关掉了留声机：“怎么回事，你慢慢说。”他倒了杯桌上的茶给杜焕章。

“我们的驼队在坝上遇上土匪了。”杜焕章喝了口茶之后告诉霍老五。

“你身上的信呢？”霍老五关心的是冯老师托他送的那封信。

“这个你放心，信我已安全送到了。”杜焕章道一句。

霍老五稍稍放下心来：“到底是怎么回事？”

“唉！”杜焕章叹了口气，这才讲起了事发的经过。

原来杜焕章带着驼队行到离兴化城（今张北）还有七八里路程的时候，突然被一队隐在附近丛林中的马队围了上来，压队的二十多名保镖刚要掏枪还击，马上之人已到了眼前，其速度之快令人咂舌。一位保镖正欲开枪，却被马队中为首的一位枪手一枪击中手腕，手中的长枪立刻掉在地上，马上其他人迅速散开将驼队围了起来。众保镖见状哪还再敢举枪，呆立当地将目光都投向了杜焕章。杜焕章见此情形，也不敢造次，因为他看到马上之人均将枪口对准了他们。

“老子是张文贵，识相的赶快把枪都扔地下，否则老子就‘点名’了。”刚才一枪击中保镖手腕的枪手开口说了话。

众保镖闻听，知道遇上了张文贵的土匪，未等杜焕章开口，便纷纷将手中的枪扔到了地上。正所谓：好汉不吃眼前亏，识时务者为俊杰。杜焕章也只得把他手中的匣子枪扔到了地上——疙瘩太硬，胳膊拧不过大腿。眼下，杜焕章最担心的就是土匪搜身，因为他怀内揣着一封比他性命还重要的信件。还别说，心里怕什么还真来什么。众土匪将其保镖和驼倌们集中到一起，开始一个个搜查了。杜焕章夹在人群中，心中惊出一身冷汗，此信一旦被土匪搜去，然后土匪再按图索骥，前去张北县城绑票，后果不堪设想。——“人在信在，人不在信也得在。”此刻他想起了霍老五临行前对他所说的话。——不行，此信怎么也不能落到土匪手中。他开始观察四周，突然发现人群东面约二十米远的地方，有一道南北走向的沟壑横在那里，立时他心中有了主意。他趁土匪搜其他人员、戒备松懈的时候，悄悄移到人群的东边，然后猛然向沟边跑去，待众匪发现后，他已跑到了沟边。

“站住。”随着土匪的喊声，“啪，啪啪。”子弹从杜焕章的耳边飞过。杜焕章顾不及许多，纵身一跃，跳下了深沟。

众匪追到沟边，探头向下一看，发现此沟足足有五六十米之深，都不由得倒吸了一口凉气。这时张文贵也到沟边，看了眼沟底，然后摇了摇头，道一句：“天堂有路你不走，地狱无门你偏去寻，这也怪不得我了。”跳入这么深的沟，张文贵想杜焕章已必死无疑——这是张文贵后来见到霍老五后，同霍老五交谈时所猜想的杜焕章的结果。

其实张文贵他猜错了，杜焕章跳下深沟后并未摔死，而是被挂在了一棵离地面两三米高的树上，只是脸上有些轻微的擦伤而已。

杜焕章从树上爬下来的时候已是傍晚。他先摸了摸揣在怀里的信件——信还在，他不由得长吁了一口气，然后寻找走出谷底的路线。他沿着沟底行走了大约一里多的路程，才从沟底爬上了高地。此时天已黑了下来，夜色中他一时也分不清东南西北，只看到漆黑的四周不远处有灯火闪烁，便向着有灯火的地方走去。走了四五里的路程，到近前他发现，这灯火之处竟然是张北县城。遂止不住心中的一阵激动——真是踏破铁鞋无觅处，得来全不费功夫啊。他这纵身一跳后爬上来，竟然来到了张北城下。当下他也顾不得许多，心中只有一个信念：先送了信再说。他进城后便沿街道行走，按着霍老五交代他的地址，很快找到了荣达皮货行。他敲门后用暗号立刻和荣尉林接上了头，将信交给了荣尉林。随后，荣老板为他沐浴更衣，备了可口的饭菜，杜焕章饭后这才定下心来。稍事休息后，他让荣老板找了一匹快马，便连夜骑马往回赶。第二天当他赶回到张家口堡子里，面见霍老五的时候，已是日上三竿。他遂将一路上他所经历的事情原原本本地告诉了霍老五。

霍老五听了杜焕章的讲述，心中一时喜忧参半。喜的是杜焕章已完成了冯老师交给他的送信任务，而且人也毫发无损；忧的是他的驼队连人带驼还在张文贵的手中，他正想着该如何去解救，他驼队的保镖二狗子突然从驼队回来向他报信儿了。原来张文贵把驼队劫走之后，便让二狗子回来给霍老五捎话，让霍老五派人带十万块大洋，去赎他的驼队，否则就要撕票。面对此种情况。霍老五立刻将他手下的几位弟兄叫过来商讨对策。经过一番商量，最后霍老五决定亲自带银票去会张文贵。众人担心霍老五的安危，劝说其另派人前往，但霍老五却是头犟驴，认准的事儿却是无人劝说得了。当即，霍老五让人上账房取了十万两银票，带了军师小神仙（李二喜）和神枪马锦云，由刚回来送信的二狗子带路，前往张文贵指定的地点，去会张文贵。

翌日，霍老五带着小神仙和马锦云赶到张文贵所指定的地点的时候，已是正午时分。霍老五向守卫的小土匪道明了来意以后，被带到了一处硕大的帐篷内。此时帐篷里张文贵和两位匪首正坐在那里等着送赎银的人到来。“他们来了。”小土匪进帐后向张文贵禀报。

“赎银带来了吗？”张文贵的副手——脸上有着两道疤痕的、绰号叫二刀疤的匪首，手中玩着一把匕首，开口问道。

“带来了。”霍老五道了一声。

二刀疤扭头看了一眼张文贵。张文贵沉着脸，没有任何的表情，他一直盯着霍老五在看。霍老五也看着张文贵，他觉得张文贵似乎有些面熟，好像在哪儿见过，随后他又看到张文贵胸前挂着两枚用金丝线绳穿了的大洋，立时他想起此人为谁了。而张文贵也觉得霍老五似曾相识，随开口问道：“你叫什么名？以前我们是不是认识？”

“我叫霍承勋，外号霍老五。”霍老五报上名号，“我也感觉好像在哪儿见过你。”

“你俩岂止是认识，如果我没猜错的话，你脖子上挂着的那两枚大洋应该是有人送你的，你一直没舍得花而留作纪念才挂脖上的。”这时小神仙李二喜对着张文贵开了口。

张文贵一怔：“你怎么知道？”

“因为我当时就站在你身旁啊。”小神仙道。

“那你是……”张文贵迷茫地望着小神仙，而且情不自禁地想起了当年的往事。

那年，13 岁的张文贵到万全城里打工，由于饥饿，有一次在街上偷了人家外面摊儿上的一个烧饼，被摊主发现，让人家逮着就打。恰巧这时，有两位少年路经此地，看到眼前情景，其中一位少年急忙止住摊主，从怀中掏出钱来替张文贵付了烧饼钱，并给了他两块大洋。张文贵感激少年的慷慨解囊，恳请少年留下大名儿，少年一笑，却是扬长而去。后来张文贵将少年赠送他的两枚大洋一直藏在身上，再怎么困难也没舍得花。再后来他当了土匪之后，干脆将两块大洋用金线穿了，挂在了脖上，以示对当年送他大洋的少年的感恩与思念。眼下当小神仙提起此事，怎不让他感到吃惊而浮想联翩呢。

“当年送你那两枚大洋的就是站在你面前的霍五爷。”小神仙的记忆力一向超群，刚才他一进大帐便认出了张文贵，因为当年霍老五送张文贵那两块大洋时，他就站在霍老五身旁，故而他猜测张文贵脖上所挂的两块大洋一定与霍老五有关，便点破张文贵心中迷津。

此时霍老五也想起了当年往事：“原来你是当年那位……”

“是我，是我张文贵啊！”张文贵此时已再难控制自己的感情，他上前一把握住了霍老五的手，“原来当年送我大洋的恩人竟是你大名鼎鼎的霍老五啊！”

“我也没想到当年的那位小弟兄竟是你鼎鼎大名的张文贵啊！”霍老五此刻也是感慨良多。

“二当家的，快快备酒，今天我要与我当年的恩人痛痛快快地喝上一场。”

“好嘞！”二刀疤领命而去……

事后，霍老五与张文贵义结金兰，不仅驼队与赎金完璧归赵，而且此后霍老五行走于张库大道的驼队、车队，张文贵还派人专门护送。当然霍老五在张文贵身上也下了不少血本，金银、烟土、枪支均没少资助。

正是：张库道，匪患狂。

商匪结义，握手诉衷肠。

# 第十九回　火车汽笛一声响　京张铁路挺脊梁

上两回我们说的是张库大道上所发生的事情，这回我们接着讲京张铁路。京张铁路起始点为北京丰台柳村，终点至张家口，全长 201.2 公里。1905 年 9 月开工修建，1909 年建成，是中国首条不使用外国资金及人员，由中国人自行设计、自主建设并投入运营的铁路。负责设计和修建这条铁路的是中国杰出的铁路工程师詹天佑。写到这里有人不禁要问了，中国这么大，当时的清政府为什么要选择北京至张家口这么一条线路来修铁路呢？这当然是出于张家口所处的军事和商业地位来考虑的。张家口处于北京西北、居庸关外，自古就是中国北疆的军事和经济重镇，故而在此修条铁路，从战略和经济上来考量均十分重要。

其实，在詹天佑修建京张铁路之前，中国已经有了多条铁路。光绪七年（1881），为了拓宽开平煤矿的运输渠道，李鸿章曾主持修建了唐胥铁路（唐山—胥各庄）。这条铁路是先建后奏的，建成之后才报告给了朝廷。朝廷当即派人对铁路进行了实地考察，考察最后下结论：铁路机车会震动老祖宗的坟地清东陵，而火车头喷出的黑烟会污染沿路的庄稼。故而朝廷下令，禁止使用火车头。无奈之下，李鸿章只好将火车头弃掉，改用骡马来拖拉车厢。于是在唐胥铁路上就出现了骡马拉着火车车厢跑的可笑闹剧。尽管这条仅 11 公里的铁路修得挺窝囊，但是唐胥铁路的建成却结束了中国没有铁路的历史。此后随着全国修铁路的呼声越来越高，加之国外发达国家铁路的普及，清政府也抱着试一试的态度，在国内也修建了几条铁路。

特别是京奉（北京—沈阳）铁路修成后，运营良好，利润丰厚。时任直隶总督兼关内外铁路总办的袁世凯与会办胡燏棻向朝廷提出，利用关内外铁路的营业收入来修筑京张铁路。

其实早在袁世凯提出修京张铁路之前。俄国就曾提出修筑由恰克图，经库伦、张家口到北京的铁路。当时清政府没有允许。1903年，商人李明和、李春相继奏请朝廷，想用招集股银的方式来修建京张铁路，但朝廷考虑到股银有外国资本的渗透，不易操作，未获批准。再后来又有商人张锡玉奏请商办修建京张铁路，但因其意不明，也被拒绝。而此次袁世凯的奏请却被朝廷顺利通过了。袁世凯此次的奏请之所以被顺利通过，主要是慈禧太后点了头。慈禧太后是个爱红火热闹的人，此前她在京城坐过太监们用绳索拉着的火车车厢，觉得挺好玩儿的。加之老太太眼中的袁世凯一向精明干练，是个能人，他提出修京张铁路不仅能为大清国带来丰厚利润，而且还不用朝廷拨款，自然便开了绿灯。遂同意了袁世凯的请奏，批准修建京张铁路。

清政府要修建京张铁路的消息传出之后，震惊了中外。英国和沙俄首先想抢夺京张铁路的修筑权，为此两国之间为了谁来修这条路还闹起了矛盾。为了避免节外生枝，清政府便抱着息事宁人谁也不得罪的态度，按照袁世凯的建议，决定招募本国的工程师来修建京张铁路。于是詹天佑的名字被提上了议事日程。负责修建铁路的袁世凯在看了詹天佑的简历之后，亲自到天津中国铁路公司，面见了詹天佑。经过交谈，袁世凯觉得詹天佑对铁路技术无所不通，绝对是一位修建铁路的天才。遂决定起用詹天佑为京张铁路总工程师兼筑路总指挥。此消息一经公布，英、俄等国均嗤之以鼻，他们根本就不会相信，从北京到张家口那么复杂的地形，中国的工程师会修出一条铁路来，简直是天方夜谭。他们准备着要看中国人的笑话，并且还等待着詹天佑的铁路修不下去的时候，他们再出来接管这段儿工程，然后再漫天要价，提出更为苛刻的修路要求。但是他们哪里料到詹天佑却是一位有着铮铮铁骨的中国铁路工程师。

詹天佑，汉族。字眷诚，号达朝。祖籍徽州婺源（今江西省上饶市），生于广东省广州府南海县。12 岁留学美国，1878 年考入耶鲁大学谢菲尔德学院土木工程系，主修铁路工程。他是中国近代铁路工程专家，被誉为中国首位铁路总工程师，有“中国铁路之父”“中国近代工程之父”之称。他在实地考察了北京到张家口沿路的地形之后。最终定下了由西直门经沙河、南口、居庸关、八达岭、怀来、鸡鸣驿、宣化至张家口的线路。线路定下来之后，1905 年 9 月 4 日铁路正式开工修建。

诚然，在修建京张铁路的过程中，詹天佑所遇到的困难是前所未有的。首先说这地形，居庸关到八达岭一代崇山峻岭，沟壑纵横，层岩叠嶂。由南口至八达岭高低相距 180 米，坡度极大，而且还要开挖隧道，难度可想而知。外国人曾讥讽说：“建造京张铁路的中国工程师恐怕还没生出来呢。”

恰巧刚一开工，也就是铺轨的第一天，一列工程车的一个车钩链子折断，机车造成了脱轨事故，这下子更有了中国人不能修铁路的证据。于是各种诽谤、中伤纷至沓来。面对种种压力，詹天佑沉着冷静，马上想到了一个解决办法。他将美国人詹尼发明的列车自动挂钩加在每节车厢，使之结合成一个牢固整体，确保了爬坡的安全。采用了自动挂钩法之后，车钩链子折断的问题迎刃而解，很快，第一段工程全部试车通过。

接下来便是第二段工程开始施工，但难关就在这第二段工程。此段工程首先必须打通居庸关、五桂头、石佛寺、八达岭四条隧道。最长的八达岭隧道 1092 米。当时的条件，又没有什么挖掘机，只靠工人的铁锹、镐头挖掘，其困难程度可谓“难于上青天”。面对种种困难，詹天佑采用了南北两头同时向隧道中间点凿进的方法，让工人先在中间开凿两个竖井，然后分别向相反方向进行开凿。如此就有六个工作面同时进行工作，极大地节省了时间。同时，他又采用折返线原理，修筑了“人”字形路线，降低爬坡度，并利用双向牵引交叉进行的技术，创造性地解决了列车爬坡的问题，震惊了世界。

修路期间大自然造成的困难，只要有坚定的意志力和坚强的决心，是完全可以攻克难关、取得最后的胜利。但有时人为制造的困难与麻烦，却是要耗费太多的精力来周旋和挑战的，它需要忍耐和极强的耐心才能解决，否则便难以进行下去。詹天佑在施工中就遇到了这人为的阻力。

就在工程顺利向前推进的时候，这天上午，一队二十来人的持刀队伍拦在了正在筑路的工人面前，为首一位汉子年约四十岁，身穿黄马褂，手持一条马鞭，他上前便向工人喝道："都给我把你们手里的活停下，你们在此修路也不问问我车家人同不同意。"

工人们见此情景只好停止作业。很快，有人便将此事报告给了詹天佑。詹天佑闻讯赶到现场，在问清了事情的原委后才知道，原来穿黄马褂的汉子名叫车富，满洲镶黄旗人，汉姓关，是位道台，官居二品，先祖随多尔衮征战中原，争得功名，皇上授有黄马褂奖赏，家族虽为外戚，但地位显赫，与皇室走跳很近，朝野人脉极广。此次京张铁路修筑，路过他家祖上坟地，故而便带着家丁、护院跳出来闹事，要求京张铁路绕道五公里外修筑，否则他将挥刀相向，让筑路工人血溅五步。

面对如此的阻挠，詹天佑一时毫无办法，筑路路线早已确定，而且已筑一半路程，改路那是根本不可能的事情。其实在此之前，车家坟地路段詹天佑早做过考察，已经绕过坟地足足有三百米之距，但车富却依旧不依不饶，非让铁路改道不可，事情由此便僵在了那里。在此情况下，双方均不让步，故而只有各找各的后台前往朝廷告状。詹天佑自然要找袁世凯诉说，而车富找的是晚清号称"五虎"之一的铁良做靠山为他撑腰。

说起这铁良来，这也是清末一位颇有能量的大人物，绝对能同袁世凯PK一把。铁良字宝臣，穆尔察氏，满洲镶白旗人，清末重臣，曾为荣禄幕僚，后任户部、兵部侍郎，最高官职为陆军部大臣、江宁将军。

北洋军建立后，袁世凯为讨好满人，特意保举铁良为京旗常备军翼长，时人一度视铁良为"袁之爪牙"。但是袁世凯并不知道，铁良心中另有一套想法。他认为汉人久握军事大权，并不是一件好事儿，军权应该牢牢地掌握在满人手中，故而他在军中开始培养自己的势力。他依靠留日归来的多尔衮后代良弼（“五虎”之一），联络士官学生与袁世凯嫡系倾轧。1905年，铁良就任户部尚书，随即着手从财务上对北洋军的军费“钩稽（审查）精核”，使得北洋军粮饷捉襟见肘。故而铁良成为袁世凯“最凶狠的敌人”。

铁良自幼家境贫寒，父亲又死得早，是母亲博尔济吉特氏将他一手拉扯大。车富的父亲与铁良家关系一直很好，见其生活拮据，便常有接济。铁良很是感恩。此次车富因京张铁路要路过他家坟地一事，找到了铁良，要铁良为他做主，让火车改道。铁良自然知道修京张铁路的幕后主使是袁世凯，他与袁世凯的关系一向不对付，故而他站在车富这边，力挺车富与袁世凯相抗，阻其筑路，迫使其改道。车富有了铁良的支持，胆子更大，非坚持让铁路改道。而袁世凯也非省油的灯，岂容进行了一半儿的京张铁路工程停下来再择道而行，双方一直相持不下。无奈只好互告御状。这事儿便闹到了慈禧老太太那里。慈禧让手下人写了一纸诗文给二人：

铁路改道不可能，能屈能伸忍者胜。
地下亡灵若相闻，辅我大清沐春风。

此诗懿旨明确，通俗易懂，既坚持了原则，又没强硬斥责闹事一方。双方在读了该诗之后，便都息事宁人，相互各退了一步——在老太太这里，谁不给老太太面子，那不是耗子舔猫——找死吗？

詹天佑返回工地后，按着袁世凯与铁良之间达成的协议，指挥工人在车富家坟地外砌了墓墙，并挖了一条“风水河”，以保持其风水流通。然后在筑路途中又焚香祭拜，在车富家坟地内立了纪念碑，车富这才作罢。

经过艰苦不懈的努力，詹天佑克服种种困难，历时四年，京张铁路终于于1909年8月11日胜利建成，10月2日正式通车。施工时间比原定时间缩短了两年。而建造成本也比原来预算节省了二十多万两白银。

京张铁路通车的那天，清政府专门派朝廷重臣邮传部尚书盛宣怀主持庆典。

1912 年 9 月 6 日，中华民族的先驱孙中山先生，从北京坐火车来到张家口考察。在视察张家口火车站时，他发表了十分精彩的演说，高度赞扬了詹天佑为民族争光的惊人之举。

对于京张铁路的建成，我们有以下总结：第一，晚清政府给人们留下的印象和看法是腐败无能、丧权辱国，但在京张铁路的修筑上却是一个例外，表现出了清政府难能可贵的人才观。袁世凯对修建铁路的倡议，以及他对詹天佑的大胆使用，并在关键时顶住压力，全力支持詹天佑，改变了他在“戊戌变法”时因“告密”所造成的一些负面影响。第二，京张铁路是在殖民地和半殖民地这样一个特殊的时代背景下修成的，京张铁路的通车极大地鼓舞了中国人的自信心和民族自豪感。第三，京张铁路在修建过程中，培养和造就了一大批爱国的专业工程技术人才，为日后中国铁路的修建打下了坚实的基础。第四，京张铁路的修建通车，遏制了外国列强妄图抢夺中国筑路权的美梦，大长了中国人民的志气。

总之，在修建京张铁路的过程中，伟大的铁路工程师詹天佑功不可没，他的事迹和精神将永远载入中华史册。在此我将后人填写的一首《浪淘沙·詹天佑》献予各位读者，以示对铁路之父詹天佑的敬仰之情。

正是：京铁接张垣，穿越重山。
青龙好似出云端。
一笛长鸣犹震耳，岁月翻看。

豪气镇坤乾，铁骨钢肩。
几经战火于狼烟。
风雨百年冲不去，历史光环。

詹天佑像
1
2
3
八达岭附近"人"字形路轨图

# 第二十回　国际都市卡拉根　千里相会来圆梦

京张铁路通车后，加上此后张库公路的修通，火车、汽车都纷纷涌向了张家口这座中国北方的大都市，张家口成为名副其实的国际贸易中心，国外的一些商人及商品均挤在了这座贸易之城。即使不做买卖的年轻人，一提起“卡拉根”的名字，目光中也都充满了无限的向往，期望着有一天能够来到这卡拉根，目睹一下卡拉根的芳容。写到这里有人不禁要问了，这外国人口中所说的卡拉根究竟是什么地方呢？它怎么解释？

其实这卡拉根指的就是咱张家口。这是明、清乃至民国初期，张家口在国际上的通用名字。1909 年，京张铁路通车。张家口车站的匾额上排为詹天佑所书“张家口车站”几个汉字，下排写着的英文就是“kalgan”（卡拉根）。对这个词最为权威的解释当数美国艾梅霞女士，她在《茶叶之路》这本书里曾这样写道：“张家口这个城市的蒙古名字是 kalgan，最早则叫 chuulthaalga，意思是聚集之门，至今内蒙古的蒙古人仍然这么称呼。”

在俄罗斯联邦布里亚特共和国恰克图市博物馆藏有一张俄国商人 100 年前绘在羊皮上的茶叶之路地图。图中用俄文标出了中国的北京、天津、上海等地名，也标出了黄河、长江等水域，同时也标出了库伦（乌兰巴托）到茶叶之路的起点——卡拉根（张家口）。

光绪三十四年（1908），上海商务印书馆出版的《英华大词典》和宣统三年（1911）出版的《英汉词典》中，张家口一词的对照词条都是

“KALGAN”（卡拉根）。那么张家口为什么又叫卡拉根呢？其实最早把张家口叫为卡拉根的是蒙古民族。清王朝建国后，张家口开凿了大境门。蒙古人赶着牛、马、羊、驼，一路从草原来到长城脚下的张家口，他们一到张家口首先看到的就是大境门，只要看到大境门，蒙古人就知道已经来到了交易市场。他们就会高喊着：“卡拉根，卡拉根到啦！”

我市长期研究张家口历史的专家学者经过多方考证后认为，张家口在明朝时期蒙古人就称其为卡拉根了，当时大境门还未洞开，蒙古人之所以这么叫那自然是源于小境门了。不过不管是大境门还是小境门，反正蒙古人看到张家口的这两座门就叫卡拉根。卡拉根在蒙语中的意思是很大的门。后来卡拉根的名字传到了俄国商人那里，俄国人又将其传到了欧洲，这样一传十，十传百，西方人都知道卡拉根有一个很大的交易市场，人们便都向往着来此地做交易和旅游观光了。

话说在法国东南部，蓝色海岸大区滨海阿尔卑斯省，有一个叫格拉斯的小镇，这里盛产花卉，是世界上最著名的香水原料供应地。在这里，鞋匠布朗的儿子卡迪，看上了农场主西朗的女儿戴娜。戴娜 21 岁，长着一头金黄色的长发，一双碧蓝的眼睛，看上去既美丽大方，又温柔可爱。

这天戴娜来到镇子西边的一条小河边儿，正值炎热的盛夏，明净清凉的河水吸引着戴娜脱掉鞋子跳进水中。戴娜在水中足足玩了一个多小时才回到岸上。这时她发现脱在河边的那双红绣鞋不见了，无奈，她只好赤着脚回家。可刚走了两步，她的双脚就被路面上的石子和棘草扎得走不了路了，遂坐在了地上。她又痛又恨，心中不由得骂起那个缺德的偷鞋贼来。就在这时，她忽听身后一阵铃响，回头一看，只见一位小伙子骑一辆自行车驶了过来，她认出是卡迪，急忙站起身向卡迪招手。卡迪在她身边停了车。

“喂，我的鞋子不知被哪个缺德鬼给偷走啦。你带我一段儿吧。”戴娜向卡迪求助。

卡迪点了点头：“上来吧。”

戴娜十分愉快地坐在了卡迪的自行车上。一路上，卡迪专捡颠簸不平的路骑，戴娜不得不将手臂紧紧地搂住他的腰。卡迪心里像吃了蜜一般，甜美至极。

回到镇子内，卡迪没有送戴娜回家，而是直接带她到了他家的鞋铺，亲自为戴娜挑选了一双绣鞋让她穿上。戴娜对卡迪不由心生一种感激之情，但她哪里知道，那个偷鞋贼其实正是卡迪。因为卡迪心仪戴娜已经很久了。

翌日，戴娜到卡迪的鞋店送鞋钱，卡迪趁机将一张纸条塞到她手中。戴娜走出鞋店，在没人的地方她打开了纸条儿，纸条上写有几行字：

今晚八点我在镇西小河边儿等你，如果你能来，我会送一颗天上的星星给你。如果你不赴约，我会一直等下去，直到你来为止。

卡迪

戴娜看完字条，禁不住面红耳赤——这家伙胆子太大了，也太狂了，他的牛皮真是吹破了天，今晚我倒要看看他怎么送星星给我。

晚上八点，戴娜如期而至。卡迪早已等在河边。“我来啦，把你要送的星星给我吧。”戴娜想戳穿卡迪的谎言。

卡迪不慌不忙地从背后拿出个漂亮的纸盒。戴娜接过后打开纸盒，只见盒里面有一个漂亮的玻璃五角星，星上写着“戴娜之星”几个字母。

“你骗人，这只是一只五角星，怎么是天上的星星呢？”戴娜装作生气的样子问。

“我没骗你。这是我前几天做梦时，上帝让我送给你的礼物。上帝让我在这颗星星上刻上你的名字，然后你就是天上的星星了。”卡迪告诉戴娜。

戴娜听了卡迪胡说八道的鬼话，不由得笑了：“难得你对我有这样的真情，你的礼物我喜欢，我收下了。但你能告诉我这颗星代表着什么吗？”戴娜闪着一双美丽的大眼。

“它当然代表着我的一颗心了。你如果接受了这颗心，就等于是接受了我的求爱。现在你已接受了它，今后你就是我的女朋友了。你要知道，我可是很爱你的。”卡迪向戴娜倾诉着。

听着卡迪如此的表白，戴娜还能再说什么呢，慢慢地，她倒在卡迪的怀中，两颗火热的心紧紧地贴在了一起。

此后卡迪和戴娜的爱情如同七月天长了“胡子”的苞米一样，没日没夜地疯长起来。在爱河中他们神秘而又幸福地畅游着，直到彼此间已经爱得一塌糊涂，再也不能分开的时候，卡迪这才来到西朗的府上求婚。

“什么，你想娶戴娜为妻，你没弄错吧？你以为你是谁？你只不过是一只长毛猎犬，一个臭鞋匠的儿子，你赶快给我滚蛋，今后休得再找我的女儿。”老西郎将卡迪一顿臭骂。

“不，这辈子我一定要娶到戴娜。”卡迪并不气馁。

“行啊，你要娶戴娜，先拿 50 万法郎过来。”

卡迪听了西朗的话怔住了。50 万法郎可不是一个小数目，一个做鞋的鞋匠，卡迪怎么会有 50 万的法郎给西朗呢。

“没有吧？没有赶快给我滚蛋。”

“不，我有。我一定会给你凑足 50 万法郎的。不过请你等我两年。两年之后我一定会给你送 50 万法郎过来。”卡迪的话说得斩钉截铁。

“不，我只让戴娜等你一年。一年后你若凑不上这 50 万法郎，你就别再来了。”

“好，一年就一年，你等着吧。”卡迪说完头也不回地走出房屋。

卡迪从戴娜家出来，没有回家，而是乘车直接来到了首都巴黎。他之所以来巴黎，是为了找他的表哥布迪。布迪比卡迪大五岁，在巴黎开有茶叶店和丝绸店两家店铺。五年前布迪去中国的卡拉根做生意，短短几年便发了大财，开了这两家商店。卡迪此行的目的就是想同布迪去中国的卡拉根做生意。

卡迪来到巴黎时正好布迪刚从中国进货回来。他见到卡迪十分高兴。兄弟俩便在茶叶店的旁边，找了个小酒店喝了起来。酒中，布迪知道了卡迪的来意，他十分高兴地对卡迪道："我中国卡拉根的货场正好缺少人手，你就去货场给我当管家吧，每月给你 1 万法郎。"

卡迪听了布迪的话没有点头答应，他心道：每月给我 1 万法郎太少了，我要的是一年至少 50 万法郎。于是他将去西朗府上求婚的事情告诉了布迪："我一年内必须要得到 50 万法郎。"

布迪听了卡迪的话，也为卡迪的事儿犯了愁。布迪同卡迪从小在一起玩耍，二人感情一直很好。后来布迪跑到中国的卡拉根做起了生意，俩人才分了手。

"50 万法郎不是个小数目，不过要在一年之内挣得 50 万法郎也不是没有可能。我刚刚考察了一个项目，就是准备在中国的卡拉根投资一家陶瓷批发店，做陶瓷生意。这样吧，这家陶瓷批发店我暂不插手，就由你来经营。我先给你垫付 70% 的货款，余下的 30% 你来支付。一年之内所得利润全部归你。一年之后我们再三七分成，你觉得怎样。"布迪成心想帮一下卡迪。

"可是我现在连 30% 的垫付款都没有啊，再说这陶瓷生意我也从来没做过，万一要赔了……"卡迪没有说下去。

"放心吧，这项买卖肯定只赚不赔。我已考察多时，早就想上这一项目，只是我没有可靠的人手，现在你来啦，我把它交给你，凭你的头脑，我想你这项生意肯定会发大财的。这样吧，你那 30% 的股份我也不需要了，我都先给你垫付。在卡拉根，钱是很好赚的，而且我在卡拉根也买了地皮，准备在那里盖房，做长久性的生意。我需要人在那里帮我打理照应。"布迪向卡迪交了他的实底。

卡迪在听了布迪所说之后，不由得心花怒放，遂赶回家中准备了一番，然后便跟着布迪，经过长途辗转，来到了卡拉根。

在卡拉根，卡迪在整个市场转了一圈儿之后，心中对卡拉根有了初步的印象。他在闹市区发现，在他家乡只卖几十法郎的香水儿，在这里的市场上要卖到上百元或是上千元的价格；法国葡萄酒在他们本地只卖几法郎一瓶，但在卡拉根也卖到了上百元的价格，心中便不由得有了自己的想法。

很快布迪和卡迪的陶瓷批发店开张了。他们将中国商贩从景德镇运来的瓷器，比成本价略微高出一点儿的价格收购，然后再批发给西方的各位供货商，从中挣得差价。卡迪在布迪的指点下，在瓷器店经营了一段时间之后，发现生意很是不错。不久他又扩大了经营范围和规模，增加了伙计，不但营销瓷器，而且还将中国传统的砂锅也列入了营销商品，远销蒙古、俄罗斯及西欧。闲暇时候，布迪也时不时地来店内转转，他发现卡迪真是一位做生意的料，他不仅将瓷器批发给零售商，而且还亲自做这项生意。他将景德镇的瓷器运到他的家乡，交给他的弟弟莫迪去卖。汽车返回时，他又将法国家乡的香水儿以及法国的红酒运到卡拉根，以批发价批发给中国京、津一带的商贩。这样在不到一年的时间里，卡迪不仅把布迪所垫的成本全部收回，而且还翻倍赚了100多万法郎，早已超出了娶戴娜的钱。但是此时的卡迪已没有多余的时间带着钱回去娶戴娜了，因为卡拉根的瓷器店根本就离不开他。

再说戴娜在家中一直等待着卡迪带着50万法郎来娶她，她相信卡迪不会食言，也相信他的能力。可是卡迪自从一年前从他家中走后就一直消失不见了。后来他从卡迪弟弟莫迪的口中，才得知卡迪去了中国的卡拉根，正在那儿做瓷器生意。她知道卡迪是在那儿挣娶她的那50万法郎，心中便期盼着卡迪能够如他所说，一年后带着50万法郎来到她的家中。可是一年过去了，她左等右等，却怎么也等不到卡迪回来。

这时父亲西朗走过来对她说："怎么样，我说的没错吧，卡迪那小子根本靠不住，他怎么能拿得出50万法郎来娶你呢？这样吧，前几天老扎克托人来咱家提亲了，他的儿子托尼想要娶你，财礼不低于50万法郎，你就嫁给托尼吧。"

戴娜在听了父亲西朗的话之后，当即拒绝："不，我要等着卡迪，他一定会回来娶我的。"

"不行，你必须得嫁给托尼。就这么定了。"西朗根本容不得戴娜再说什么。

面对父亲这突如其来的决定，戴娜心如刀绞，他渴盼着卡迪能够快点儿回来娶她。可是又过了一个月，卡迪还是没有踪影。而西朗却逼得更紧了。

“我已同扎克把你和托尼的婚期定了下来，半月后你就嫁给托尼。”西朗向戴娜下了最后通牒。

面对西朗的步步逼迫，戴娜只好装疯卖傻，以拒食来抗拒。戴娜每天不吃不喝，整日胡言乱语。戴娜的母亲丽莎坚持不下去了，她同西朗大吵大闹，一定要让西朗取消戴娜与托尼的婚礼。面对此种情形，西朗也心软了，仅短短的几天，戴娜的身子已瘦了一圈，眼睛也塌陷了下去。虎毒还不食子呢，戴娜毕竟是他心爱的女儿，他若再这样逼迫她，戴娜万一想不开，发生了什么意外……于是他只好央求戴娜先吃饭，她和托尼的婚事以后绝不再提。

恰巧这时，卡迪的弟弟莫迪来到了府上。他将一张填有 50 万法郎的支票交给了西朗，告诉他这是他哥哥卡迪让他转交给他的娶戴娜的 50 万法郎。

老西朗接过支票后怔在了那里，他怎么也不会相信卡迪这条癞皮狗竟然在一年之内，真的履行其诺言，凑够了这 50 万法郎，这不得不让他对卡迪刮目相看了。

戴娜在得知了此事之后，向西朗提出，她要去中国的卡拉根去找卡迪。此时此刻，老西朗还能再说什么呢，他只好同意了戴娜的请求。

半月后戴娜的身体恢复如初，他找到卡迪的弟弟莫迪，同莫迪商量，想让莫迪带她到中国的卡拉根去找卡迪。其实莫迪也早就想要去中国的卡拉根了，无奈他在小镇上经营的瓷器店根本离不开他。此次戴娜提出要他陪她一同前往卡拉根，他便再顾不得许多了。因为戴娜是他未来的嫂子，而且哥哥卡迪让他经营的瓷器店儿早已挣了不少的钱。眼下戴娜求到他的头上，他怎好意思拒绝。于是他便和父亲布朗商议，准备带戴娜前往中国的卡拉根，瓷器店交由父亲来经营。布朗见儿子开的瓷器店比他开的鞋店赚的钱不知要高出多少倍，早就想将鞋店关门，同儿子一起经营瓷器店了，便答应了莫迪的要求。于是莫迪和戴娜一起来到巴黎，搭乘布迪的货车，前往卡拉根。

汽车经过近 20 多天的长途跋涉，他们终于来到了卡拉根，看到了他们心中期盼已久的那座好大的门——大境门。

对于戴娜的到来，卡迪真是欣喜若狂。二人拥抱在一起，又亲又吻久久不肯松开，以至于忘记了站在一旁的莫迪。

“喂，喂，喂。你俩差不多了啊，这儿还有个出气的呢。”莫迪实在憋不住开了口。

二人这才笑着相互分开。

不久，卡迪和戴娜在卡拉根举办了隆重的婚礼。远在法国的老西朗带着夫人丽莎，以及卡迪的父母亲，都赶到了卡拉根，来为这一对新人祝贺。

婚后，戴娜便留在了卡拉根，同卡迪一起做起了生意。

正是：浪漫情侣异国相聚，
　　　大境门内你嫁我娶。

大好河山

# 第二十一回　梨园名伶侯俊山　驰名天下美名传

这一回我们从另外一个角度来欣赏一下我们张家口的梨园弟子，品读一下他们的精彩故事。下面我们仍按习惯，先介绍主人公，然后再叙其故事。

话说清末民初，北京演艺界梆子腔盛行，名伶辈出，其中最引人注目的当推“十三旦”侯俊山。侯俊山（1854—1935），河北梆子的创始人之一。名达，字喜麟。万全县东红庙村人。他两岁时母亲因病去世，父亲因家贫，无力抚养他，便将其送到洋河南岸的怀安县两旗屯村，由姥姥和舅舅代为抚养。两旗屯是个文化十分活跃的村庄，每年这里不仅要唱传统大戏，也要唱正戏（从正月初一一直唱到二月二），而且还要唱一些地方小戏，即秧歌戏。秧歌戏虽然登不了大雅之堂，但百姓们却十分喜爱。每次演秧歌戏时，侯俊山必在台下的前排观看。在小小的侯俊山心里，秧歌戏就是一个神话的世界，他看秧歌戏就像是现代的孩子每天要看《喜羊羊和灰太狼》的儿童片一样，舞台上演员那五颜六色的衣着，人物的各种扮相，咿咿呀呀的唱腔，以及幽默诙谐的动作，都让三四岁的侯俊山看得如痴如醉。看完戏之后，他回到家中便学着戏中人物的样子，在家中又扭又唱，模仿戏中人物有模有样。侯俊山自幼记忆力惊人，演员的唱词，他基本上听一遍就能熟记于心。舅舅见他这般喜爱唱戏，便有意领他在戏班玩耍，戏班里的大小演员都很喜欢他。秧歌戏班里有位师父叫二俏，和舅舅的关系一向很好，后来舅舅便拜托二俏教俊山学起了唱戏。俊山本来就喜欢戏，而且聪明过人，有了二俏师父的教唱，更是如虎添翼。他长到 8 岁时就登台与二俏师父共演小戏《鬼拉腿》。戏中俊山扮贼，师父扮鬼。鬼贼在同一家相遇，两人开打。贼要越墙逃走，鬼扯着贼的裤腿不放。这时扮贼的俊山，灵敏地将小衫儿轻轻往上移动，然后像泥鳅似的忽然从鬼的裤腿中溜出，鬼一拽贼的裤脚，贼一褪裤子，一下溜成了个光屁股娃娃。台下观众连声叫好。此后二俏又专门为俊山编排了《钉缸》《小放牛》等不少秧歌戏，将戏曲中唱、念、做、打等传统功夫毫无保留地传授给了俊山，为俊山日后步入梆子戏艺术殿堂打下了坚实的基础。据查《中国戏曲曲艺词典》上记载的《小放牛》一戏，原来就是专门为侯俊山创作的。由此可见《小放牛》一戏，很可能就是由秧歌戏《小放牛》脱胎而来。

这天，侯俊山正在台上演唱秧歌戏《三娘教子》，恰巧这时，张家口山西北路梆子的老板谢坤到村里挑选演员，看了侯俊山在戏中扮演的谢英哥之后，禁不住拍案叫绝。戏演完后他随俊山来到侯俊山的舅舅家，同舅舅商量，一定要把侯俊山接走。姥姥闻听死活不肯，说孩子尚小不能带走。而舅舅却是另有考虑，他觉得俊山天生就是一块唱戏的料，让俊山到市里的大戏班儿学习，将来肯定会有出息。最后经过一番商议，谢坤留下了20块大洋，带着俊山来到了张家口的梆子戏班。这年侯俊山还不到10岁。

侯俊山的师父二俏听说俊山到了张家口学戏，临行二人也没能见上一面，一时悲伤，便步行来到张家口，寻找徒儿的下落。但最后所带盘缠花完，却也没有找到俊山，只好哭着回到了两旗屯。由此可见师徒俩的感情是何等之深。

侯俊山到了张家口的戏班学戏，如鱼得水，因为基础好，又有高师指点，加之天资聪颖，记忆力又好，只短短两三年的时间，便将舞台上的各种表演技巧，以及唱腔学得炉火纯青。生、末、净、旦、丑扮啥像啥。在戏班里，有句口头禅叫作："要问够不够，先学三十六。"这三十六指的是进了科班儿，不但要练功受训，还要学会师父传授的三十六出戏，然后再练两年扎实的基本功，才能正式登台唱戏。而侯俊山在戏班里是位不耻下问、勤学苦练、一心上进的小戏骨，他在师父那里学到的可不止是三十六出戏，这便为他日后正式登台演出，打下了更为坚实的基础。

俊山 13 岁时开始正式登台演出了，而且一上台便挑起了大梁。在短短两个月之内，他扮演的角色便得到了观众的认可，成为名噪一时的红角，十三旦的名声至此不胫而走，传遍了整个张家口地区。

侯俊山登台后，虽然出了名，但小小年纪他便知天外有天，山外有山。吊嗓子、练功更加勤奋。俗话说人怕出名猪怕壮，侯俊山出名后，紧接着麻烦也随之而来。张家口爱好戏曲的人很多，特别是那些有钱人家的太太、小姐、达官贵人，纷纷请他去家中唱堂会。戏班老板抹不开这人情面子，也往往指派侯俊山出去应酬。侯俊山外出唱戏却是只去喜庆场合，做白事的他一律不予前往。然而上堡有一孙姓大户，家中特别有钱，因家中老母去世，非要请侯俊山前去演唱。孙家人知其不唱“死人戏”，但却开出了天价，并早早就在院中搭建了戏台，但侯俊山却不为所动，拒绝出场。孙家少公子孙俊见家人请不到侯俊山，便怒骂一声：“一个臭戏子，还摆上谱了。看我去把他弄来。”随即他带着一帮混混和地痞流氓，强行将侯俊山绑到了家中，硬逼着侯俊山上台演唱。侯俊山上台后却是只念不唱。他痛骂孙家为富不仁，结果招来了孙俊等人的一顿暴打，最后侯俊山带着满身的伤痛回到戏班，晚上继续登台演出。孙俊因记恨侯俊山，在随后的日子里，时常带着地痞流氓，来俊山的演出场所闹事儿。戏班老板见此情景，只好和侯俊山商量后，带着戏班儿，来到了京城，搭入京城的瑞胜和班继续唱戏。

侯俊山在京城的首场演出是在庆和园大戏院。他扮演的是《打金枝》中的太平公主。他凭借自己的身段、做派和独特的唱腔，在京城一炮走红，连续演了 5 年，一直扮演着头牌角色。此间，他一边演出，一边与京城各大名角学习请教，并且一破昔日所演，开始反串武生戏。侯俊山反串的武生戏中最出名的有《八大锤》《伐子都》《双合印》《花田错》《大劈棺》《凤仪亭》等。《八大锤》是侯俊山从当时著名武生徐小香处花了 700 块大洋之后，才得其真传。史料记载，侯俊山入瑞胜和班之后，曾五次到上海演出，多次到天津表演，上海百代唱片公司为其还灌制了唱片。他在上海丹桂茶园演唱《辛安驿》时，有报刊记载："出台之时，旋如风，背插钢刀一把，寒光闪闪，久久不能见其容貌，其行矮步舞钢刀一幕精彩飞溢，光气满台，大呼一声，如空山虎啸，令人发噤。"得到了戏迷们的高度赞誉。

在天津演出时，他曾骑着真马上台，堪称剧坛奇闻，被时人称为"前无古人后无来者"之奇人。侯俊山不仅在花旦表演上出类拔萃，在武戏方面也为梆子戏之开拓者。

此外，侯俊山还培养了不少的戏剧人才，京剧四大名旦之一的荀慧生是其隔辈弟子，他演的《小放牛》《花田错》均是侯俊山亲授。另外，侯俊山对戏曲表演技艺和音乐也做了大胆的改革尝试。他让旦角扮演生角，文戏串演武戏，名角演折子戏，晋剧北路梆子中引进了板胡和二胡，为戏曲艺术做出了重大贡献。

侯俊山技压群芳，为梆子戏的一代宗师，被誉为"梆子花旦之鼻祖"。他集文、武、生、旦于一身，戏路宽广，技艺超群，唱、念、做、打无不精绝。他演艺高，德艺也高，成为中国戏曲界有名的艺术家。时人对他的评价说："状元三年一个，十三旦盖世无双。"他回家乡演出，乡亲们说："看了十三旦，三天不吃饭。"

随着侯俊山在京城的名气越来越大，光绪八年（1882），侯俊山被招入宫。他被送入升平署（清宫演出机构），在宫中演出。进宫演出，一般选的都是名角中的名角，侯俊山在宫中这一唱便是十年之久。

在宫中唱戏那可不是闹着玩儿的，特别是给慈禧老佛爷唱戏，更是马虎不得。唱得好慈禧一高兴，便能得到很多的赏钱；唱不好慈禧一怒，便灾祸临头，不但没有赏钱，而且还要受到责罚。

侯俊山初入宫中时，因不知宫中规矩，更不知慈禧的一些忌讳，他在第一次给慈禧演唱《玉堂春》时，他扮演苏三，戏中有一句苏三的唱词：

“我好比羊入虎口，有去无还……”谁曾想唱到这里，慈禧勃然大怒，立即命令停演，并令手下人棒责“苏三”。后经李莲英说情，才幸免于难。

侯俊山不知慈禧为何发怒，下去之后问过李莲英才得知，原来慈禧太后属羊，故将羊列入宫廷忌字。太后平日最爱看戏，但戏中绝不许带“羊”字。就连戏目中有“羊”的剧目也一律禁演。像取材于《三国志》中的《乐羊子食肉》，演李世民征战的《洪羊塔》《洪羊洞》，宋代故事戏《羚羊锁》、元代故事戏《羊肚汤》（又名窦娥冤）、清代故事戏《牧羊阵》等，均在禁演之列。侯俊山知道了这些情况之后，后来他再唱《玉堂春》时，便将带羊的唱词改为“我好比鱼儿入网，有去无还”，此句一直沿用至今。

渐渐地，侯俊山摸清了宫中的套路和慈禧的习性爱好，在为慈禧唱戏时再无任何错处，至此，他的戏越来越受到慈禧的喜爱。慈禧是位喜怒哀乐不形于色之人，她只要高兴，赏赐便格外大方。时间一长，慈禧便离不开“猴崽子”（慈禧私下对侯俊山的爱称）的戏了，而且哪次戏完，她都有很高的赏赐。她不仅赠送了侯俊山黄马褂、戏装、六品顶戴，而且还赐了“喜麟”二字给他（含慈禧的喜字之意）。过去，人们都将梨园弟子称为戏子，戏子属于下九流，其后人根本没有资格考取功名，后来慈禧太后特赐了侯俊山一支毛笔，笔上刻了“扫天笔”三个字。有了此笔，侯俊山后人今后便不再受清规戒律的约束，均可参加科考。可见侯俊山当时在慈禧的心目中所占据的是何等的地位了。

侯俊山每次为慈禧演出，慈禧都要约一些王公大臣，与她一起观看。这一看不要紧，却成就了侯俊山的“一对儿半”姻缘。写到这里，有人不禁要问了，这姻缘怎么还有叫“一对儿半”的呢？下面我们的故事就从这一对儿半开始。

在慈禧邀请的看戏人当中，有一位人称“九王爷”的王爷，经常带着他的独生女儿瑞琪格格来看侯俊山的演出。时间一长，这瑞琪格格便“入戏”了，她被侯俊山的演技深深地吸引。侯俊山的表演做派，以及英俊潇洒的身姿，打动并感染着她。侯俊山表演时的深情一瞥，以及眉目传情，仿佛都是针对着她而设的。她一时陷入情网而不能自拔。侯俊山那呖呖莺声，嘤嘤燕语，余音绕梁，使她回味不绝。回家后她茶饭无心，夜不能寐，头脑中经常闪着侯俊山的身影，想得出神时，连父母叫她吃饭她都听不到。九王爷见女儿如此神情，知其害了相思病，便问其所想何人，瑞琪也不隐讳，直接道来："我想那猴崽子了。"

九王爷闻听才弄清原委，立刻安慰道："女儿啊，那猴崽子是汉人，我们满汉是不能通婚的。你就死了这条心吧。"九王爷虽说是位开明之人，但在女儿的婚姻大事上他是不可能让女儿胡来的。

"不对，为何七叔家的福珠姐姐就嫁给了汉人，我为何不可以？"瑞琪反唇相问。

"人家福珠嫁的是位大学士，猴崽子却是位戏……"

"戏子怎么了，我就喜欢戏子。我就要嫁给那猴崽子。"瑞琪未等九王爷说完，便抢过他的话，并挽住九王爷的胳膊，向其撒娇道，"你现在就给我找他去，告诉他我要嫁给他。你若不去，你就是不爱我，我以后再也不理你了。"瑞琪说罢便扭过脸去，装作生气的样子，不再理九王爷。

九王爷最怕的就是女儿不理他了，他被瑞琪弄得没了办法，只好将此事答应了下来："好，好，好。我都依你。"

瑞琪闻听，这才转过身来又挽了九王爷的胳膊。

很快，九王爷便找到了侯俊山，为女儿提亲。侯俊山本是位被称为下九流的戏子，眼见九王爷上门来为女儿向他求婚，他自然是受宠若惊。瑞琪看他演出时，他曾见过，人长得十分美丽，是他心仪之人。当下，他也没多考虑便将此事答应了下来。于是没过多久，侯俊山便同瑞琪在九王爷府上悄悄地成婚了。他二人之所以悄悄成婚，其原因自然是受了满汉不能通婚的制约，因为此事若大张旗鼓地张扬出去，肯定要受到朝廷及众大臣的非议。

侯俊山与瑞琪格格秘密成婚后，继续在宫中演出。暇余，他也出去为有头有脸的王公大臣们去唱唱堂会。

这日，侯俊山被颜将军请到了府上，为颜将军小女人生的儿子做满月。侯俊山准备了一出《麒麟送子》的戏，并且来时还专门买了一个精致的布娃娃，以示祝贺。演出开始，侯俊山登台一亮相，颜将军的小女人便也“入戏”了，她同瑞琪一样，一眼便看中了侯俊山，直到侯俊山唱完整场戏，她还愣愣地呆在那里，久久不能忘怀。

不久，颜将军带兵去东北打仗，小女人便打起了侯俊山的主意。她时不时地找些由头，让人请侯俊山来府上唱堂会。这样一来二往，二人便逐渐熟悉起来。在一次演出后，小女人约侯俊山来到一僻静处，一头扑在了侯俊山的怀中，诉说其对他的相思之苦，并要求以身相许，挽留侯俊山留下“收”了她。侯俊山面对投怀送抱的美人，虽然心猿意马，但他最终还是克制住了自己，他怕在此惹出麻烦，传到瑞琪和颜将军耳中不好做人，遂婉言拒绝了小女人的美意，断然离去，直弄得小女人呆在那里眼泪汪汪的。

此后，小女人依旧让人请侯俊山去府上演出，但侯俊山却再未前往。小女人却是不到黄河心不死，仍旧时不时地派人过来请他，日子一长，侯俊山害怕了。他借故向升平署请辞，要求回归故里照顾老父。升平署奏请慈禧老佛爷之后，老佛爷念其孝心，批准了侯俊山的请求。临行慈禧又赐了侯俊山许多的金银珠宝，侯俊山感恩戴德，叩头谢恩。随后便带着瑞琪格格和满车的金银珠宝回到了张家口。

侯俊山回到张家口后，察哈尔都统署为了表彰侯俊山为察哈尔争得的荣誉，特意在行宫巷为其建造了一处宅院。此宅高台阶，四合砖院，街门口放有两块硕大的下马石，下马石四面请京城有名的石匠，刻了侯俊山常演的几出功夫戏，画面工艺精湛，形象逼真。建宅后的第二年，都统署又在玉带桥附近为侯俊山建立了一座牌坊，牌坊上面赫然写有四个大字——“花堂春永”，以资褒奖。

侯俊山在张家口定居后，时值察哈尔协领景介臣（后升任黑龙江副都统）在下堡南门处建起了旧园戏院（又叫翠峰园）。侯俊山随即组成戏班，亲任班主，在此演唱。当时张家口戏园共有三处，除旧园外，还有上堡以北的大兴园和下堡以东的小兴园，三处戏园以旧园为最红。旧园名角除十三旦外还有一千红、十三红、二宝红、豺狗子、狼山黑、十里香、白耗子、自来香等。

张家口建立园馆之前，大多演的是文戏，武戏很少。侯俊山领班到旧园后很快添加了武戏，不仅演《迎春园》，也演《伐子都》，使张家口戏风为之一变，受到了戏迷们的一致喝彩。侯俊山每天除了唱戏以外，暇余也陪着瑞琪格格逛逛商场，登登大境门，游游水母宫、云泉寺。

这天侯俊山带着瑞琪正在武城街逛街。瑞琪那整齐的旗人打扮，以及漂亮的容貌吸引了众人的目光。二人正走着，突然被不知从什么地方冒出的两位流里流气的男人拦住了去路："嘿，小娘子长得不错啊，陪哥们儿玩玩吧。"其中一人上前便摸了一下瑞琪的脸蛋儿。

瑞琪本是王爷的女儿，何等的身份，她哪容得了地痞无赖如此无理，随即一记耳光甩了出去："流氓，你也不打听打听姑奶奶是谁？"

被打的男子手捂了脸，却没有动怒，"打得好，爷就喜欢你这样的性格。"言罢，他上前一把抓住了瑞琪的手，"请问姑奶奶你是谁呀？说给爷听听。"

"住手。"一旁的侯俊山见此情景，急忙横身过来，挡在了瑞琪前面。

那无赖定睛一看，见是侯俊山，仔细一打量，一下认出人来！"你不是那十三旦吗？"

此时侯俊山也认出了眼前的男人，原来那男子不是别人。正是十五年前迫使他离开张家口的那孙姓大户家中的少公子孙俊。十五年没见，眼前的孙俊依旧是那副无赖德行，而侯俊山此时却早已不是那十五年前的侯俊山了。

"是你十三爷。孙子，你见了本爷也该着你倒霉了，今儿个咱们就新账旧账一起算算吧。"侯俊山说着便迅速飞起一脚，踢在了孙俊的肚子上。

"哎哟！"孙俊捂着肚子，立刻倒退了五六步。"好哇，你吃了豹子胆了，竟敢踢你孙爷？三子，给我上。”孙俊赶忙招呼身旁的那位混混。

叫三子的混混闻言，也不搭话，立刻挥拳向侯俊山扑来。侯俊山可是练武的把式，混混那三脚猫的功夫哪是侯俊山的对手，只一个回合，混混便被侯俊山打趴在了地上。

一旁的瑞琪见状，高兴地拍着手呼喊：“打得好，打得好！相公你真棒！”

孙俊见状，哪咽得下这口气，冲着侯俊山便扑了上来。侯俊山闪过身去，然后猛地一拳，击在了孙俊的脸上，孙俊的牙齿立刻被打落了两颗。被打的孙俊眼见的侯俊山功夫如此了得，再不敢上前炸刺儿了，他一手捂着流血的嘴巴，一手指着侯俊山道：“你，你等着。我要到衙门去告你！”

“好啊，爷等着你。”侯俊山说完便拉了瑞琪，然后头也不回地走了。

翌日，侯俊山被一群衙役带到了堡子里的万全衙门，他果真被孙俊给告了。

其实侯俊山去衙门之前早有准备，他知道孙俊吃了那么大亏，肯定不会善罢甘休地放过他，自然先准备了一番。

万全知县姓尹名开先，他升堂后立刻让衙役将人犯带上来。可当他看到带上来的人身穿黄马褂，头戴六品白色顶戴，比他这七品红顶戴县官还大了一品，赶忙上前施礼。

一旁告状的孙俊以及他的家人，看到此景，也愣了神儿。孙俊心道：我没看错吧，这家伙怎么一夜之间变成六品官了？

按过去的礼仪，官小的自然要对官大一级的官员礼让三分。当即，尹知县为侯俊山赐了座，然后才端坐于大堂之上。

“尹知县让手下人带我到此，能给我一个解释吗？”侯俊山未等尹知县开口，自己先问道。

“是这样的，孙俊告你无故打人，而且将其门牙打掉两颗，将你告到本县，要本县为其做主，所以将你请来与其对质，本县要了解事情发生的原委。”尹知县十分委婉地说明了情况。

这时一旁的孙俊开了口，“尹知县，你还了解什么呀？凶犯就在你面前，你还给他赐座？还不快把他拿下。他那六品顶戴和黄马褂都是花钱买来的，不是真的，你不能怕他。”由于豁了牙，孙俊说出的话来有些走风漏气。

“你的情况我已了解了，你先别忙。咱让被告也说说。”尹知县以平和的口气说道。

侯俊山见尹知县让他说话，随将昨日发生的事情讲述了一遍。尹知县听了侯俊山的讲述，马上明白了事情是怎么一回事了。他当堂便做出判决结果：侯俊山负责赔付孙俊医疗费，并向孙俊赔礼道歉。

侯俊山听了尹知县的判决后当即表示，医疗费可以赔付，但道歉绝不可能。而孙俊这边，更是不服气：“这样的判决我不服，你最起码要将他下了大狱，或者是当众重打他五十大板，这样才公平。”

尹知县见孙俊提出如此无理要求，当即向孙俊呵斥道：“你本先调戏人家妻子，是你有错在先，人家正当防卫，为何要治罪于人家？本县现在宣布，十三旦不用再道歉了，退堂。”显然尹知县已是生了气。

“你草菅人命，我要到署衙告你们。”孙俊跳着高高吼道。

侯俊山笑道：“你告去吧，爷等着你。”侯俊山底气十足地道一声。

可怜那孙俊哪里知道，署衙刚刚给侯俊山建了房子，晚上，侯俊山正要给都统唱堂会呢，孙俊上署衙怎么能告得了侯俊山呢？此次孙俊只能吃这哑巴亏了。从此以后，这孙俊再也不敢找侯俊山闹事儿了，见了侯俊山只能绕着走开——“疙瘩”太硬，他岂敢再碰。

话说侯俊山回到张家口不久，令他做梦也没想到的是：颜将军府的小女人独自一人找到了他的门上。她哭着告诉侯俊山，说颜将军已战死在了疆场，她再次央求侯俊山收了她，而且直言，她不要名分，只要她跟着他就行，即使做他的使唤丫头也心甘情愿。侯俊山眼见小女人哭成了梨花带雨，况且人家心仪他已久，现又死了男人，心有不忍，遂将其留在了身旁，算作了侯俊山的半个女人。此后当地人便编了一首顺口溜出来，顺口溜这样说道：

名伶侯俊山，人称十三旦。

皇宫把戏演，娶妻一个半。

然而侯俊山却并不知，小女人说的死了男人那是骗他的谎言。其实颜将军根本没死。一年后颜将军回到京城，开始四处寻找小女人。侯俊山听得消息，一时慌乱起来。他和小女人已有了感情，生米做成熟饭，这该如何是好呢？他想把小女人送回京城，可小女人死活不干。无奈，侯俊山只好带着瑞琪和小女人，隐姓埋名去了天津，从此不再唱戏。在天津，他以慈禧送她的财物做本钱，做起了生意。后来生意越做越大，直到颜将军死后，他才带着他那一个半女人，又回到了张家口。

回到张家口后，多年不唱戏的侯俊山又将他的老本行捡了回来，到各大戏院登台演出，指点后人。

民国十一年，察哈尔都统署都统给母亲祝寿，亲自登门邀请侯俊山唱堂会。侯俊山刮了胡子，在《凤仪亭》中扮演吕布，风采依旧不减当年。此外，和侯俊山同台演出的还有张家口的“十七生”和后来在张家口红极一时的名角“筱金蝉”。

民国十七年，张家口一带闹灾荒，有钱人在张家口开了粥棚放粥。其间，侯俊山和张家口名伶一起登台义演，义演所收款项全部捐助赈灾。

不久，侯俊山又受上海戏剧界之邀，又去上海演出。鲁迅看了他的演出之后评价道：“老十三旦七十岁了，一登台，满座还是喝彩。”

侯俊山是位孝子，他每年都要回老家东红庙上坟。每次上坟也不搞排场，轿车远远地停在村外，然后他再徒步走到街心，双手抱拳，为乡亲们施礼。

1935 年夏，81 岁的侯俊山在家中用痒痒挠儿挠背，扭伤了胳膊。此后此胳膊久肿不消，造成病疾，没过几月不治寿终。

侯俊山死后，商界、政界、梨园界及亲朋好友前来吊孝。吊唁者不下千余人。北京京剧界的四大门派——梅、程、尚、荀均也派弟子前来吊唁。出殡队伍浩浩荡荡，64 人抬着的棺木，从张家口行宫巷出发，一直发灵至东红庙，下葬于侯家坟。据说，出殡队伍在通过通桥时，由于桥窄，难以通过，最后只得改道而行。如此隆重的葬礼在张家口实属罕见。

正是：年少步入皇宫里，
专为慈禧唱大戏，
唱念做打风迥异。
掌声急，
宛若雷鸣平地起。

十三旦

# 第二十二回　筱金蝉一炮走红　刘翼飞为民建功

在写这回之前，我卖一关子，先请大家猜一个谜语，此谜语谜面为：

顷刻间千秋事业，方寸地万里江山。
三五步行遍天下，六七人百万雄兵。

写到这里或许有人早已猜出谜底为什么了。不错，此谜底就是：戏台。

上回书咱说的是戏台上大名鼎鼎的梨园名伶十三旦。其实在咱张家口，梨园界名噪一时的角色姹紫嫣红，数不胜数。这回咱说说这小小的筱金蝉。

筱金蝉，原名叫杜金娥。光绪三十三年出生于河北省宣化县李家堡村。金娥长到七八岁时，开始学戏，她曾拜过三位师父，她的前两位师父都不好好教她，而她的第三位师父却使得她如鱼得水。金娥的第三位师父名叫杨登科，原籍山西太谷人，幼年不慎掉进过开水锅里，身上留下许多烫伤，左手三指连在一起。他早年在山西太谷景丽园因演《伐子都》而一举走红，由此得艺名为子都生。民国初年他来到张家口，坐班于田宝善的大兴园戏院。子都生的表演艺术十分到位，音色浑厚，嗓音甜美，动作一招一式极为讲究，为人做派规矩稳重，基本功扎实认真。他擅演青衣，反串须生、花脸也很拿手。演五郎出家，一般唱花脸的不唱“滚调”，他演五郎却淋漓尽致地用了“滚调”，唱腔悲沉、凄凉，能唱出五郎万念俱灰的心情，使观众无不为之落泪。他脾气和善，作风正派，不抽烟不喝酒，一心钻研艺术，教戏极为认真辛苦。金娥本就天资聪颖，又加上勤学苦练，遇了一个好师父，艺术上突飞猛进，短短几年，金娥便学会了《清风亭》《坐窑》《断桥》《二进宫》《明公断》《金水桥》等五十多出青衣戏，同时她还兼学了《双锁山》《破洪州》《七里庙》等七八出刀马戏。

随着金娥的逐渐长大和她在戏台上的不断登台亮相，她开始挣钱给绰号为“小香瓜”的母亲了。母亲因与金娥的父亲杜有成感情不和，后来靠上了宣化城的有钱大户刘聋子，与杜有成离了婚，同刘聋子住到了一起。后来随着金娥的名气在张家口一天天增大，刘聋子便有意让金娥改为他的姓。此时的金娥早已明白了许多事理，她死活不肯改姓，为此母女俩大吵了一场。子都生得知此事后与小香瓜和刘聋子沟通，采用折中方式为金娥起了个艺名叫筱金蝉，小香瓜和刘聋子这才作罢。很快筱金蝉在园馆挂牌唱戏了，从此张家口一带的戏迷们都知道了筱金蝉的大名，而不知道杜金娥了。以后子都生收的晋剧弟子都以“筱金”二字排名。像后来十分出名的筱金梅、筱金菊、筱金竹，以及后来奔赴延安，再后来成为新中国著名戏曲表演艺术家的筱金兰等坤角，都是筱金蝉的师妹。筱金蝉的戏在张家口唱红之后，京、津一带的戏剧界，纷纷请她赴京、津演出。此后，金蝉又来到了张家口最为出名的“旧园”唱戏。在此她接触了当时在京、津、张一带演出的许多名角，如侯俊山、宋瀛海等人。这年，张家口都统老母过寿，在玉带桥上搭台唱戏。演出《凤仪亭》《忠义孝》《女起解》等戏。戏中侯俊山饰吕布，二女子饰貂蝉，小二宝饰王充，宋瀛海饰周瑜，筱金蝉饰苏三。当时侯俊山、宋瀛海均已七十开外，但上台之后，功夫不减当年。筱金蝉称他俩为“师爷爷”，她从两位师爷爷身上学到了很多的看家本领。此后筱金蝉抽空便到二人门下学习。聆听老前辈们的教诲，狠下功夫，认真钻研技艺。她除了唱自己的本工戏以外，也能唱小旦、刀马、小生，她曾与“一声雷”反串《杀狗》，同时也跟马玉洪、云笑天等京梆子名伶一块儿配戏。由于她嗓子好，身段儿好，扮相秀美，所以很受看客喜爱。此时这个穷人家里出生的女孩子，俨然已升为塞北艺坛上的一颗明星了。

筱金蝉的戏在张家口唱红之后，吸引了无数官宦子弟的目光。在她每次唱戏时，有一位阔少经常占据着最好的包厢。此人头戴“扫雪”帽，身穿青缎子马褂，上缀金扣子，山羊皮袄，丝绸面子，二十六七岁模样，生得白净、英俊，他便是张家口堡子里赫赫有名的“十大裕”老板——霍老五。此后，霍老五对筱金蝉开始了长时间的追求。他经常不断地给筱金蝉送贵重衣物，戏后请其吃夜宵。同时，不惜重金到小香瓜和刘聋子的家中进行“行贿”，并在西沙河为二人买了一处戏院，让二人经营，喜得小香瓜和刘聋子暗地里常常说：“这些年培养金娥的钱真没白花呀。”

在与霍老五相处的日子里，筱金蝉也渐渐地喜欢上了霍老五。待一切就绪，霍老五便让大管家杨世昌前去小香瓜和刘聋子那里开始正式提亲。小香瓜和刘聋子已经收了霍老五的巨额彩礼，自然点头答应。于是二人成婚之事便是水到渠成的事儿了。不久，筱金蝉便风风光光地嫁到了霍家，成为霍老五的第三房女人。这一年筱金蝉 18 岁，霍老五 27 岁。

筱金蝉嫁给霍老五之后，将名字改为杜慧光。此后她便不再登台演出了，而是在家中开始读书、画画、练书法。霍老五为她买了手风琴和钢琴，筱金蝉进入了艺术的另一殿堂。偶尔她也去教堂学习一些西洋歌剧，但如果遇到义演她依旧登台演出。

写到这里有关筱金蝉的故事咱先告一段落，因为此刻有一位重量级的人物要登场了，而且这位重要人物与筱金蝉和霍老五有着撇不开的关系。那么这个重量级的人物是谁呢？他就是察哈尔省政府主席刘翼飞。对于刘翼飞这个人，民国初期的张家口人都并不陌生。

刘翼飞（1893—1967），东北军将领，字铸宇，原名辅廷，又名一飞，别号觉僧。1930 年中原大战，张学良成了大赢家，取得了晋、冀、察、绥四省和平（北平）、津、青岛三市的地盘儿。整编后的晋军和西北军一部也归在了汉卿（张学良字汉卿）麾下。中原大战结束后，张学良因援蒋有功，被任命为全国陆海空军副总司令，驻守北平，节制华北和东北。张学良特命刘翼飞为察哈尔省主席。刘翼飞曾以不谙政治为由，电辞主席职务，但未获批准。1931 年初，刘翼飞只好来到张家口接任察哈尔省主席一职。刘翼飞上任后在张家口做了大量有益于百姓的事情，曾制订了开发龙烟铁矿、建设张多（多伦）铁路、开发蔚县石棉矿等计划，但均限于财力未能实现。他在视察整个张家口市区时，亲眼看到马车过河难的情况，便责成省建设厅，负责勘察建设能过畜力车的大桥。由于当时省财力不足，刘翼飞便亲赴北平，面见张学良，请求拨款相助，但连去两次都未能实现。1931 年 7 月 28 日，长江中下游暴雨成灾，洪水席卷了江淮流域的八省二市，汉口堤防溃决，直接冲击了南京国民政府的经济和赋税中心，使本已捉襟见肘的南京国民政府财政雪上加霜。大水造成的灾民占全国四分之一人口，损失达 20 多亿元。国民政府紧急组织“救济水灾委员会”，作为代表政府的最高赈济机构，制定各种应急救灾对策，并将税收摊派捐款和社会募捐等筹集钱款赈灾任务下到了各省。察哈尔省本来财政就很困难，面对此项任务刘翼飞绞尽了脑汁。

这天上午，霍老五正在家中听筱金蝉唱晋剧《断桥》一段，只见其大兄哥陈钰带着一位三十多岁、颇有军人气质的男子来到他的家中。经陈钰介绍，霍老五才得知男子乃新上任不久的察哈尔省主席刘翼飞。

咱先说这陈钰，他可是一位大有来头的人物，这倒不仅仅是他当过万全县的知县，而且他的背景也相当厉害。陈钰字震之，山西繁峙人，出身望族，和霍老五家族同是山西老乡。陈钰的姐姐嫁的是清朝重臣、后当了民国大总统的袁世凯的三儿子袁克良，陈钰是袁克良的小舅子，凭借此种特殊的裙带关系，宣统三年，即公元 1909 年，陈钰到万全当了万全县的知县，时任张家口工信局总办。而刘翼飞咱前面已做过简单介绍，此次他来到霍老五家中，自然是有事要找霍老五。

“老五，你可真有闲情雅致呀？我这儿都火烧眉毛了，你还在此消遣。你快快帮为兄一把吧。”刘翼飞和霍老五虽说是第一次见面，但他早已从陈钰口中了解了霍老五的一切。

霍老五听了刘翼飞的话，忙问刘翼飞让他帮啥忙。陈钰遂将刘翼飞来此的目的告诉了霍老五。

原来刘翼飞自上任以来，很想为张家口的百姓做些事情，但无奈“巧妇难为无米之炊”，财政吃紧，拿不出钱来为百姓办事。加之江淮水灾，国民政府又让他出钱赈灾，无奈之际，他便想到了赈灾义演。他从手下人那里了解到，张家口的梆子戏名角人才辈出，此前这些名角都在京、津乃至上海登台演出过，受到各方好评，为此他便想召集这些名伶准备进京义演。他闻听筱金蝉为张家口有名的晋剧名角，加上霍老五家中的财力，以及他同袁三公子的挑担关系，便决定带着陈钰和霍老五以及张家口的各位晋剧名伶，通过袁三公子的关系进京义演，同时也准备进京再找少帅筹钱，来建造张家口的桥梁。

霍老五本是位急公好义之人，他听了刘翼飞的想法之后，当即表示自己愿拿出五万大洋来解刘翼飞的燃眉之急，并决定带筱金蝉随刘翼飞一同进京，促成义演之事。

刘翼飞听了霍老五之言，当即大喜，回府之后，立刻令手下人招集在张的梆子戏名角，由自己亲自带队，赴京赈灾演出。

此次进京义演的队伍中有著名的老十三旦侯俊山，以及宋瀛海、筱金蝉、子都生、二女子等著名的张家口晋剧名角，可谓阵容强大，人员强劲。队伍开进京城之后，霍老五找到袁克良，让他帮忙联系剧院和演员吃住事宜，事情很快搞定。演员们在京城大戏院连演五场，观众场场爆满，受到了京城戏迷们的一致好评。

借此机会，刘翼飞又亲自带着筱金蝉和霍老五来到少帅府，请张学良观看演出。张学良本来就是一个戏迷，此前张家口晋剧名伶来京义演的消息他也有所耳闻，可他就是一直抽不出时间去观看。此次刘翼飞带着筱金蝉来府上请他看戏，他自然不能拒绝。而且霍老五这北方三十六县之首富的传闻他也早听说过，霍老五的面子他肯定是要给的。于是当晚少帅便上戏院观看了筱金蝉等人的演出。戏中，张学良被演员们那精湛的表演所打动，叫好连声。

演出之后，张学良亲自设宴，宴请了刘翼飞和筱金蝉等主要演员。席间，刘翼飞借机再次提出了让张学良拨款修桥的请求。张学亮答应了刘翼飞的请求，同意拨款给他。众人闻听大喜，均举杯向少帅敬酒，感谢他的资助之恩。

筱金蝉等人在京城演出获得了巨大的成功。刘翼飞回张后将义演所得，以及社会各界捐赠的100多万元巨款，全部送到了国民政府赈灾委员会。很快，张学良所拨的修桥款也及时到位。浩浩荡荡的建桥工程由此拉开序幕。

1932年，在据张家口通桥以北500米处，一座雄伟的九孔八墩钢筋混凝土大桥建成。为了感谢张学良的慷慨支助，该桥建成后取名为“汉卿桥”（此桥后来改名为解放桥）。汉卿桥从筹划到桥的建成历时两年，此桥的建成张家口京剧界的名伶们出力不小，特别是筱金蝉和霍老五功不可没。更应称颂的是时任察哈尔政府主席的刘翼飞，正是在他的不懈努力之下，才有了汉卿桥的问世。

正是：戏曲名伶无私义演，
　　　一桥飞跨清河两岸。

# 第二十三回　张家口官兵哗变　张之江率兵平乱

上回书我们说的是察哈尔省政府主席刘翼飞，这回我们再回头讲一下察哈尔都统署都统张之江。如果按时间顺序写的话，张之江应该排在刘翼飞之前，可为何写了刘翼飞返回来再写张之江呢？这主要是出于人物之间的衔接来考虑的。前两回写的是梨园弟子侯俊山和筱金蝉，因二人联系紧密，便上下回连着写在了一起。而筱金蝉又与刘翼飞之间有故事，写筱金蝉时便又将刘翼飞提前请了出来，故而张都统便往后放了一下，但愿张都统地下有知，不会责怪在下。

那么一个是察哈尔署都统，一个为察哈尔省主席，张之江与刘翼飞二人之间的头衔有没有什么说法呢？其实他两人之间的官位一般大，所管辖的区域也没多大变化，只是叫法不同。1912—1928 年间，属北洋政府时期，察哈尔的政府机构称之为——署，最高指挥官叫都统；1928 年至 1949 年之间，属国民党执政时期，察哈尔变为省，最高领导唤作省政府主席，这样解释一下大家便容易理解了。

张之江（1882—1969），字紫珉，号子茳，别号天行。由于他信教，故而他还有个教名叫保罗。张之江是河北燕山人，西北军著名将领，中国国术主要倡导人和奠基人。为人重德守义，办事雷厉风行，从不拖泥带水，而且杀罚果断，性格刚毅，是西北军冯玉祥五虎将之首（其余四人为李鸣钟、鹿钟麟、宋哲元、刘郁芬）。曾任察哈尔都统署西北边防督办、代理国民军总司令、国民政府禁烟委员会主席，后任国民政府中央国术馆馆长。

张之江是冯玉祥的铁杆儿老部下，光绪末年，两人都在第一混成协共事，驻扎辽宁新民府。冯任步兵营连长、营长。张任骑兵营排长。冯玉祥在第一混成协期间，组织了反清秘密组织——武学研究会，冯玉祥亲任会长。张之江也加入其中，二人有着共同的志向——推翻清王朝。辛亥革命后，冯玉祥由于姑父陆建章（曾任袁世凯北京军政执法处处长）的提携，在短短两年内就从营长升为旅长，而张之江没有靠山，升不上去，混了几年仍然只是个上尉。于是1914年他转而投靠冯玉祥，进入十六混成旅。张之江重情义，讲义气，投靠冯玉祥之后，受到冯玉祥的赏识。从此一路风生水起，短短几年就从上尉参谋、骑兵营长、团长，升为第七混成旅旅长，成为冯玉祥的左膀右臂。1924年冯玉祥“北京政变”后，张之江升为察哈尔都统，成为西北军首位方面大员。在张家口任都统期间，他积极进行经济建设，整顿财政税收，清除时弊，注重铺路架桥。他修建电话线路，增设电报馆，铺设电报线路，提倡移民垦荒，体恤民间疾苦，受到张家口百姓的一致好评。1926年，冯玉祥通电下野，由张之江接任西北边防督办、西北军代总司令，代冯玉祥统领西北军。

张之江在就任察哈尔都统之前，他的上一任察哈尔都统为军阀将领张锡元。

张锡元（1870—1941），字嘏民，直隶大兴（今属北京）人。民国六年（1917）任直系陆军第四混成旅旅长。民国十一年（1922）5月，任察哈尔都统，同年9月，获封将军府“锡威将军”（清朝的将军是清政府任命的全国主要地区及边疆要地的最高驻防军事官员，级别相当于总督，称号不一，一般以其驻防地命名）。我们下面的故事，就从这位锡威将军开始吧。

俗话说：一树之果有苦有甜，一母之子有愚有贤。张锡元与张之江虽然同样是都统（一前一后），而且又都姓张，但这二位张都统在张家口人的心目中却是大相径庭。好的地方官为民请命，造福一方，维护百姓利益，像后者；坏的官员却是吸兵血，克扣军饷，置官兵和百姓于水火之中，诸如前者，两者形成了十分鲜明的对比。

民国十三年（1924）12月的一天，张锡元的卫队长张大为，趁着张锡元外出、不在都统署之际，悄悄溜出了都统署，独自来到军营中，找他的老乡——拜把子弟兄、驻军三营营长牛元文喝酒。牛元文便约了一营长刘富贵和二营长薛霸一块来到了武城街的一家小酒馆。

酒间，薛霸问张大为道："大为平时很少出来，今儿个是什么风把你给吹来啦？"

"张旅长运送财物回了天津，我这才得空儿出来和弟兄们喝上一杯，平时哪得闲空出来。"张大为顺口答道。

"弟兄们都有半年多没发军饷了，而张旅长却是送钱回天津，这世道太不公平了。"牛元文听了张大为的话，呷了口酒，愤愤不平地说道。

张大为随即压低了声音："兄弟几个也不是外人，我就实话说了吧。你们知道吗？这次张旅长回天津送的钱，都是克扣弟兄们军饷的钱。"借着酒劲，张大为吐了真言，说出了张锡元回天津的秘密。

"哎，这样机密而重要的事情，这次张旅长怎么就没让你这卫队长护送啊？"刘富贵开口问道。

"正因为是机密重要的事情，张旅长才不会让我这'外人'护送呢，我这消息也是从张旅长的贴身护卫小毛驴口中探得的。"张大为告诉三人。

"他奶奶的，这张旅长也太没人性了，他喝兵血，克扣咱的军饷，真是猪狗不如。"借着酒劲，薛霸骂将开来。

刘富贵也骂道："他娘的，张旅长真坏了良心，咱们弟兄们为他卖命，他却这样不顾弟兄们的死活，依我看咱反了那王八羔子算了，下边的弟兄们早就想闹些事儿出来了。咱就借着这机会给他弄出点儿动静，这叫作官逼兵反兵不得不反。"

"对，今儿个咱就反了他，咱趁着姓张的不在，召集弟兄们杀出去，将这张家口的富商们抢他个底朝天，然后咱再各奔东西。"薛霸也附和道。

"别急，咱先礼后兵，先找团长找个说法，团长若不管咱的死活，咱再反不迟。”牛元文觉着事关重大，出于安全考虑，他提出了自己的建议。

“团长手中也没有军饷，要找还不如直接找旅长要，他若答应给咱发饷，咱二话不说，息事宁人，若不答应咱再举义不迟。”刘富贵却是另一种想法。

“可旅长现在却在天津，怎么找他讨饷？”牛文元问道。

“咱给天津打电话，直接同旅长要饷，反正电话里他也不知道咱是谁。”薛霸道。

“这样最好，若直接面对面找他要，万一他翻了脸，甩手给咱一枪，得不偿失。”刘富贵也同意打电话到天津。

“可咱不知道旅长家的电话号码啊。”薛霸道。

“我知道。”张大为遂将张锡元天津家中的电话号码告诉了三人。

主意打定，三个人便借着酒劲儿，来到了电话局。张大为怕惹乱子，没有与三人同行，而是直接回到了都统署。

很快，三人中的代表薛霸拨通了天津张锡元家中的电话，但电话中还未等薛霸将要军饷的事说完，就被张锡元在电话中骂了个狗血喷头，薛霸只好撂了话筒。至此，三人胸中的怒火已燃到了极点，再也无法控制自己的情绪。当即，三人商定，干脆一不做二不休，晚上八点开始举义——抢他娘的。事情商定之后，三人便回到各自的营地，布置安排当晚的抢劫事宜。

先说这牛元文，他回到营地之后，即刻召集他手下的三位连长开会，布置晚间的任务。牛元文的连长中间，有一位连长叫高飞燕，他听了牛元文交代的任务之后，心中不禁大吃一惊。抢劫那可是犯法的事儿呀，尽管他也恨透了上面中饱私囊、克扣军饷的事情，但今晚的行动弄不好是要掉脑袋的，可是军令难违，他也没办法阻止此次的行动。眼下，他最担心的是每天在下堡东门外给人钉鞋的老父亲高生亮的安危。

“此次行动，要绝对保密，谁要泄露出去，一律枪毙。下面士兵等今晚行动时再宣布此事。好了，你们几位下去准备吧。”牛元文交代完毕后便回他的房间睡觉了。

高飞燕回到连部，却是如坐针毡，坐立不安——不行，我无论如何也要将此事告诉父亲，让他今晚设法躲避一下。想到此，高飞燕以外出买烟为由，出了军营，直奔张家口堡而来。

回头咱再说这高飞燕的父亲高生亮。高生亮原是蔚县北水泉人，自幼家贫，随父钉鞋，但年轻时却娶了一个漂亮媳妇儿。高飞燕八九岁时，其母被村中一大户人家的财主给奸污后投井身亡。高生亮一怒之下，放火烧了财主家的宅院，带着儿子高飞燕逃了出来。此后父子俩便四处逃荒要饭。高飞燕 15 岁这年，在逃荒路上，父子俩被张锡元的部队抓了壮丁，就此当了兵。此后，高生亮在坝上的一次战斗中被手榴弹炸伤了腿，不能再留在军营，便辗转流落到张家口，租了堡子外的一间破房，捡起儿时学过的手艺，又当起了钉鞋匠。而高飞燕则留在军中继续当兵。由于在战场上作战勇敢，他被提升为排长，一年后又晋升为连长。

高飞燕来到东城门口，远远就看到父亲高生亮正坐在那里给人钉鞋，遂紧走几步，来到父亲面前。高生亮抬头见是儿子站在他的面前，高兴地问道："燕子，今天怎么有空过来了？"

高飞燕见四下里无人，也不同父亲寒暄，立刻将今晚部队哗变，要在张家口抢劫的事情告诉了父亲，让父亲赶快找地方躲躲。说完他便转身离去，他怕自己外出军营时间长了受人怀疑。

再说这高生亮听了儿子的话之后，却心急如焚。他急忙收摊儿回家，将鞋箱放入家中后并没有按儿子所说，找地方躲避，而是径直来到堡子里，向县衙奔去。在县衙门口，他被站岗的警察拦住。

"拐哥，你这匆匆忙忙的，要干吗呀？"高生亮常年在堡门外给人钉鞋，警察自然识得他。

高生亮遂将今晚军队要哗变、抢劫一事告诉了警察。站岗的警察闻听觉得事关重大，赶忙带着高生亮去见县长。县长听了高生亮的叙述，一时不能判断高生亮所言事情的真伪，但他还是迅速召集警察局及县衙所有人员，关闭了东、南两座城门及小北门，并派警察登上城墙进行巡逻。

按理说，县长在得知如此重大消息后应该将此事通报堡子外的各地进行防备，但此刻天色已晚，而对高生亮所言之事一时又不能判断真伪，若通知其他地方，一旦是虚假信息，那会造成人们不必要的恐慌，如此一来，堡子外的其他地方便未能逃过这晚的一劫。

晚上八点，哗变的队伍按照各自的分工和抢劫的路线，分别向市区杀来。来张家口堡的这一路乱兵，来到城门前，见城门紧闭，而且城墙上一片敲锣声，警察也严阵以待，向乱兵开枪射击，而且还击伤了几人。乱兵随即放弃攻门，胡乱朝城墙上放了一阵乱枪，转向武城街而去。

此次哗变的队伍抢劫了武城街、边路街（今明德街）、怡安街、福寿街、福寿横街、大境门内外及西沟、元宝街的所有商家店铺，以及富宅豪院。事后，据商会统计，全市被抢劫的大小店铺共有 5000 余家，宅院 4000 多家，烧毁房屋上百处，商铺及商品损失共计大洋百万以上。

张家口兵变的消息很快传到了北京，冯玉祥闻知此事之后，立刻派张之江率军前来张家口平乱。

张之江的部队开到张家口后，为了麻痹哗变士兵，遂贴出告示宣布：凡参加暴乱兵士，只要交出所抢财物，一律既往不咎，而且所欠军饷一律补发。本来已四散逃亡的兵士，听了此消息之后，除了个别十几位发了横财的士兵之外，其余人又都纷纷回到了军营。张之江随即以换防为名，令自己的部队将这些士兵全部缴械，押上了闷罐车（封闭的火车厢），只留了高飞燕一人在军营。张之江之所以将高飞燕留下，自然有其原因。原来，张之江来到张家口之后，发现张家口整个城市都遭到了乱兵涂炭，唯有堡子里完好无损。他在询问了县长之后，才明白原来是高生亮父子救了堡子里的全城百姓，故而他将高飞燕留了下来，而其他被装在闷罐车里的乱兵，在列车开到沙岭子一带时，都被早已埋伏在铁路两旁的张之江的队伍，用机枪点了名，无一人幸免。

张之江平乱之后，高生亮听说哗变的乱兵已被全部处决，一下子瘫坐在了地上。他认为他的儿子也必死无疑，遂哭得死去活来。他在家中正号啕大哭着，只见一队士兵带着他的儿子来到了他的面前，带队之人正是张之江。

“高大哥，我把你的儿子完好无损地送回来啦，你还哭什么呀？”张之江笑道。

这时高飞燕看到父亲正在为他伤心落泪，便一头扑在了父亲怀中。“爹，我这不是好好的嘛。”高生亮见此情景，这才破涕为笑。

“高老哥，你和高飞燕为整个下堡立了大功，县衙会奖励你的。如果飞燕愿意继续待在军队里，可以到我的手下；如果不愿意，他可以留在你的身边。”张之江告诉高生亮。

高生亮转过头来望着儿子，征求他的意见。高飞燕则转过身来对张之江道：“张旅长，军队里我已待腻了，父亲腿脚不利索，今后我想留在父亲身边好好陪陪他。”

“人各有志，既然你不愿再当兵，那就在家好好陪你父亲吧，你们父子俩救了堡子里全城的人，我很感谢你们。”张之江说完让手下人给高生亮父子留了两千块大洋，转身而去。

讲到这里，有关高生亮父子的故事，在此先告一段落，此后此二人在今后的章节我还会提到。

再说张锡元在天津闻听他的部队在张家口发生哗变之后，便匆匆从天津赶回到了张家口，但此时张家口的都统已另有其人了，他被正式通知革职查办，而接替他职务的都统正是国民军骑兵第一旅旅长张之江。张之江见到张锡元之后，只对他说了一句反语：“你可真给咱张家人长脸啊！”

张之江在平定了张家口叛乱之后，冯玉祥从北京进驻到了张家口。事后，有关对张之江的评说长短不一，众说纷纭。有人言：张之江在张家口平定暴乱，除高飞燕以外，几百条生命全部被枪杀，可见其手段残忍，人性泯灭。乱匪只是抢劫财物，并未过分杀戮，而且师出有名，原因是张锡元克扣军饷，罪魁祸首应是张锡元，而张锡元事后却只是被革职查办，却白白搭了几百条生命，有失公道。然而张家口的商贾百姓对张之江平乱却给予了极高的评价，以至于他在张家口当了察哈尔都统之后，商人及百姓都十分拥护他。

正是：恩恩怨怨，血雨腥风。
是是非非，对错难分。

# 第二十四回　清河桥为民造福　张都统流芳千古

这回咱接着张之江的故事往下讲。张之江在咱张家口干得最漂亮、最让人称颂的一件事，那就是修建了张家口的清水河桥（通桥）。

张家口最早有历史记载的桥大概要追溯到明朝。明万历二十八年（1600），在张家口堡东门外清水河上，镇守宣府都督梁秀，倡导募捐，组织修建石桥。刘宇、于士钦、郝时瑁等义民积极捐资出力，参与修建，三年后该桥竣工，此桥成为当时唯一的一座过河桥，人们将其称为通桥。又因为该桥寓含了普济、普度众生之意，也被人称为“普济桥”或是“普渡桥”。据记载，普济桥为七孔石拱桥，长 25 丈，宽 2.2 丈，高 1.8 丈。桥面拱孔和桥墩都用青石条砌成，每个桥墩南北两端都筑有“分水尖”，桥上南北两面是方心石夹石板的护栏，桥两头各建有石牌坊，书“普济桥”三字。此后，桥东桥西之称即源于此桥。

普济桥历经三百多年风雨，几经修复、翻建，成为张家口百姓来往和运输货物的主要交通过道。其实，在张家口建堡之前，张家口市区一带叫广宁，又称大宁。清水河被称为广宁河，又称宁川水。元代时崇礼县西湾子叫定边城。清水河从定边城缓缓南下，故而清水河又叫作定边河。清水河的叫法始于清代，传说有一次康熙皇帝路过崇礼县的桦皮岭，正感口渴，发现村边有一条小河，河水清澈而透明，于是他走到河边，捧河水而饮，饮后赞叹道：“真乃清水河也。”随行的当地官员为讨好皇上，将原来的定边河命名为清水河，此名一直沿用至今。

民国十三年（1924），一场百年不遇的特大山洪暴发，将普济桥冲成了断桥。这场洪水来势凶猛，桥东被水淹成一片汪洋，毁损房屋一万余间，失踪、死伤三千余人。这一年的洪水，加上乱军的兵变，给张家口人民带来了双重的灾难，百姓生活苦不堪言。为了重振家园，百姓们迫切需要再在清水河上建一座能通东西两岸的通桥。百姓心中是这么想的，但这桥又由谁来承建呢？

说到这里，我忽然想到了一句诗，该诗就是大家所熟悉的清代诗人赵翼所写的——“江山代有才人出，各领风骚数百年。”而这位引领风骚的人物，便是刚上任的都统张之江。

世上任何一件事情，无论是盖房也好，建桥也罢，总得有一个由头，也就是人们通常所说的起因。那么这建桥的起因又是缘何而来呢？故事咱还得从武城街的一户张姓人家说起。

此户张姓人家的主人名叫张峤，祖辈是山西人，在武城街做买卖已经历了三四代人。张峤三十出头，年幼时父亲早逝，与寡母共同经营着一家杂货铺，二十岁时娶妻生子，挑起了家庭的重担。至此，一家四口相依为命，日子过得比上不足比下有余，如果不是暴发了那场洪水，人生也许将会是另一种生活方式。无奈，世间之事总有突然间的不遂人意。张家口发大水这年，张峤同伙计赶着自家的驴车上宁远堡进货，并讨要货款，回来时驴车行至清水河上的普济桥，忽遇山洪暴发，洪水以排山倒海之势呼啸而至，直接将桥拦腰冲断，张峤和伙计连人带车顷刻间被冲入河中，很快没了踪影。直到三天之后，人们才在清水河下游，找到了他和伙计的尸体。伤心的寡母和无助的媳妇，只好含泪将张峤入棺，埋于自家在云泉寺附近的坟地。然而伤心的事情就此还未结束，祸不单行，这年底，张家口又遇兵乱，张家店铺又遭乱兵抢劫，张峤媳妇儿躲避不及，被乱兵强暴，当夜便悬梁自尽，家中只留下了张峤的寡母和十岁的儿子张占彪。正是：屋漏偏逢连夜雨，船破恰遇顶头风。家中接连走了两位中年人，张母真是哭天天不应叫地地不灵，如果不是看着可怜巴巴的幼孙，张母也早就不想活了。但为了她的孙子，她只好忍痛负重，坚强地生活下去。好在乱兵抢劫她家店铺的时候，她家藏于店铺房梁上的一万块大洋，没被乱兵发现，祖孙俩才得以安身立命。然而时间没过多久，张母的孙儿小彪彪突然间得了疾病，卧在床上不吃不喝，只短短几天便奄奄一息了。张母四处寻医问诊，找来医生为孙子看病，但几位医生在诊看了孙子的病之后，都摇着头说此病怪异，无法医治。张母瞬间哭成了泪人。“老天爷啊！我们张家是什么时候得罪了你老人家啊？你可怜可怜我这老婆子吧，你可不能把我这唯一的孙儿收了去啊！”但哭归哭，孙子还得救啊。这时邻居店铺的马二婶儿来到家中，她看着躺在床上只有出气而没入气的张母孙儿，向张母提议道：“你这家中连续出事儿，别是沾上什么‘不干净’了，你还是找算命的给看看吧。”

一语惊醒梦中人，张母听了马二婶之言，立刻觉得马二婶所言极是。在当时无医能治孙儿疾病的情况下，张母也只好死马当作活马医，准备找算命先生给看看。送走了马二婶，张母找了自家侄女过来看护孙儿，自己则出来，到了堡子里西南角开卦摊的李半仙家中，准备让半仙给算上一卦。

李半仙五十多岁，自称为铁拐李后人，上下知晓五百年，算命很准，家中每日门庭若市，来此看相、算命之人络绎不绝。这日他刚送走一位客商，忽见张母从门外进来，他看了眼张母，未等张母开口说话，便先开了口：“如果我没说错，夫人家中一定有了病人。”

张母闻听半仙之言，心中不禁吃了一惊：这半仙怎么会知道我家中孙儿病了呢？于是立刻道：“大师说中了，我家中确有病人，是我孙儿。他快不行了，大师神通广大，能否救得我那苦命的孙儿一命？若能救得，我这后半辈子一定设坛焚香，吃斋念佛，广结善缘，救苦救难，保佑大师。”

半仙听了张母的话，随让张母将家中情况给介绍了一番。张母立刻将儿子、儿媳以及孙子的事情讲述一遍，求半仙保佑张家唯一的独苗小彪彪能够活下来。

半仙听了张母的讲述之后，将张母孙儿张占彪的生辰八字问来算了一下，然后又问张母：“你家老宅现在可有人居住？”

“没有。我和儿子一家都住在店内，老宅已有三年没人住了。”张母答道。

“那么最近是否有人回去过或者是打扫过老宅的房子？”半仙又问。

张母想想道：“有过。今年夏天我儿媳回老宅打扫过房子，还刷了墙。”

半仙听了张母的话，自言道：“这就对了。”遂对张母讲，“你现在就回你家老宅，进屋看一下你家老宅堂屋的正墙，看看是否有墙皮掉落，如果有的话，赶快找人把那墙皮补上，这样或许你家孙儿还有救。”

张母听了半仙的话，一时不明就里，但最终她还是按着半仙所说，回了自家的老宅。打开房门一看，果见堂屋正墙处掉了一块泥皮，便按半仙所言立刻找来泥瓦匠，在堂屋墙上补抹了泥皮。

说来也奇怪，张母将老宅事情办妥后，回到店内，发现躺在床上的孙儿已睁开了双眼，看到她进来，对她说道：“奶奶我饿，我想喝粥。”

张母看到孙儿开口说了话，而且还想吃东西，立刻心花怒放，赶紧下厨房给孙儿熬了粥。孙子喝粥之后，立刻有了精神，而且还从床上起来下了地。见此情景，张母忽然想起还未谢恩于半仙，立刻带了一千块大洋前往堡子里。

张母来到半仙家中，告诉其孙儿已活了过来，并将那一千块大洋奉上，感谢其救了孙儿。

半仙却只收了其十块大洋，他对张母道：“活过来就好，不过你这孙儿 13 年之后还会有场劫难，如果此难过了，便再无大碍，而且终生大富大贵，儿孙满堂。”

张母闻听半仙之言，心中又生忐忑，忙问半仙可有破解之法。半仙随道：“为救你那孙儿，我已折了两年阳寿，今后只能看他自己造化，我不再破阴规了。”

张母见半仙不肯道出个中情由，只好问道：“那么我那孙儿此次究竟冒犯了何方神仙？怎么让泥瓦匠修补了老宅掉落的墙皮之后，我家孙儿的病便立刻就好了呢？”张母想从中寻找一些孙儿此次得病的原因，以便防患于未然。

“反正我已折了阳寿，这个我倒不妨告诉于你。你家老宅堂屋后墙，连着你家祖坟，今年夏天你儿媳妇刷墙时，把那坟地的墓道给刷开了，故而墙皮掉落，导致了你儿子和儿媳双双身亡，若不是我让你将那墙皮及时补上，怕是你孙儿性命也难保全。”半仙不知是信口胡诌，还是像煞有介事地言道。

半仙姑且这么说，我也姑且这么写。其实，半仙之言纯属迷信之言，大不可信。

然而，张母在听了半仙所言之后，一时惊骇不已，心道：多亏听了马二婶之言，前来让半仙算了一卦，否则……她不敢想下去了。此刻她想到了半仙说的孙儿13年之后还会有一场劫难在那里等着，不免又担心起来。

半仙似乎看出了她心中的忧虑，“唉！”他叹了口气道，“事到如今，我也不忍心让你再为难了，我教你一破解之法，你回去之后，将你家中金银之物散去一半，做一件善事，或许保你孙儿无恙。”

张母听了半仙所言，立刻大喜过望，遂向半仙千恩万谢后，这才离开了半仙的住所。

回到店内，张母见孙子已活蹦乱跳地在地上玩耍，心中感激半仙的大恩，随让孙儿登一高凳，将藏在梁上的那一万块大洋拿下，从中取了五千块，准备按半仙所说，捐出去做善事。可她想来想去，琢磨了半天也没想到该将钱捐到什么地方，做件什么善事。

这时她的孙儿张占彪问她道：“奶奶，你将这些钱分了一半准备干什么呀？”

张母随将捐钱准备做善事一事告诉了孙儿。小占彪闻听又道：“奶奶既然你拿不定主意，倒不如这样：我爹爹是从清水河桥上被洪水冲走的，现在清水河也被洪水冲垮了，奶奶何不把这些钱捐给衙门，让衙门再在清水河上建一座桥，让百姓们从桥上走路，这不是做一件善事儿吗？”

张母听了孙儿的话，觉得孙儿提的建议不错，随带着那五千块大洋，领着孙儿到了堡子里的县衙。

县长闻听张母要捐钱出来建桥，挠着头皮一时不置可否。因为建桥在当时来说是一件十分重大的事情，张母所捐的五千块大洋又怎么能建出一座桥来呢？遂开口对张母道："老人家你先回去等待，此事容我禀报都统衙门后再定。"

张母听了县长所言，只好返回家中等待县长的消息。

再说县长送走张母之后，感到张母所提建桥一事，代表了张家口百姓的心愿，应予以支持。随来到都统府将此事禀报于新任都统张之江。而此刻张之江也正为张家口东西两岸的桥梁被洪水冲断而发愁，他也早就考虑想在清水河上再重建一座桥，可是整个察哈尔都统署的财政状况却是十分糟糕，钱财早被前任都统挥霍一空，眼下他闻听万全县县长提出张家口百姓有意愿捐资修桥，觉得百姓们的心愿和精神难能可贵，于是他便立刻打报告给北京政府，请求冯玉祥能给拨些款项修建桥梁。同时，他又令万全县县衙张贴告示，将建桥一事公布于众，求得社会各界能够捐款支助。

此公告公布后不久，万全县县衙内便来了许多商贾富豪来此打探情况，并言愿意出资建桥。县长随将这一情况报告给了张之江。张之江闻听后大喜，急忙让万全县衙招集张家口各方有头有脸的人物，到县衙捐款。一时间，万全县衙内便聚集了一大群前来捐款的商绅富豪。自然，提此倡议的张母也夹杂在人群当中。人们围坐在县衙的一间大厅内，一边谈论着，一边喝着县衙备好的茶水。县长见捐款的人都到得差不多了，便将幕后的张之江请上主席台与大家见面。

"大家静一下，下面我给大家介绍一下，这是咱们张家口新上任的都统张之江，大家有的可能还不认识，但张都统为咱们张家口平乱这件事，想必大家都知道，今儿个张都统为了咱张家口建桥一事又特意赶到县衙，他想听听大家的意见。"

县长话音刚落，台下便响起了一片热烈的掌声。

"张都统好样儿的。"

"张都统为我们张家口平定了暴乱，我们都支持你。"

"张都统你说吧，你让我们捐多少我们就捐多少。"

……

台下众人纷纷发言。

这时张之江说话了："我初来乍到，为张家口没作半点儿贡献，上来就让大家捐钱。实在不好意思。"

"张都统为我们张家口平乱止暴就是为我们作了最大的贡献。"这时台下又有人说了话。

张之江摆了摆手继续说道："本来都统署应该出钱为百姓们建桥修路，可是都统署实在拿不出那么多的钱来，所以只能向各位求助了。不过，我已向北京政府打了报告，请求得到政府的支持，但此事成与不成我没有把握。政府如果能资助咱们，那样更好；如果帮不了我们，我们只能自力更生了。因为我们张家口人一年四季都生活在这块土地上，建桥是为了咱们自个儿，既然大家都提议捐款修桥，那下面就请大伙儿先报名登记吧。"

张之江话音刚落，只见张母第一个登上了主席台。"别登记啦，我把钱都带来了。我捐五千块大洋。"

"我捐一万。"

"我捐两万。"

"我捐三万。"

……

台下商贾纷纷举手报名。

张之江和县长看到台下的捐款场面如此热烈，二人不由得相视一笑。这时，只见张之江的秘书匆匆从外进来，走上主席台在他耳边耳语了几句。众人的目光随之都集中在了张之江的身上。张之江听完秘书的汇报，从椅子上站起身来："告诉大家一个好消息，北京政府已同意我们建桥，但是钱一分没有，让我们自己想办法解决。"

台下众人听了张之江的话，一时唏嘘不已，大伙心中均道：这算什么好消息啊，这张都统也真能开玩笑。

只见张之江嗓门儿一提，继续说道："政府虽然没有把钱拨给我们，可是咱建桥所需的钢材却是保证足够供应。"

"好！这才像我们的政府。"张之江话音一落台下响起一片欢呼声。

随之，建桥的事宜就此定了下来。

事后大家终于弄清，北京政府拨给张家口的这些钢材，是建黄河大桥时剩余的，这些钢材虽然是剩余的，但建张家口的通桥，却是绰绰有余。

1925 年春，张家口通桥正式开始筹建，冯玉祥将军亲自给张之江请来了修建黄河大桥和建造京张铁路时的桥梁专家和工程师。经桥梁专家勘测设计，建新桥的桥址选在了原普济桥之南不远的地方。

1926 年初，张家口通桥顺利竣工。整个桥身全部用钢铁大梁和钢铁高架结构铆焊连接，桥梁完整坚固，桥面铺木板，分东西上下走向。建桥期间，冯玉祥将军曾多次来建桥工地视察，对大桥的建设特别关注。大桥修成后，桥梁管理处特别规定，此桥不准走铁木轱辘的大车。当时桥的两侧还没有人行便道。

此桥完工后，张之江用隶书题写了桥名——清河桥。清河桥建成后，原古老残破的普济桥被全部拆除。

1941 年，日本人侵占张家口后，又用钢材接出了两侧的人行便道，以木板铺成路面。此桥便是张家口人记忆中的那座通桥了。

1946 年，晋察冀边区银行将清河桥作为主图案，印在了一千元面额的纸币上。它也是中国历史上唯一的一张以桥为图案的纸币。

正是：一座桥，经风雨，跨西东。

通桥两岸人车遥相通。

晋察冀邊區銀行

# 第二十五回　大好河山难忘却　墨香留芳高维岳

上回说的是察哈尔都统张之江，这一回咱再说说另一位都统高维岳。高维岳是在 1926 年 8 月任察哈尔特别区都统的。他是北洋政府时期第十四位在张家口担任都统职务的都统。在他之前曾有过十三位都统，他们分别为：冯国璋、何宗莲、段芝贵、张怀芝、田中玉、张敬尧、王廷桢、张景惠、谭庆霖、张锡元、张之江、郑金声、鹿钟麟。这十三位都统在张家口人的心目中有好有坏，众说不一。像我们在上一章中提到的张之江，张家口的百姓都为他竖大拇指，因为他在任期间做了许多造福百姓的事情，受到众多百姓的称颂；而也有为张家口人所不齿的人物，像张锡元，他克扣士兵军饷，造成官兵哗变，给张家口人带来了痛苦和灾难。那么这位新上任的高都统在张家口人的心目中又是怎样的一个人呢？他是好是坏？人们又该怎么去评价他呢？

高维岳（1875—1938），字子钦，辽宁锦县（今凌海市石山镇）人，东北讲武堂毕业。1900 年从军，1907 年入保定通国陆军速成学堂二班步兵科学习，毕业后回东北。1912 年入东北陆军讲武堂步兵科学习。毕业后任军官军士团教育长，后任奉军二十七师参谋长。1926 年任安国军第三、四方面军团第九军军长。同年 8 月就任察哈尔特别区都统。

高维岳上任之初，察哈尔民众对他并不了解，也没有什么好感可言。但渐渐地人们发现，这高维岳治军很严，他常常走上街头微服私访，发现军队中有违纪、违规者，便让执法队带回军营责打，故而军队中给他起绰号为“高二打爷”。当时，张家口的一些公共场所，像戏园子、茶肆、书场等文娱之所，常有地痞流氓寻衅闹事，高维岳在了解情况之后，便组成了一支十来人的巡逻队，前往这些场所维护治安，将寻衅闹事的地痞、流氓抓了便打。此后地痞、流氓见了这些军警，便立刻溜之大吉，社会秩序很快得到了稳定。

在市政建设方面，高维岳虽然没有做过什么惊天动地的大事，但在公共设施保护方面，却是不遗余力。他对张家口的一些游览、观光场地，像水母宫、云泉寺等及一些明清时期的庙宇、古建筑，都派员严加保护，张贴告示，让民众爱护建筑地的一草一木。此外，他让人增加花圃、园林建设，安排清洁工打扫街道，保持了街道的干净、整洁。在旧的军队中，奉军给人的印象大多是草莽，军纪涣散，而高维岳在奉军中却有着儒将风范，他对中国传统文化情有独钟，琴、棋、书、画样样精通。特别是他的书法，写得一手漂亮的毛笔字，这在他为大境门提写的“大好河山”四个颜体大字上，就足可以看出其笔中所含的功力了。

高维岳题写“大好河山”四字是在1927年的暮春。这是他任职期间在张家口留下的最精彩而得意的一笔。

这天，他在张家口几名本地官员和其副官的陪同下，来到大境门一带巡视。他登上大境门后，看到门外那层峦叠嶂的壮美山河，门里繁荣热闹的市场，一时按捺不住心中的喜悦，随口称赞道：“真是祖国的大好河山啊！”

下得大境门之后，高维岳近距离地仔细端详着城门，越看越觉得城门上所提“大境门”三个字特别小气，怎么看心中都觉得不舒服，与雄宏的大境门根本不相般配，便问随行官员，这“大境门”三字何人所提。随行官员随道：“据说是顺治皇帝儿时所书。”

“原来如此。”高维岳闻听后只轻道了一声。依他原意，既然大境门三个字写得那么小气，倒不如铲去换几个大气一些的字，但闻听那字为顺治帝所提，便打消了此念头。然而他抬头再看那三个字，心中又总觉得别扭，一时待在当地不肯移步。高维岳是位十分注重完美的人，如果眼中看到自己心中不舒服的人或事，总想着把他改变过来，使之臻于完美。眼下他总感到大境门上应镌有几个颜体大字才能与“这扇大门”浑然一体，相辅相成。于是他便决定由自己亲书几个大字镌刻上去，而且字的内容他心中也早已想好。

回到都统衙门，高维岳顾不得休息，立刻挥毫泼墨，将“大好河山”四个颜体大字一挥而就。字写好之后，他令人将字拓下来，让人找来工匠将那四个大字镶嵌于“大境门”匾额之上。

高维岳的副官闻听高维岳要将“大好河山”四字镶刻于大境门上，赶忙劝阻道：“将军，那大境门三字可是顺治皇帝所书，如果将‘大好河山’镶嵌于大境门之上，那可是压了皇上一头，是在皇上头上动土啊！此事恐怕不太吉利吧。”

“什么不太吉利？现在早已是中华民国了，哪儿来的皇上啊？”高维岳对副官的话嗤之以鼻，硬是让人将“大好河山”镶嵌在了大境门之上，成为张家口大境门上一道独特的亮丽景致。

然而好景不长，没过两月，高维岳家中还真的出了事儿。

高维岳一生没有儿子，虽然娶了几房姨太太，但都没能给他生出一位“带棒儿”的来。为了传承香火，他只好收养了一位义子，他为义子取名为高有地。此名含有两层意思，一为义子今后能有土地，不至于饿死；二为地和“弟”谐音，他希望高有地来高家后，能有一个弟弟出来。可高有地长到20多岁却也没见有一个弟弟问世。

说来也巧，就在高维岳在大境门上提字后不久，张家口市区内连续发生了数起连环盗窃案。上、下堡内及市内主要城区的十几户有钱人家均被梁上君子光顾，家中金银细软被盗窃一空。被盗家庭纷纷找到警署和下面的警局，要求缉拿盗贼，追回被盗财物。警署及警局持续布控，在有钱人家附近蹲坑守候，但过了很长时间也没能够破案，而盗窃案件却仍在发生着。警署署长张士毅感到了空前的压力，整天大骂其手下饭桶、无能。

此事很快传到了高维岳的耳中，高维岳听后十分震惊。他带着副官亲自前往警察署向张士毅询问详情。张士毅随将他了解到的情况诉之于高维岳。

此次连环盗窃案，均为入室盗窃。盗贼身手了得，非小偷小摸之徒，作案后不留任何痕迹，来无踪去无影，显然是位江洋大盗。而且此盗骄狂气盛，每盗一户都要留一燕子笺作为其盗窃凭证，笺中书有“踏雪无痕”四字。可见其是何等的胆大心傲。

“此盗贼难道是传说中的那位燕子李三？”高维岳想到了曾轰动京津一带的大盗燕子李三，他向张士毅问道。

张士毅摇摇头：“不太像。我问过万全霍府的霍老五。三年前，燕子李三曾光顾过他家，欲盗取当年西太后送给他父亲的那棵玉白菜，但最后在霍家房梁上藏了三天三夜也没窃得此宝，临走时只留下一纸燕子笺，上写：‘欲窃太后白菜，梁上栖息三日。金银财宝无数，唯独不见此宝。’前几日我到堡子里找过霍老五，他说燕子李三的燕子笺是用白纸所折，燕尾部还折叠有一个上翘的小尾，而此盗贼所留燕子笺却是用红纸折叠，而尾部平直，没有折小尾。”

“我看一下那燕子笺是何等模样。”高维岳充满了好奇。

张士毅从柜中将盗贼留下的一只用红纸叠成的燕子笺拿出来递给高维岳。高维岳将燕子笺拿在手中仔细观看一番，然后将笺展开，发现纸笺方方正正，有三寸见方，上面果然写有“踏雪无痕”几个字，字迹很是工整。看来此盗贼还是读书识字之人。

说来也有些意思，这高维岳虽然是位将军，但他对破案的事情却情有独钟，平时他的床头常摆着一些古代公案小说，像什么《狄公案》《施公案传》之类的书籍，对破案、断案之事很是上心，而且也绝非门外汉。眼下，他拿着展开了的那张红纸，发现此红纸并非人们春节时贴对联的那种红纸，而是两面都浸了红，倒像是女人染红唇用的那种胭脂纸。再细看，纸的边沿两面还真有一些用唇含过的印痕——没错，这就是一张女人用来染唇的胭脂纸，也叫作口红纸。高维岳立刻对这一发现作出了判断。

“这个盗贼身边一定还有一个女人，或者说是一个女盗贼，要么他就是男扮女装。”高维岳对张士毅说道。

张士毅听了一怔：“何以见得？”

高维岳遂将他的发现和他的分析与判断讲给了张士毅。

张士毅在听了高维岳的讲述和所做出的分析之后，觉得这高都统观察细微，真是位破案高手，心中对其很是敬佩。

“此案关系重大，影响恶劣，若不能及时破获，会在百姓中造成不良影响，我要亲自参加此案的侦破。”

“那我们该如何入手呢？”张士毅心中已有了安排，但他还是要征求一下高维岳的意见，毕竟高维岳是他的上司。

高维岳笑道：“你早已胸有成竹，还来问我。”

二人遂相视而笑。当天，张士毅将任务下到了警署和各警局。

回过头来咱说一下救了堡子里全城百姓的高鞋匠之子高飞燕。高飞燕自从那场兵变之后，便留在了父亲的身边。父子俩用张之江留下的两千块大洋，以及后来县衙和堡子里商户们资助的钱，在武城街买了一处住宅。此后高飞燕在警察局谋了个差事。由于他做事认真，果敢有为，不久便升任成为警局的一位分局长。这一天他接到了警局缉拿盗贼的指令，便带领他的一干人马领命而行了。梅开两朵，各表一枝，咱先说这张士毅。

入夜，署长张士毅亲自出马，带着警署的部分人马，来到了娼妓经常出没的福寿街——既然盗贼与女色有关，他便决定在此搜查一番。

在一家妓院内，张士毅和几名警察敲开了楼上的一间房门，向客房内正在与妓女寻欢作乐的一名年轻瘦个男子呵斥道：“起来，穿上衣服，接受检查。”

“你们凭什么查我？”男子却是很不配合警察的搜查，他穿好衣服后，却反问警察。

“凭什么？就凭老子是警察。”张士毅见男子反抗，甩手便一记耳光抽了出去。

“你敢打我？你可知道我是谁吗？”男子怒视着张士毅。

“那你告诉我你是谁啊？”张士毅冷笑一声。

“我是高维岳的儿子高有地。”

男子话一出口，在场的众人都惊住了。张士毅怔了片刻，觉得事情闹大了。“我不管你是谁，先带回警局接受调查。”张士毅说完后对身边警察吩咐道：“手铐就先别戴了。”高维岳的儿子——先不说是真是假，但高维岳的面是要给足的。“带走。”张士毅命令道。

随即，男子和已穿戴整齐的妓女，以及其他房屋内的男男女女被警察带出了妓院，准备带回警署详细审问。然而令张士毅意想不到的是，瘦个男子被带到快要进入明德北街的时候，却趁押解警察不备，撒腿便跑。

“快追。”张士毅立刻命令警察。

“站住。再不站住就开枪了！”“砰、砰！”警察追赶着并朝天开了枪。

再说住在都统衙门附近的高维岳，正在熟睡之中，忽被外面枪声惊醒，遂穿了睡衣，提枪来到院内观听外面动静。他刚一出门，忽见有一黑影正翻越自家院墙。见此情景，高维岳抬手对着那黑影就开了两枪，黑影一头便从墙上栽下。

此时外面警察追那男子已至门外，正在敲门。高维岳也不管那黑影是死是活，赶忙问门外敲门之人为何人。在得知是警察之后他将门打开。此时气喘吁吁的张士毅也赶了过来，在向高维岳禀报了情况后，众人赶到黑影掉落处，借着灯光，发现黑影口吐鲜血，已是没了气息。

“有地，这是怎么回事？”高维岳感到一时晕厥。原来被高维岳开枪打死的男子不是别人，他正是高维岳收养的儿子高有地……

事后经过对妓女莺儿的审问，人们才弄清了事情的原委。原来这高有地一向吃喝嫖赌，他随父来到张家口不久，便结交了一帮狐朋狗友，整日不着家，在外胡喝乱嫖。不久他同福寿街的妓女莺儿混在了一起，二人每日里粘在一块，如胶似漆，难舍难分。张士毅昨晚带队行动，正好将其抓获，结果便出现了以上发生的情况。

高维岳在了解了案情的整个经过之后，禁不住发出一声哀叹："这辈子我是注定命中无子啊！"

不过，高维岳在高有地死去之后，也没有过度的悲伤，因为高有地非他亲生，另外这位儿子的德行他也清楚，整日游手好闲，不务正业，活着也是给他添堵。

据说，此事发生后，高维岳的副官曾背着高维岳偷偷地到堡子里找李半仙为高维岳算了一卦，后从李半仙那儿得出的结论是：高都统本有儿女之命，但却因其"大好河山"盖了顺治爷所书的"大境门"一头，上天不但没让他有儿子，而且连所收养的儿子也不让其留有，以至于发生了后来高维岳亲手击毙了高有地一事。当然这只是事后百姓所胡乱传说之言，不得为信。

再说当夜高飞燕所带的那队人马，却是大有收获。他带队来到三间房一带进行搜查，然而警察刚一敲开妓院的一间房门，便见有一男子光着身跳窗而逃，两名警察也随之跳窗追了出去。追赶中，警察开了枪，一枪击中了逃跑男子的左腿，将其擒获。在男子嫖娼的房屋内，警察从其所穿衣服的衣袋内搜出了多张口红纸，其纸与"踏雪无痕"所留燕子笺一模一样。经审讯，男子交代，他就是在张家口连续作案的自称为"踏雪无痕"的盗贼刘洋。

刘洋，河北涿州人，曾拜天津大盗妙手空空为师，学习梁上之术。常年行走于京津一带，前不久来到张家口盗得富家大量财宝。他作案后本该离开张家口，无奈在三间房他认识了一个叫小宝的妓女，难以离去，故而一直在此做着无本的买卖。他一生敬佩燕子李三，每次作案后都学着李三的样子留一燕子笺，以示其胆大气傲，所过之处踏雪无痕。他常常扮成女人模样外出作案，案前总要将自己打扮一番，涂抹红唇，所以身上常备有口红纸。也正是这口红纸使得其身行暴露，让高维岳从口红纸上发现了端倪，让高飞燕的手下逮住。

总之，高维岳在张家口是位颇有故事和传奇色彩的人物，他在职期间为百姓办了不少的好事，但也有罪过在身。他最大的罪过就是奉命杀害了共产党人多松年。多松年是中共早期党员，蒙古族人，曾任中共察哈尔特别区工委书记，一直在张家口一带从事地下斗争。后来由于叛徒告密，多松年不幸被特务逮捕。敌人对其严刑拷打，他却宁死不屈，最后被高维岳下令杀害于张家口清河桥畔。

高维岳也具有强烈的民族气节。高维岳在张家口任职两年后回到了北平。日军占领北平后，日本人曾让北平宪兵司令部的邵文凯几次到高家，邀请高维岳出山任职，遭到高维岳的拒绝。他说："我不能当汉奸给日本人干事，我若当汉奸，在东北就当了。那样还能保住我的家产。"日本人和汉奸无奈，最后只好作罢。

正是：一身正气，儒雅洒脱。

千秋功过，后人评说。

大好河山
燕子笺

# 第二十六回　抗日同盟举义旗　爱国将士同聚义

话说1931年9月18日夜，日本在中国东北蓄意制造事端，发动了侵华战争，开始了对中国的侵略，史称九一八事变。次日，日军侵占沈阳。由于张学良对形势的错误判断，采取了不抵抗政策，在不到半年的时间内，整个东北三省100万平方公里的土地，被日军侵占。日本对东北三省的大规模侵略，强烈地震动了中国社会。一个群众性的抗日救亡运动，很快在全国许多城市和村镇兴起。

1932年2月东北全境沦陷，此后日本在中国东北建立了伪满洲国傀儡政权，开始了对中国人民长达14年的奴役和殖民统治。

张家口的民众自从日军侵占了东三省之后，一刻也没有停止收复失地，还我河山的努力。以冯玉祥、方振武、吉鸿昌为代表的抗日将领，首先竖起抗日大旗，与日军进行了殊死的抗争。咱先说这冯玉祥。

冯玉祥（1882—1948），字焕章，原名基善。祖籍安徽省巢县（今安徽巢湖市），生于直隶青县（今属河北沧州市）。中国国民革命军陆军一级上将，西北军阀。有“基督将军”“倒戈将军”“布衣将军”之称。1911年辛亥革命爆发后参加了滦州起义。1921年7月后任陕西督军。1924年发动著名的“北京政变”，推翻了直系军阀控制的北京政府，把末代皇帝溥仪赶出了皇宫，并将所部改称为国民军，亲任总司令兼第一军军长，扶助农工运动。

周恩来对冯王祥的评价是：冯玉祥将军是一位从旧军人转变而成的坚

定的民主主义战士；虽然和所有的历史人物一样，由于政治视野的局限，在他身上不可避免地存在这样那样的缺陷，但是，瑕不掩瑜，冯玉祥将军为中国民主事业的贡献，将是永垂不朽的。

在冯玉祥的一生奋斗中，张家口可以说是冯玉祥的根据地，也是他的大本营。1924 年冯玉祥在北京发动政变后，便带着开发西北的蓝图来到张家口，就任西北边防督办。在张家口，他曾在土尔沟买了一处西式平房，当成他的图书馆。后来他又把这处建筑改称为“爱吾庐”。并在爱吾庐附近又盖了一所名叫“诚洁”的旅馆，来招待天下友人。

在此期间，冯玉祥聆听李大钊的演讲，阅读李大钊在《新青年》和《每周评论》上的文章，思想上已接受了马克思列宁主义。在李大钊的影响下，冯玉祥的思想明显地转向革命。他顺应孙中山的新三民主义和三大政策，支持中国共产党领导的工农运动。因此在张家口国民军辖区之内，中国革命群众运动迅速发展，党组织也迅速扩大。李大钊先后派遣宣侠父、陶新畲等多名共产党员来到张家口，并在冯玉祥的部队开展工作。

1932 年 11 月，中共华北政治保卫局派地下党员肖敏来到张家口，和冯玉祥一起商讨组织抗日力量的工作。冯玉祥希望中共派人到张家口来协助工作。为此中共华北政治保卫局专门成立了中共张家口特委。派张慕陶（任书记）武止戈、吴化文等人来协助冯玉祥的工作。同时宣侠父、许忠权等人也来到张家口，协助冯玉祥组建察哈尔民众抗日同盟军。此时，冯玉祥的老部下方振武听到冯玉祥要在张家口组建抗日同盟军的事情之后，也组建了抗日救国军开赴张家口。

方振武（1885—1941）字叔平，原名方运策，抗日爱国将领，安徽寿县人。辛亥革命时曾参加光复南京的战斗，后参加讨袁斗争，参加北伐。

1932 年，方振武闻听冯玉祥在张家口组建抗日同盟军，便变卖了全部家产，筹集十万元军费，秘密离开南京，到山西介休与旧部鲍钢、张人杰等共商组成了抗日救国军。

5 月 10 日，方振武在行军途中发出通电，再次表示：“宁为战死鬼，不做亡国奴。”

5月中旬，部队到达察哈尔省宣化地区。宣化县民众召开了欢迎抗日救国军的大会，方振武在会上咬破中指在一块白布上书写：“有我无敌，有敌无我。”八个殷红大字，以此来激励抗日将士的斗志，表示抗日到底的决心。

此外，冯玉祥手下还有一位大将也来到了张家口，那便是吉鸿昌。

吉鸿昌（1895—1934），字世五，原名吉恒立，抗日爱国将领，河南省扶沟人。祖籍陕西韩城县西原村吉家巷。1913年入冯玉祥部，从士兵一直升至军长，骁勇善战，是冯玉祥手下的一员得力干将。1932年加入中国共产党。1933年吉鸿昌闻听冯玉祥在张家口准备成立抗日同盟军，便与方振武前后脚赶到了张家口，成为抗日同盟军的又一员大将。

1933年5月26日，一切准备就绪，冯玉祥在张家口向全国通电成立察绥民众抗日同盟军，冯玉祥任总司令。方振武立即通电响应，电文写道：“振武不敏，实率数万健儿，竭诚拥护，修我刀剑，歼彼凶残，胜利为少康之一旅，失败为田横之五百。”率部到张家口加入抗日同盟军。

察绥民众抗日同盟军成立以后，许多抗日团体、社会名流和当时国民党军政要员，像李宗仁、白崇禧、孙科等人都发电纷纷表示支持。社会知名人士朱庆澜还把在北京募集的十万元，专门送到了张家口。

在东北沦陷区，有位同《水浒传》中九纹龙史进同名同姓的壮士，闻听抗日同盟军在张家口成立，便带了一支五十来人的队伍，千里迢迢，从东北赶到了张家口，加入抗日同盟军的队伍之中。说起这史进加入同盟军的经过，这里还有一段曲折的故事需讲述一下。

史进原是东北军的一位连长，父辈原本是张家口人，后闯关东在东北落了脚。日军侵占东三省之后，他在沈阳乡下家中的父母亲和妹妹，全被日军杀害。为了报这血海深仇，他没有按照张学良的指令，随大部队撤退到关内，而是带了队伍中和他一样与小鬼子有着深仇大恨的三十几位弟兄，带了三十多支长枪和两挺轻机枪，脱离部队，尔后又拉了家乡的另外十几位青壮年，占山为王，号称抗日青年军，与小鬼子干了起来。他们夜袭乡公所，袭击日军的运输车队，把日本人搞得焦头烂额。于是日本人便集中了两个中队的兵力，进山围剿他们。史进带领青年军和进山的日军打了一阵，但终因力量悬殊和没有重武器，只好撤退至深山老林之中。在深山中，青年军缺衣少粮，只能靠打猎和摘野果度日。后来，他们听说东北抗联是专门打小鬼子的队伍，便派出人员四处寻找抗联队伍，但茫茫林海，抗联又岂能那么容易找到。无奈之下，他们只好向南往关内运动，去寻找抗日的队伍。这天，就在他们快要走出森林的时候，忽闻前面林中，传出一位女子的呼喊声："救命啊！快来人救救我啊！"

史进带人急忙向喊声方向奔去。等到了近前一看，只见一位姑娘正趴在一棵大树的树杈上，树下，一只成年黑瞎子（狗熊），正抱着姑娘所在的大树往上爬，眼看就要爬到姑娘身边了，姑娘吓得连呼喊的声音都快没了。见此危急情况，史进掏出匣子枪对着黑瞎子就开了一枪。黑瞎子听到枪声，再也顾不得去抓树上的姑娘，急忙下蹿。速度之快令人咂舌。黑瞎子落地后，看到了史进等人，便知是其开的枪，便张着血盆大口，向史进冲了过来，其凶猛、恼怒之态犹如疯了一般，仅三五秒钟便来到了距史进七八米的地方。

说起这黑瞎子来，也算是一种十分奇怪的动物。人们在打比方骂人笨蛋的时候，常常会把黑瞎子挂在嘴边——"你比狗熊都笨"。其实狗熊并不笨，它比老虎还聪明，因为它会上树，而老虎却不会；如果你说它聪明，它却又面对危险而奋不顾身，其勇猛程度真令人佩服。眼下，这只黑瞎子便是奋不顾身地冲着对它开枪的史进扑了过来，恨不能将史进一口吞进肚子。而现实版中的史进与九纹龙相比，也并非等闲之辈，他眼看着黑瞎子扑向自己，不慌不忙，对着黑瞎子再次开了一枪。然而此次他失算了，黑瞎子中弹后却并没有倒下，而是更为愤怒地扑向史进，仅离他一步之遥，而且还站立在了他面前，身高竟高出了史进一头。其狰狞的面目，史进看得真真切切，而其呼出的气息也让史进感到了一阵窒息。面对如此情形，一般胆小之人，怕是吓也被吓死了，哪还会有后面所发生的动作。看到史进如此危险，旁边的人想开枪却已是不可能了——这么近的距离，若开枪，怕会误击到史进，就在这命悬一线的危急情况下，好个史进，只见他临危不惧，对着黑瞎子张开的大口又连开了两枪，由于是近距离射击，血水从黑瞎子口中喷了出来，溅了史进满脸满身。这次，黑瞎子摇晃了一下它笨重的身体倒下了。倒地时，黑瞎子的一只利爪已搭在了史进的肩膀上，只差奋力一抓了。真悬啊！事后他手下弟兄，包括史进在内，都感到了后怕，在那电光石火之间，史进的匣子枪一旦卡了壳，其后果不敢想象……

随后，被救的那位姑娘从树上下来。她在树上时就已将地面刚发生的那惊心一幕一览无余。劫后余生的她下地后竟不顾一切地一头扑在了史进的怀中："谢谢你救了我！"

面对此情此景，从来还未接受过姑娘如此"待遇"的史进，反而红了脸。

事后，史进才得知，姑娘姓姜名妞，今年刚满19岁，住在山下的牛角屯。这天上午，她独自一人来到山林中采蘑菇时，遇到了那只黑瞎子，若不是史进等人赶来，她怕是早已成为黑瞎子腹中的美味了。

当下，姜妞要求史进去她家中做客。史进在问明了姜妞屯里未有日本人驻守之后，便让手下人抬着战利品——那只被他打死的黑瞎子，带队跟随姜妞来到了牛角屯姜妞的家中。

姜妞的家中只剩了老母亲一个人，父亲一年前进县城卖山货时，因日本人抢其山货，与鬼子争执，竟被鬼子开枪打死了。姜妞的母亲闻听了姜妞遇险的经过后，立刻拉了史进的手，感谢其救女之恩，并热情地做了一大锅黑瞎子肉炖粉条子和几大笼蒸窝头给大伙吃。

说来也巧。饭间，史进在同姜妞和其母亲交谈中得知，他们姜家和他家一样，原来也是张家口一带的人，而且都居住在坝上，早年也是与祖辈闯关东来到了东北。姜妞还有一位叫姜平的哥哥，因仇恨日本鬼子杀害了父亲，前不久打探到张家口正在组织成立抗日同盟军，便同屯里的几位青年去张家口参加了抗日同盟军。

史进在闻听了姜妞的讲述之后，再也坐不住了，真是功夫不负有心人，他终于从姜妞的口中打探到了一支抗日的队伍——同盟军。随后，他便集合队伍，他要即刻马不停蹄地赶往张家口。

闻听史进也要像哥哥一样去张家口参加抗日同盟军，姜妞便私下和母亲商量，她要一同随史进前往张家口，因为在刚才的交谈中，她已得知史进还未成家，她想将来嫁给她的救命恩人。她知道自己长得不丑，她很有信心让史进娶她做媳妇儿。

知女莫如母。母亲自然懂得女儿的心事。“去吧，去为你爹报仇吧。你那史大哥是你的救命恩人，娘是过来人，从他看你的眼神中，娘看得出他心里也喜欢你。娘这里不用惦记，等赶走了小鬼子，你们和你哥一块再回来看娘。”母亲是位深明大义之人。

于是姜妞在一番准备之后，便女扮男装，尾随在史进等人的后面上了路。直到出关之后，史进等人宿营时，才发现了姜妞。

“你，你怎么跟来了？”史进感到了吃惊。

“我要同你一块加入抗日同盟军，去打小鬼子，为我爹报仇。”姜妞说道。

“简直是胡闹。哪有女孩子打鬼子的？快回去！”史进装作生气的样子呵斥她道。

“你要赶我走我会哭的。你要知道，女人的眼泪可是很厉害的。传说当年孟姜女把长城都给哭塌了。我若跟了你，说不定我一哭，我的眼泪会把小鬼子都给淹死的。”姜妞胡乱说着。

史进被姜妞的胡说八道逗笑了。姜妞见史进笑了，便不失时机地又道：“另外，你是我的救命恩人，我还要准备嫁给你。再说了，你若让我一个人回去，万一再遇到黑瞎子，你就不怕黑瞎子再吃了我。”

姜妞说得史进不再反驳了。其实当他救姜妞之后，姜妞扑在他怀中的那一刹那，他心里就已喜欢上了姜妞。可眼下的情形，他又哪里顾得上去谈儿女私情呢？无奈，在姜妞娇中带柔的央求之下，史进只好将她带在了身边。

不久，几经辗转，史进带着他的队伍，克服种种艰难困苦，终于来到了张家口，并在同盟军中找到了姜妞的哥哥姜平，兄妹相见自然欢喜异常。

冯玉祥将军在闻听手下人讲述的史进这一路上所遇的艰辛之后，被其英勇无畏的气概所感动，亲自带了方振武和吉鸿昌等几位高级将领，设宴招待了史进和姜妞兄妹。

席间，史进激动地道一句：“我和姜妞加入我们抗日同盟军中，真是如鱼得水啊！”此时他说话时已将姜妞和他连在一起了。

这时只见姜妞从随身带着的一只包裹内，将几只物件拿出来摆放在了桌上：“这是史大哥救我时杀死的那只黑瞎子的掌，我知道它很名贵，特意带了来，送给各位将军。”

姜妞说完此话，令在场众人包括史进在内，都吃了一惊。史进这一路均跟姜妞在一起，但却一直没发现她将此物带在身边，真没想到姜妞考虑得竟是如此详细与周密，拿如此珍稀之物当作见面礼来送给诸位将军，这怎不让他咂舌而佩服呢？

“哈哈哈哈，人们都说鱼与熊掌不可得兼，史进将自己加入我同盟军比作是如鱼得水，而我却是既得了史进这条鱼，又得了眼前的熊掌，鱼与熊掌全得到了。来，咱们共同干一杯！”众人欢笑着举起了酒杯。

不久之后，抗日同盟军在收复了多伦等坝上四县之后，史进与姜妞结为伉俪，继续参加抗日。可惜的是姜妞的哥哥姜平在多伦战役中壮烈牺牲了。

正是：抗倭敌，举义旗，
各路英雄谋大计。
雷电起，风雨激，
张垣豪杰齐聚集。

# 第二十七回　收复失地扬军威　国民政府暗作祟

抗日同盟军在张家口成立之后，轰动了整个张家口地区。张家口的百姓、商贾、富豪纷纷支持。大家有钱的出钱，有力的出力，一时间，冯玉祥的军政大厅门前，人头攒动，好是热闹。鉴于此种情况，冯玉祥只得亲自出面，每天都要出来接待这些热心的民众。

这天，冯玉祥刚从大厅里出来，就被一群人围了上来。在人群中，他一眼便看到了他熟悉的几位张家口富商，立刻上前同其一一握手。

"冯将军，我是来给你送粮食的。我从乡下给你拉来了五十车粮食，送给咱的部队，为打日本出一点儿微薄之力。"一位朱姓富商道。

"我给咱队伍弄了几车帐篷。"

"我拉来的是棉被。"

……

几位富商均开口向冯玉祥报告。

"真是太谢谢你们了！有了你们的支持，咱抗日同盟军岂有不胜之理。"冯玉祥十分欣喜地说道。

送走几位富商之后，冯玉祥又接待了几位前来捐钱和捐枪的人，但仍见台下黑压压地站着许多人，这些人既没捐钱也没捐物，细问后才知，原来这些人都是前来报名参加抗日同盟军的。这里面有俩人咱们曾在前面的章节里提到过，此二人不是别人，正是救了堡子里全城人的高生亮之子高飞燕和带头捐资修清河桥的张母之孙张占彪。

先说这高飞燕，自干上警察不久，紧接着便娶妻生子，这样一晃八九年就过去了。本来这样的日子过得安安稳稳，没想到九一八事变爆发了，全国各地都掀起了抗日的热潮，而且冯玉祥在张家口也组建了抗日同盟军，富有血性的高飞燕，便同父亲和妻儿商量，要加入同盟军的队伍中，去杀敌报国。高飞燕的父亲高生亮，本就有着救百姓于水火之中的热血情怀，故而对儿子的决定十分支持，只有妻子秀娟不愿他前去。高飞燕的儿子小虫子高原这时已有八岁，听说爹爹要保家卫国去打小鬼子，也嚷嚷着要和爹爹一同去。高飞燕刮了一下儿子的小鼻子，对他道：“你现在还小，等你长大了，爹一定带你去打小鬼子。”

这时高生亮也笑道：“等我们小虫子长大了，那小鬼子说不定早被你爹爹给打跑了。”

秀娟见公公和儿子都支持高飞燕去打鬼子，便不再坚持自己的意见，只好同意了高飞燕去报名参军。于是，高飞燕便辞去了警察的职务加入了抗日同盟军。

再说这张占彪，自从父母去世后，一直和奶奶相依为命，靠着家中的店铺支撑着生活。这张母是位很有头脑的老人，深深懂得读书的重要性。张占彪长到 17 岁的时候，她便将其送到北平燕京大学读书。张占彪 19 岁这年，九一八事变爆发，燕京大学的同学纷纷走上街头游行示威，抗议日寇的侵略，要求政府枪口一致对外，收复失地，表现出了爱国学生的满腔热血和爱国热情。后来，张占彪闻听冯玉祥在自己的老家张家口举旗成立了抗日同盟军，便约了五六位同学，弃学从军，同同学一块回到老家，连家都没回，便报名加入了抗日同盟军。

说来也巧，高飞燕在武城街买的住宅，就在张占彪家店铺的斜对面，直线距离不足十步远，故而张占彪从小就认得高飞燕，张占彪称高飞燕为高叔，叔侄二人的关系一直处得很好。此时叔侄二人一同报名参加了抗日同盟军，而且还同被编到了第二军二师三团二营三连，二人相见后甚是欢喜。由于高飞燕曾经在军队里干过，而且还当过连长，而此时团里正缺下级军官，团领导看了其简历之后，便决定让高飞燕直接担任了三连副连长，而张占彪则被分配到了三连二排一班当了一名普通战士。

抗日同盟军成立之后，经过一个月的短期训练，部队便厉兵秣马，准备开赴前线，收复失地，与敌作战了。

1933 年 6 月 20 日，吉鸿昌率领察哈尔抗日同盟军两万多名将士，兵分三路北上，开赴前线。22 日，高飞燕所在的三团和一团包围了康保。此次战斗同盟军仅用了不到三个小时，就将康保守敌全歼。23 日同盟军乘胜又进军宝昌，李忠义的骑兵部队挺进沽源。经过几天激烈的战斗，吉鸿昌和李忠义先后又收复了宝昌和沽源两地。沽源的日伪军刘桂堂部阵前倒戈，投诚加入了抗日同盟军。察东三县相继收复以后，抗日同盟军的队伍更加壮大，气势如虹。借此时机，同盟军决定向多伦挺进。

高飞燕所在的部队在收复了康保和宝昌之后，三团对基层军官进行了调整，三连长调到营部当了副营长。高飞燕由于在战斗中表现出色，由副连长升为连长。

多伦位于内蒙古自治区南部，属锡林郭勒盟，是察哈尔省的一个重镇，不仅商业繁华，而且也是河北通往内蒙古的交通枢纽。日本人占领多伦后派了重兵把守。驻有日军茂木骑兵第四旅团两千多人和炮兵部队及伪军。另外还有伪军坚守外围，构筑了坚固的防御工事。

7 月 4 日，吉鸿昌率领部队向多伦挺进。在路上他即兴作了一首诗：

有贼无我，有我无贼。
非贼杀我，即我杀贼。
半壁河山，业经改色。
是好男儿，舍身报国。

7 月 7 日，吉鸿昌指挥的抗日同盟军向多伦发起进攻，战斗打得异常艰苦与激烈。日伪军拼死顽抗，同盟军战士几度爬着云梯冲上城堡，但结果都被凶猛的敌人击退。部队连攻三天三夜，却也没能将多伦城攻破。无奈，吉鸿昌只好改变战术，利用夜间夜色的掩护，派兵偷偷匍匐到城下，连续三次架梯登城，但在敌人机枪手榴弹的扫射和轰炸下，攻城再次失败。11日，同盟军再度攻城。敌人派出飞机支援，一顿狂轰乱射，同盟军官兵死伤惨重。高飞燕所在团的陈团长也战死在城下，整个战斗一时呈胶着状态。

这时，高飞燕连中有一位叫李二斗的班长向高飞燕提议：利用城中水道，夜间秘密派小股部队潜入城里，然后里应外合，消灭守城门的敌人。原来这李二斗在参加同盟军之前，本是这多伦城里的人，他对多伦城里的地形十分熟悉，所以便提出了利用水道潜入，出其不意，攻敌不备的策略。高飞燕听了李二斗的建议之后，觉得此计可行。于是，他将此建议向营长作了汇报，营长又逐级层层上报，直报到了吉鸿昌的指挥部。吉鸿昌在听了师长的报告之后，觉得可以按此计而行。于是经过一番布置，师长决定由高飞燕带领四十名精兵，夜间由多伦城的水道潜入城内，配合城外的大部队进行攻城。

12日夜间，高飞燕带领着四十名战士，组成突击队，由李二斗带路，从水道秘密潜入到了城内。当时，在城里的水道口，有两名伪军在此站岗巡逻。高飞燕派两名队员手持匕首，借着夜色的掩护，悄悄爬出水道，潜到站岗的伪军身后，趁其不备，猛地割其喉咙，哨兵连声音都没哼出一声，便被解决了。随后，高飞燕带领的队员一个个由水道鱼贯而入，然后向城门靠近。但就在快要接近城门的时候，却被敌人的巡逻队发现。双方立刻展开了激烈的战斗。好在敌人的巡逻队只有十来人，队员们很快便用机枪手榴弹将其击溃。此刻，守城门的敌人也发现了高飞燕等人，开始组织火力向高飞燕等人猛力射击。高飞燕和队员们一边向敌人射击，一边向城门攻击前进。这时，城外的同盟军听到城内响起了枪声，开始从外攻城。城内的队员听到外面的呐喊声，便开始高喊：“同盟军进城啦！同盟军进城啦！”火力更为猛烈地向敌人射击。守城门的敌人闻听喊声，立刻乱作一团。高飞燕率领突击队员借机攻进城门。又经过几分钟与敌人的近距离格斗，终于占领城门，将城门打开了。此刻，吉鸿昌指挥的大部队，也从外杀出一条血路，从城门杀了进来，与突击队员里应外合，攻进城区。此后，部队扩大战果向城内纵深挺进。最后经过三个多小时的城内巷战，日伪军被打得抱头鼠窜，剩下的残余部队只好从东门逃跑。终于，经过七天七夜的浴血奋战，察哈尔民众抗日同盟军收复了多伦。

多伦大捷的消息很快传遍了全国。全国各地的团体及民众纷纷发来贺电，对胜利表示祝贺。康保、宝昌、沽源、多伦察东四县的收复，是九一八事变以来，中国军队所取得的第一个大胜仗，有力地鼓舞了全国人民抗战的决心和信心。冯玉祥接到同盟军攻克多伦的捷报后，心情非常激动，立刻下令财政处拨款犒劳前线的将士，并亲自到部队中进行慰问。

7 月 15 日，张家口上万民众在上堡体育场召开庆祝大会，热烈庆祝抗日同盟军的胜利。会后，张家口城内的百姓纷纷走上街头，向抗日同盟军再次捐款捐物，极大地鼓舞了同盟军将士们的士气。

然而面对同盟军如此的胜利，南京的蒋介石国民党政府却是另外的一副面孔。抗日同盟军自宣布成立之后，蒋介石、汪精卫、何应钦之流便千方百计进行破坏。他们利用造谣污蔑、分化瓦解的手段，对同盟军进行经济封锁，军事威慑。他们多次发电，劝说冯玉祥解散同盟军。国民党政府行政院院长汪精卫在 1933 年 7 月 18 日召开的庐山会议上，发表谈话说：同盟军收复多伦不是取自日本人之手，而是从伪军手中夺得。并且在冯玉祥发出的捷报上，无耻地写下了“无耻”二字。

7 月 20 日，蒋介石和汪精卫在共同召开的庐山军事会议上，专门研究解决察绥抗日同盟军的问题。提出了对同盟军实行武力制裁的建议。最后，立法院院长孙科和稀泥道：此事应该双方罢兵，和平解决，冯玉祥自动下野，中央既往不咎。孙科的这个意见，在庐山会议上经过讨论以后得以通过。7 月 28 日，蒋介石、汪精卫以国民党中央的名义向冯玉祥发出了最后的通牒，要求他立即解散抗日同盟军。除此之外，他们不但拒绝供给抗日同盟军粮食和武器装备，还下令将国内外捐赠同盟军的物资一律扣押。平绥铁路局局长竟然下令停止了下花园至柴沟堡铁路列车的运行，致使同盟军的伤员不能及时运往北平、天津等大医院进行治疗。与此同时，国民政府还调集了16个师15万多人，配备铁甲车、飞机战斗队，对张家口进行包围。在此危急时刻，冯玉祥顾全大局，为避免内战，接受了蒋介石国民政府的意见，于1933年8月5日发出通电，表示从即日起完全收缩军事，政权归之政府，复土交予国人。并请政府指派原察哈尔省主席宋哲元回到张家口，接收一切，办理善后。随即冯玉祥宣布下野，被迫辞去了抗日同盟军总司令的职务。此后冯玉祥被蒋排挤出国考察，1948年1月1日，他被选为民革常委委员和政治委员会主席。1948年9月1日，冯玉祥在归国途中，因轮船突然起火，浓烟冲进特等舱，在烟火中窒息死亡。其小女儿冯晓达也不幸遇难。冯玉祥遇难时，年为66岁。后来查明，轮船起火是由于电影胶片起火造成的，但具体原因是什么并不知道。

1933年8月12日，冯玉祥的老部下宋哲元从北平来到张家口，接收了察哈尔政权。同盟军的大部分部队都交予宋哲元。高飞燕所在师由宋哲元收编。只有方振武和吉鸿昌率领的极少数部队，要求继续抗日，拒绝交出队伍。

1933年9月至10月，方振武、吉鸿昌率领的抗日同盟军余部，接受中共前线工作委员会建议，在张家口举行会议，整顿队伍继续抗日。二人将民众抗日同盟军改为抗日讨伐军，方振武任总司令，吉鸿昌任总指挥，计划夺取北平做抗日根据地。会后，方振武和吉鸿昌分别指挥军队前进，先后攻克丰宁、怀柔等地，进入《塘沽协定》中所规定的所谓的非武装区，像一把尖刀直插日伪的腹心地带。国民政府立刻震惊，他们纠结兵力，对讨伐军进行拦截，将讨伐军包围在了牛栏山地区。在激战中讨伐部队伤亡惨重，原来近万人的队伍锐减到了3000多人。即使是这3000多人，却也失去了取胜和突围的可能。为了这3000多名将士免做无谓的牺牲，方振武和吉鸿昌接受国民党三十二军军长商震的提议，将部队交予了商震。抗日同盟军最后的一息命脉，也付之东流。

10月16日，国民党军第三十二军军长商震及北平慈善八大团体的代表，邀约方振武和吉鸿昌到商震的司令部进行谈判。随后，在蒋介石的逼迫下，商震将方、吉两将军软禁了起来，准备送至北平。在押送至北平途中，由于押送士兵对抗日将士的敬佩，二人被押送士兵偷偷释放。方振武后经天津流亡到欧洲继续进行抗日宣传活动。

1937年七七事变后，蒋介石被迫接受中共停止内战、一致对外、建立广泛抗日民族统一战线的主张，开始抗战。方振武得到消息后立刻由威尼斯回到南京谒见蒋介石，要求参加抗日，被蒋介石拒绝。随后去广西继续从事抗日救亡活动，但又被蒋介石排挤出国。1941年12月，太平洋战争爆发，方振武决心回国参加抗日，但刚踏入广东省境内，就被国民党军统特务逮捕，并加以杀害，牺牲时年为56岁。

抗日同盟军的另一位将领吉鸿昌，于1934年5月回到天津，组织成立了中国人民反法西斯大同盟，继续进行抗日民族统一战线的工作。1934年11月9日晚，吉鸿昌在法租界秘密开会时遭军统特务暗杀受伤，被法国工部局逮捕。蒋介石闻此消息，立刻命令他的妻子宋美龄和姻亲孔祥熙拿公款向法租界行贿，随后吉鸿昌被引渡到国民党北平军分会。11月23日北平军分会举行了一场所谓的军法会审，以叛国罪和叛党罪，宣判吉鸿昌死刑。11月24日吉鸿昌在北平英勇就义。临行前，他用树枝做笔，大地为纸，写下了那首气壮山河的抗日诗——《恨不抗日死》：

恨不抗日死，留作今日羞。
国破尚如此，我何惜此头。

此诗表现出了一位共产党人宽阔而又豪迈的胸怀。临行前他对着刽子手说，“你们杀我时，不要从我的背后开枪。我是为抗日而死，死得光明正大”。刽子手答应了他的要求，迎面开了枪。一颗子弹从吉鸿昌的右眼穿过。吉鸿昌就此倒下，牺牲时年仅39岁。

正是：国之危难，显我身手。
男儿本色，热血铸就。
含冤九泉，忠魂永留。
抗日意志，永垂不朽。

恨不抗日死
留作今日羞
国破尚如此
我何惜此头
吉鸿昌

# 第二十八回　刘子亮布兵守候　战张垣勇杀倭寇

上回咱说的是驻扎在张家口有五年之久的国民革命军第二十九军及其将领们的往事。在二十九军的将领中，有六位曾担任过察哈尔省政府主席，在张家口主政。他们分别为宋哲元、秦德纯、佟麟阁、萧振瀛（曾任二十九军总参议）、张自忠、刘汝明，这回咱单说一下这刘汝明。

刘汝明（1895—1975），字子亮。直隶省（今河北）献县人。中华民国陆军二级上将。西北军冯玉祥的“十三太保”之一。1929年任国民军第五路军总指挥兼国民军第十二军军长。1930年中原大战之后被任命为宋哲元领导的革命军第二十九军副军长。1936年兼任察哈尔省政府主席。

1932年二十九军整编，刘汝明调为暂二师师长。1933年3月，正值日军大举进犯长城之际。二十九军奉命前往长城一线阻击日军，接替喜峰口和罗文峪口的防务。侵华日军在喜峰口战役中，遭到了二十九军将士的顽强抵抗，惨败而归。于是日军改变策略又向喜峰口以西的罗文峪口进攻。3月中旬，日军从承德方向调集早川、濑谷义第三十一、第八两个联队，并配备骑兵两个团，装甲车十余辆，飞机20架，联合外蒙古、朝鲜伪军，总计兵力1万多人，向长城罗文峪口挺进。刘汝明在探得敌人的情况之后，急命两个团防守罗文峪一带各口，同时上级又调第三十八师两个团统归刘汝明指挥，总兵力6000余人。1933年3月16日凌晨三时左右，日伪军先头骑兵部队由兴隆县半壁山开始向遵化罗文峪口正面进攻。刘汝明遂派一个团火速赶到三岔口截住敌先头部队。经过五个多小时的激战，大败敌人的骑兵部队，随后迅速撤回罗文峪阵地。上午八时左右，敌人开始向长城罗文峪我防守阵地进攻。敌军集中火炮，猛烈压制我军炮火，将山炮直接瞄准长城，把原来很完整的罗文峪段长城炸得砖石横飞，不忍目睹。我军官兵在敌人的炮火之下坚守阵地，打退了敌人的多次冲锋，敌我双方死伤人数均很大，战斗一时呈胶着状态。当晚八时日伪军又以步兵、炮兵联合作战的强大阵容，再次向罗文峪阵地猛攻。刘汝明亲自来到火线指挥，再次打退了敌人的进攻。日伪军损失兵力 1000 余人，我军也伤亡 700 多人，但总体形势，刘汝明略胜一筹。3 月 17 日上午八时，日军又调集 5000 多人由半壁山向罗文峪再次发动进攻。他们以密集的大炮向罗文峪猛轰，同时，还派出他们的飞机低旋轰炸罗文峪口。在敌人炮火最为猛烈的时候，我军躲进掩体，待敌军炮火延伸，刘汝明又指挥官兵从掩体中出来，向进攻的日军步兵开始猛烈射击。此时一小股日军已经冲到我军前沿阵地，刘汝明身先士卒，率领士兵挥舞着大刀向敌人冲去，与敌人展开了近距离的肉搏战。一阵拼杀之后，日军又被击溃。中午十二时，敌人再次集结炮火向罗文峪口猛轰。我军阵地被敌人的炮火炸得尘土飞扬，官兵们再次躲进掩体，等来犯敌人步兵冲上来时，大刀队又是一阵近距离的砍杀，日军又丢下几十具尸体仓皇而逃。刘汝明率队乘胜追击，将敌人的第一道防线突破。随后又向敌人的第二道防线发起冲击。日军少佐吉田被当场击毙。当晚七时，日军在刘汝明部队的猛烈进攻下，被迫后撤。当夜，由营长王合春带领的 300 人的敢死队翻山越岭，潜入敌营地，用大刀片与敌血战五小时，杀敌 500 多人，迫使敌军向北溃退。不幸的是，王合春营长在战斗中壮烈牺牲。全营敢死队仅有 70 余人生还。17 日晚，刘汝明率军又与日军血战一夜，生擒日军指挥官三人，杀敌 1000 余人，我方伤亡 400 余人，刘汝明大胜。3 月 18 日凌晨日军再次集结兵力，向罗文峪口猛攻。刘汝明再次亲自督阵，以手榴弹、轻重机枪猛烈向日军射击。此时，日军又增派了 30 余架飞机，向我阵地低空盘旋轰炸。同时 3000 多名步兵成群结队地向我方阵地猛冲。刘汝明指挥部队沉着应战。打退了敌人的 30 多次进攻，又毙敌五六百人。夜晚，战斗继续进行。刘汝明命令旅长李金田带着一个团的预备兵力，绕到日军后方，对敌人的机枪阵地和炮兵阵地展开突然袭击。与此同时，刘汝明指挥正面部队向敌人发起了全线反击，终将日军击败。罗文峪口刘汝明指挥的部队与日军血战三天三夜，官兵杀敌3000多人，以自己伤亡1700余人的代价取得了罗文峪战役的最后胜利。至此，日军再难组织兵力向罗文峪口发动进攻。刘汝明带领官兵以血肉之躯誓死捍卫了中国的国土，同时捍卫了中国军人的尊严。长城抗战，刘汝明指挥的罗文峪战斗，只是他在抗战期间的一个缩影。此后他在保卫整个张家口的战斗中，率军再建功勋，重创日军。有关整个张家口的战斗过程，咱随后章节中会详细叙述。

罗文峪保卫战之后，敌我双方谁也没再主动开战，战局暂时进入了相对缓和时期，直到1937年七七卢沟桥事变之后，中日双方大规模的战争才开始正式拉开了帷幕。

刘汝明在长城保卫战中，由于他出色的指挥才能和英勇的表现，受到了国民政府的表彰。1935年刘汝明被国民政府授予少将军衔，1936年4月晋升为陆军中将，6月26日兼任察哈尔省政府主席，7月6日兼任察哈尔省保安司令部司令，他的暂二师改为一四三师。同月9日获颁国民革命军誓师十周年纪念勋章，11月12日获颁云麾勋章。1937年8月31日升任国民革命军第六十八军军长。1938年6月4日升任第二十八军团军团长。

刘汝明在张家口主政期间，正处于日军与我军相持阶段。敌我双方都在暗中积蓄力量，准备一战。特别是日军更是虎视眈眈，觊觎着整个华北乃至全中国。国民政府这边虽然也在积极备战，做着一些抗战的准备，但对于日军全面侵略中国的野心还是防备不足，在平津一线根本没有设立大规模的防御体系，以至于日军发动卢沟桥事变时措手不及，这是国民党政府最为无能的具体表现。

光阴似箭，日月如梭。转瞬间，1937年到了。这一年在中国历史上一场有关中华民族生死存亡的大事件爆发了，那就是七七卢沟桥事变。

卢沟桥位于北京城西南约 15 公里的永定河上，是北京通往各地的咽喉要道。从 1937 年 6 月起，日本侵略军几乎每天都在卢沟桥附近进行挑衅性的军事演习。7 月 7 日日军借口一名士兵失踪，要求进入桥头的宛平县城搜查，遭到中国守军二十九军的拒绝。当晚八点钟，日寇突然向卢沟桥发动进攻。中国守军忍无可忍，奋起自卫，卢沟桥事变爆发。卢沟桥事变的打响，代表了日本帝国主义全面向中国发动了侵略战争。由此，中国人民反对日本帝国主义侵略的抗日战争也全面开始了。

7 月 7 日之后的 8 日、9 日两日，日我双方各自都在增派援军。我军增派的援军自然要多于日军。当时日军在华北兵力不足，一时不能取胜。于是日军派遣特务机关长松井与我方接洽，认为是事出误会，希望停战。我二十九军将领中也有不少人主张再忍受一段儿时日，等待国民政府有所准备。双方遂各返原地。

7 月 16 日，二十九军军长宋哲元从山东老家返回北平。17 日他召开了紧急军事会议。驻守在张家口的一四三师师长刘汝明，迅速赶往北平。会议研究了当前的敌我形势，将领们认为，二十九军目前过于分散，容易遭到敌军各个击破，应将主力部队集结于南苑、北苑、西苑三地，选择有利地形，与敌决战。会议形成一致意见之后，报请南京中央政府批准。但意见报上去之后，却迟迟不见南京政府回复。7 月 20 日下午三时许，宋哲元正在与刘汝明研究张家口的防务，突然参谋长进来向宋哲元报告：“军座，刚刚接到线探报告，日军约有 1000 人的部队正由古北口向南口与北平间的沙河集结，似有截断平绥铁路的企图。”

宋哲元闻听汇报，当即对刘汝明道：“子亮，情况紧急，你立刻返回张家口，准备作战。倘若战事一旦发生，联系中断，不得已时你可率一四三师向蔚县撤退，然后再沿平汉路转进。”

“是。”刘汝明领命后迅速回到住处。此刻宋哲元又打来电话让刘汝明一刻也不能耽误。下午五时刘汝明乘火车离开北平。车过沙河站约十分钟，日军的先头部队便赶到了沙河，强行拆除铁路路轨约五百公尺。日军的这一行动目的，自然是得到了北平城内监视二十九军将领们的特务的报告，想千方百计阻止刘汝明回到张家口。

7月28日清晨，日军的援军赶到。他们以一个半师团的兵力，配备炮兵三个团、战车百余辆，在空军的掩护下，向南苑二十九军军部发起了攻击，首先轰炸了二十九军的炮兵、骑兵及步兵阵地，致使官兵死伤大半。与此同时，敌步兵与战车由东、南、北三面，同时发起攻击，另外有一股敌人已窜到了小红门，企图切断南苑与北平之间的公路。天明时，日军的战车与步兵逼近了二十九军军部，副军长佟麟阁和师长赵登禹在战斗中壮烈牺牲。宋哲元与随从人员于28日夜晚，秘密撤离北平，由西直门三家店绕到长辛店南，到达保定。当时，刘汝明的弟弟刘汝珍的步兵旅仍留在北平担任城防，归留守于北平的张自忠指挥，二十九军主力部队则全部撤出了北平和天津。两天后，步兵旅全部改着警察制服，维护秩序，以掩日特耳目。

平津二十九军主力部队撤守之后，张家口的位置便凸显出来，形成了日军合围之态势。刘汝明立刻电请中央增援。于是南京政府立刻命驻平地泉的十三军及二十一师师长李仙洲、八十四师师长高桂滋开进张家口，归刘汝明统一指挥。随后，十三军军长汤恩伯于8月6日率军来到张家口。随汤恩伯一起来的还有《大公报》的随军记者范长江。各路将领聚集张家口之后，刘汝明立刻在赐儿山召开了军事会议。将领们分析了当前的战争形势。他们判定日军进攻察哈尔省可能有三条路线：一是南口，二是独石口，三是张家口。高桂滋师长当即说道：“我八十四师去防守独石口吧。”

“好。我把在独石口防守的保安第二旅交给高师长指挥。”刘汝明当即作出决定。随后他对汤恩伯道：“我将张家口交于汤军长镇守，我去守南口，当年我坚守在南口，同奉军打了四个月的仗，对南口的地形十分熟悉。”

“不不不，子亮是察哈尔省的省主席，应该在张家口坐镇指挥，不易远离省会。我的部队由平地泉上车到南口下车很快捷，我去守南口更方便一些。”汤恩伯却提出反对意见。

由于大战在即，时间紧迫，刘汝明觉得汤恩伯的话也不无道理，便同意了汤恩伯的提议，于是汤恩伯便带领十三军于8日、9日两日由平地泉开始向南口输送。

8月9日因为中央有弹药数十万发，运抵下花园。刘汝明遂乘客车由张家口去下花园视察弹药情况。然而客车刚到下花园车站，便有四五架日军飞机飞来。客车还未停稳，炮弹便落到了站台及客车周围。刘汝明及随行人员赶忙到站台后隐蔽。

刘汝明在回忆录中曾记载道：“七七事变以后，日军轰炸客车这是头一次。也许是日军知道我与介仁（王仲廉，字介仁，十三军八十九师师长）在车上，特来轰炸。我在张家口车站上车可能被日军便探发现，报给日机，日机追来正好到下花园车站追上，计算时间倒不像专来炸弹药的。”

敌机在车站附近轰炸一番后，仅炸毁了一节客车车厢，伤亡了十余人，但弹药却完好无损。这些弹药不久便运往张家口，为保卫张家口起到了极其重要的作用。

在日军进攻张家口前夕，中央又派鹿钟麟携款来到察哈尔省慰问部队。刘汝明遂向鹿钟麟讲述了当前的敌我形势，他从全局考虑，向鹿建议让中央将李仙洲、高桂滋两师拨归汤恩伯指挥，以便减轻南口作战的压力。鹿回中央后，将刘汝明的意见报告了中央。随后中央来电批准将李、高二师归拨到了十三军汤恩伯指挥。由此一来，刘汝明手中只剩下了他的一四三师，以至于张家口战役时兵力感到了不足。

汤恩伯的十三军接防南口后，驻守北平的张自忠见情况于己越来越不利，他一面与日军特务周旋，一面布置刘汝明的弟弟刘汝珍率步兵旅突出北平，然后他也借机隐蔽行踪，潜赴到了天津。

刘汝明的弟弟刘汝珍率部突围后，带着穿警察制服的5000余人，由南口得胜口以东的山地，钻隙到达察哈尔省延庆县东十里处的十三军防地，更换了服装，被改编为独立第二十七旅，暂统归到汤恩伯的麾下。

刘汝明率一四三师两个保安旅守万全县、汉诺坝、张家口及常峪口一线。8 月 10 日下午八时，中央新任命的第七集团军总司令傅作义，由柴沟堡乘车到张家口与刘汝明会面。此时刘汝明已被任命为第七集团军副总司令。傅作义同刘汝明在察哈尔省政府交谈了好几个小时，二人制订了关于张家口进攻与防守的计划，最后达成一致意见，张家口一带一旦发生危急，傅作义会及时带队赶来支援。

8 月 12 日，刘汝明遵照总指挥官阎锡山的命令，与傅作义部会同进攻驻守在张北的日军，已解张家口北部之威胁。攻击很顺利，但在第二日，傅作义却将主力部队陈长捷师及一个独立旅突然撤走，去支援南口。因为南口汤恩伯的部队也受到了日军的攻击，军情吃紧。于是攻击张北的队伍只剩下了刘汝明的部队。但刘汝明所部仍旧于 20 日攻占了张北外围玻璃彩等要地。此时，日军关东军参谋长亲自率领两个摩托化混成旅团——铃木旅团、本间旅团，及一个机械化旅团和一个汽车牵引的榴弹炮联队，由热河紧急驰援张北。到达张北外围之后，日军在数十辆战车和空军的掩护下，向刘汝明攻击张北的部队进行反扑。刘汝明的部队由于缺乏高射炮及防空武器，很难与敌机和战车相抗。战至 21 日下午，刘汝明的保安第一旅旅长马玉田阵亡，官兵死伤数百人，部队被迫退守神威台。神威台距张北五十里，南距万全县城四十里，距张家口市区八十里。

22 日，日军又向神威台进攻。进入刘汝明部队埋伏的地雷阵中，敌人被地雷炸死炸伤无数，未能攻下神威台。

23 日拂晓，敌人再以战车开道，协同步兵约两个联队，在飞机与大炮的掩护下再次扑向神威台。同时以另一部向刘汝明部的侧翼迂回，攻击神威台南面的万全县城。

23 日夜十二时许，神威台陷于敌手。刘汝明手下的步兵营长王宪纯、李华林和迫击炮营营长宋志高在战斗中阵亡。

24 日晨，万全县城北、东两面受敌攻击。刘汝明命令驻守万全城的舒效孔营长，率一加强营死守，并命令舒营紧闭北、东两城门，并以泥土填实门洞。舒营长虽然将城门紧闭，但未用泥土填死门洞，门洞上方留了三四尺的缝隙，故而给日军留下了可乘之机。日军将万全城包围之后。炮口对着北、东二门一阵狂轰，致使城门被炸得粉碎。日军趁机由门洞所留缝隙攻进城内，舒营长率全营拼死抵抗，但终因寡不敌众，舒营长在战斗中阵亡，全营士兵全部战死。下午三时，日军攻占了万全城，并开始向张家口方向挺进。

再说刘汝明从神威台撤退下来的部队，回至张家口以西十八里的一隘口处，与驻扎于张家口的刘广兴团兵合一处，紧急修筑工事，防守赐儿山一带。同时刘汝明又调一团兵力依托水母宫附近高地，修筑工事，以迎张家口北汉诺坝方面的日军，并将自己的指挥所设在了水母宫。

24 日中午，日军来到刘广兴团阵地以西，向刘团发起了猛烈的炮火攻击。刘汝明立刻发电报给傅作义，要求他派一部分部队进驻张家口以西的孔家庄，以保护他的侧翼。傅作义回电答应命令现驻柴沟堡的独立旅进驻孔家庄。此时，进攻刘广兴团的日军，开了一阵炮之后步兵却一直没有进攻，刘汝明一时不明日军葫芦里卖的什么药。

24 日下午，刘汝明得到侦察人员的报告，说原驻柴沟堡晋军的一个独立旅已进入孔家庄。刘汝明急忙派参谋前往孔家庄联络，发现孔家庄并没有一个友军驻守，遂向居民打探。居民说下午三时确实有晋军一个营的人马到达，而不是一个旅，但晚九时又都撤走了。刘汝明的心悬了起来。然而心里怕什么还真来什么。这天夜里十一点左右，日军百十余辆战车以及百十辆汽车，拉着两个联队的日军，不费一枪一弹便占领了孔家庄。至此刘汝明才明白，原来日军炮火攻击西山口方面的刘广兴团是在佯攻，其主攻方向是由万全县向南迂回占领孔家庄，然后再向北攻击张家口，对张家口形成合围之势。于是刘汝明立刻命令在市区待命的刘田团长率团日夜前往孔家庄至张家口的路上埋伏，准备腰击北犯的敌人。命令下达后刘汝明就与刘田团失去了联络，直到 25 日清晨，电话线路才接通，得知了刘田团的情况。

凌晨四时许，由孔家庄向北进犯张家口的日军在距张家口以南十三里处，遭到刘田团的伏击，双方展开了激烈的战斗。刘团趁着天色黑暗，用手榴弹及迫击炮弹，炸毁了敌人的几十辆战车。同时，敌人的炮火也将刘田团的十几辆汽车炸毁。双方混战到天明，刘田团的位置暴露。日军遂以优势的炮火向刘田团猛轰，并以战车协同步兵实施反击，战况对刘田团极为不利。在此情况下，刘汝明急忙调集西山口方面的预备队向刘田团增援。增援部队在经过张家口市区时，正碰到一个老太太过马路，排头的汽车为了躲避老太太，急打方向盘，不料操之过急，不幸翻车。车上当场便有三人死亡，二十多人受伤。更为严重的是，后边的车辆因躲闪不及，撞上了第一辆汽车，道路立刻被两辆损坏的汽车堵塞，延误了战机。增援部队将路上的两辆汽车清理后，继续前进。但赶到刘田团所在阵地的时候，刘田团长已经阵亡。全团近两千人的队伍，仅剩下了五百余人。

抗战胜利后，据台湾察哈尔同乡会刊物《察哈尔文献》披露，当年的车祸并非意外，而是日军间谍蓄意制造的有预谋的行动，事件中的老太太实际上是由日本著名的女特务川岛芳子（日本间谍，汉名金碧辉，清朝肃亲王善耆第十四女，清灭亡后，善耆将女儿显玗送给日本川岛浪速做养女，更名川岛芳子）化装而成，是她一手制造并策划了这场车祸。

25 日晨八时，日军在炮火和飞机掩护下，派步兵一个联队来到赐儿山以西，向赐儿山刘汝明守军发起猛烈攻击。守赐儿山的部队虽然居高临下，占据着有利地形，但山上都是岩石，不易构筑工事，部队只能以麻袋装上泥土堆成掩体，但山上泥土也很少，掩体如同虚设，哪经得住敌人的飞机大炮轰击，简易的工事很快被敌人的炮火炸得粉碎，官兵死伤无数，不得已部队只好暂时撤退。但等敌军步兵占领阵地后，官兵们又冲上去将阵地夺回，如此失而复得了四次。最后一次复得时，士兵击毙了敌人的一名大佐，从其身上获得望远镜、地图和合击张家口的命令各一份。

8 月 26 日，日军又以飞机大炮协同步兵进犯，我守军拼死抵抗，刘居信团长受伤，官兵伤亡甚重，我守军只好退守至八角台。

八角台位于赐儿山东端，为赐儿山一带最高处，可以俯瞰整个张家口，位置十分重要，日军志在必得。日军占领赐儿山后，一刻也没有停留，趁我军立足未稳，便立刻又向八角台扑来。刘汝明认为八角台对保卫张家口关系十分重大，立刻派旅长李金田率李凤科、温得恒两团，向八角台增援。李凤科团当时驻东营坊，据八角台很近，但李凤科团抵达八角台山下时，八角台已于半小时前失守。一小时后，李金田率温得恒团也赶到了八角台山下。李金田立刻组织两团兵力向八角台反攻，但终因敌人火力太猛，没能将八角台夺回。李金田遂将情况报告于刘汝明。刘汝明立刻命令李金田，"你立刻组织一支敢死队，准备夜间突袭敌人，务必要将八角台阵地夺回。另外敢死队员每人发五百块大洋，以示奖励。"刘汝明决定痛下血本。

军令如山，李金田只有安排作战。

正是：抗日将士血战，
　　　寸土必争儿男，
　　　杀敌报国赞叹。
　　　旌旗不倒，
　　　誓死守卫河山。

# 第二十九回　敢死队奋勇杀虏　张占彪因祸得福

上回说的是刘汝明命令李金田旅长立刻组织敢死队夜袭日军。于是李金田接令后令通信兵将李凤科和温得恒二位团长唤到自己面前。“李团长，你现在回团，从团内挑选一百名精干、不畏死，且又刀法精湛的队员，组成一支敢死队，我们准备夜袭已入敌手的八角台阵地。”李金田命令李凤科。

李凤科听了李金田的话，随即提议道：“我建议敢死队队长由我团一营长高飞燕来担任，飞燕机智过人，作战勇猛，其无极刀法已练到了极致，是一员猛将，而且他又是本地人，对八角台地形十分熟悉，选他当队长最为合适。”

“高飞燕此人我知道，当年吉将军攻多伦城的时候，不就是他带一小股部队潜入城内，与外面大部队里应外合攻破多伦的吗？”李金田说道。

“正是他。”李凤科回答。

“好，我同意。”李金田批准了李凤科的请求。然后又回过头来对温得恒道：“温团长，你团要准备好预备突击队，一旦高飞燕的敢死队突击成功，你要准备好接应敢死队，并迅速占领敌阵地。李团长负责我方阵地警戒，并随时做好支援准备。”

“是。”温得恒和李凤科齐声回答，然后各自回团去做战前准备。

回过头来咱再说李凤科所提到的高飞燕。高飞燕自从抗日同盟军被迫解散后，他所在的部队大部分被二十九军收编。他所在营被编入了李凤科团，他依旧担任副营长。此后由于他在军中的出色表现，以及他在多伦战役中所立的战功，很快他被提升为一营营长。他所在营大部分为过去同盟军的旧部，曾与他同住武城街、唤他为叔的小老乡张占彪，此时也由士兵升为三连二排一班班长，而张占彪的排长便是在多伦战役中提议由多伦城水道入城、攻入城内并立有战功的李二斗。

李凤科回到团内，立刻将高飞燕等四位营长喊来，交代了选拔敢死队队员的任务，高飞燕等四位营长领命后迅速回营部署。

李凤科所在团由于收编了抗日同盟军的队伍，队伍兵员十分充足，全团共有兵员二千五百余人，为四四式编制，即全团下辖四个营，每营四个连，每连四个排，每排四个班。此编制若从中挑选一百名敢死队员出来，那就是平均二十五人中选一人。李二斗排全排四十余人，共分配了两个敢死队员的名额，那么该选哪两人参加敢死队呢？李二斗一时犯了难，因为他心里很清楚敢死队员意味着什么，否则师长怎么会给每个敢死队员发五百块大洋的奖励呢？而且全排人也都知道，“敢死队”三个字中，有一个是“死”字。无奈中，李二斗只好矮子里面拔将军，他先从排里挑选了十名刀法精湛的队员出来，然后再从这十名队员中以抓阄的形式确定这最后的两名敢死队员。此十人中排长李二斗和一班长张占彪均在里面。接下来便是抓阄了。李二斗告诉大家：“十个阄里有两个阄上面写有‘敢’字，谁抓了带有敢字的阄，谁便为敢死队员。”

抓阄结果，张占彪看到自己所抓的阄上写着一个“敢”字，另一个带“敢”字的阄，李二斗称自己抓了。

“占彪，这是咱俩的命。”李二斗拍了拍张占彪的肩。

“排长，我今年才二十三岁。我爹娘走得早，我家中只剩了一位老奶奶，今后我怕是再也见不上她老人家了，可惜……”张占彪还想说下去，但他的话却被李二斗打断了。

“——可惜的事儿多着呢，你还没当过真正的男人，还没尝过女人的滋味儿呢。一会儿喝酒吧，一喝酒一吃肉就啥也不会再想了。”

很快，李二斗还真弄来了酒和肉。两碗烈酒下肚，张占彪的头大了起来。午后，他独自一人摇摇晃晃地从敢死队出来，来到了驻地北面的一片茂密的树林中。林子四周静悄悄的，只有小溪哗哗的流水声，才使人感到世界的存在。一想到今晚将作为敢死队员拿着大刀冲入敌阵，与小鬼子同归于尽。张占彪全身不禁一阵阵恐怖。死不足惜——“只可惜你还没当过真正的男人，还没尝过女人的滋味儿呢。”李二斗的话不禁在张占彪耳边响起。

张占彪正漫无目的地走着，突然眼前一亮，他看到一位年轻姑娘正独自一人在小溪边洗一大堆绷带，便知道这是上面派到师里专门救护伤员的救护队队员。这些女队员都来自平津的各所学校。洗绷带的姑娘长得十分漂亮：蛋壳儿脸，杏仁眼，娇娜的身上裹着一身军装，很是柔美。她听到脚步声，一扭头，见是一位浓眉大眼的军人，便友好地同他笑笑，然后掉转头继续洗她手中的绷带。然而她这妩媚一笑却燃起了张占彪心中无可遏制的欲火——“你还没当过真正的男人，还没尝过女人的滋味呢。”李二斗那口无遮拦的话语，再一次响在了他的耳边。“奶奶的，老子死前得做一回真正的男人，尝尝这女人的滋味。”于是在酒精和情欲的混合燃烧下，张占彪犹如饿狼一般，不顾一切地冲上去抱住了洗绷带的姑娘……

事后，张占彪惬意地回到了驻地，现在他已成了一位真正的男人了，李二斗再也不能说他没尝过女人的滋味了。一个时辰之后，正在呼呼大睡的张占彪被一阵哨声叫了起来。

“敢死队员集合。”在敢死队队长——一营长高飞燕的一声号令下，全团一百名敢死队队员立刻全副武装集合在了驻地的一个大院内。

“他奶奶的，日本人欺侮咱中国人，烧杀奸淫无恶不作，但我没想到咱中国人也欺负咱自己的姐妹。就在下午，我们救护队的一位姑娘，被咱军队里的人欺负了，这事儿就发生在我团驻地。刚才团里已挨连查过了，但没有查到那个王八蛋，现在查到咱敢死队里来，如果是哪个王八蛋干的，请你自动站出来，好汉做事好汉当。”

队列中的张占彪听了高飞燕的话，大脑一清醒，这才感到了问题的严重性。但他却站在队里硬撑着没有出列承认。他知道敢死队出发前正缺一位祭刀的，他一旦承认，高营长的大刀绝不会留情——即使他私下叫他高叔。与其死在自己人的手中，还不如去同小鬼子拼个你死我活。

“既然没人承认，那就有请刘姑娘。”高飞燕的话音一落，只见被张占彪欺负了的那位刘姑娘，在女救护队队长的陪伴下，从大院正屋缓缓走出，一步一步来到敢死队员面前。她要指认那位夺取她贞操的坏蛋。高飞燕手提大刀，满脸凶狠地紧跟在她的身后。

张占彪的双腿开始不由得哆嗦了，紧挨着他的李二斗握了一下他的手，示意他别怕。

刘姑娘名叫刘馨儿，察省宣化城人，是从学校去的二十九军，后来到了刘汝明师的救护队。此时她从一个个敢死队员面前走过，当她走到张占彪面前的时候，她停住了脚。他被她认了出来。他一闭眼，心道：完了。

“张占彪出列。”高飞燕一声怒喝。

“不，不是他。”紧要关头，刘姑娘却矢口否认。

“营长，张占彪中午一直和俺在一起，哪儿也没去。”李二斗也站出来为张占彪证明。

高飞燕看着李二斗，又看看刘姑娘，一时不知该如何行事。刘姑娘怨恨地剜了张占彪一眼，然后又继续向前走去。高飞燕只好摆了摆手。满身冒汗的张占彪这才偷偷松了口气。

刘姑娘在敢死队没找到他要找的人。高飞燕禁不住脸上露出了笑容。“刘姑娘，事先我就和你说过，我敢死队里的队员都是准备和鬼子去拼命的，他们会死在鬼子的手下，绝不会死在我的刀下。”高飞燕十分自豪地夸耀着。

队伍解散后，张占彪和李二斗悄悄地来到一个无人处。“排长，你为啥要为俺打掩护？”张占彪问李二斗道。

“奶奶的，老子是想让你活下来去多杀几个日本鬼子，在排里抓阄的时候，你运气不好，唯一一个写‘敢’字的阄，就被你抓到了，我感到很对不起你。”李二斗道出了真情。

“那阄里不是写有两个‘敢’字的吗？”张占彪不解地问。

“另外一个‘敢’字俺根本没写。”

张占彪明白了一切：“排长，你为什么要这么做？”

“因为俺早已经是真正的男人了，而你们却还都不是。不过现在你也是真正的男人了，你该感到幸福，同时你也该感谢那位姓刘的姑娘，最终还是她救了你。”李二斗道出了一番言语。

“她既然不指认俺，可为何却又要那么兴师动众地来队里找人呢？”张占彪始终理解不了刘姑娘的所为。

“姑娘的心，秋天的云。俺也琢磨不透。”李二斗这位“真正的男人”对女人其实也并非全部了解。

傍晚，旅长李金田带着李凤科和高飞燕来到敢死队员面前，李金田令人将成箱的大洋抬到敢死队员面前。“李团长，每人五百块大洋，你给大伙发一下吧。”李金田吩咐李凤科道。

“高飞燕。”李凤科第一个喊了高飞燕的名字。但高飞燕却站在那里一动未动。“高飞燕，领大洋。”李凤科又喊一声。

“团长，这大洋先留着吧，等俺夺了八角台回来再领。”高飞燕开口道了一句，但却没动脚步。

队长不肯领大洋，其他敢死队员自然没有一人去领。

李凤科扭头看了眼李金田。李金田走到高飞燕面前，拍了一下他的肩膀，“好，这些大洋我都给弟兄们留着。”然后，李金田走到众队员面前，对大伙道：“我希望大家都能给我活着回来！”

入夜，高飞燕率领一百人的敢死队队员，高举着大刀，冲上了八角台，与占领八角台的日军展开了殊死的搏斗。激战中，敢死队员人自为战，个个奋勇。白天为日军所占领的八角台阵地，迅速被敢死队员夺回了一半。但战至最后，敢死队员却也几乎伤亡殆尽。李二斗在杀死了十几名日军后壮烈殉国，高飞燕也身负重伤。危急时刻，李金田旅长亲自率领温得恒团的预备突击队冲了上去。经过一番殊死拼杀，八角台最终被我军占领。

翌日天明，救护队将战场上还活着的几名血肉模糊的敢死队队员抬下来送到了师医院。刘姑娘在为一位敢死队员清洗了满脸的血污后，认出了躺在他面前的人竟是她的生死冤家张占彪，而此时的张占彪却在昏迷中什么也不清楚。他的全身到处是刀伤和炸伤。医生手术时刘姑娘发现张占彪腿间那延续生命的玩意儿，早已被手榴弹炸飞了一半儿，腿间一片血糊。望着对她施威时威猛的像雄狮一般的汉子变成了眼前如此的模样，刘姑娘的眼泪像泉水一般哗哗地淌了下来。一天后，张占彪从昏迷中苏醒过来，当他看到刘姑娘眼泪汪汪地守护在他床前时，他禁不住向她问道："那天你为何不指认俺啊？"

"因为我走到你面前时，突然想到了高营长告诉我的一句话。"

"什么话？"

"敢死队员没有能够活着回来的。"

"可现在俺却活着回来了。"

"可我已不希望你死了。"

"为什么？"

"因为我现在已喜欢上了你。而且决定等你伤好之后还要嫁给你。"

"可老天爷惩罚俺啦，俺已不再是男人了。"

"不，你是世界上真正的男人。"刘姑娘说着嘴唇已轻轻地吻在了张占彪的脸上。

此后，张占彪伤好之后，刘姑娘还真的嫁给了他。因为，就是因为那一次，刘姑娘肚子里竟然已有了张占彪的骨肉。而张占彪这一次的劫难，也正应了李半仙十三年前为张母看相时所说的话——"你这孙儿十三年之后还会有场劫难，如果此难过了，便再无大碍，而且终生大富大贵，儿孙满堂。"

后来，张占彪领着刘姑娘和儿子离开队伍，回到了张家口。再后来还真的是儿孙满堂。不过这是后话，暂且不提。

正是：八角台上炮火连天，大好河山惨遭涂炭。

敢死队员奋勇当先，否极泰来玉女成全。

# 第三十回　陷重围孤军奋战　英雄泪浸湿衣衫

此次战斗，李金田率军与日军拼杀时也不幸负伤，但终将八角台夺回。

然而日军对得而复失的八角台却并不甘心丢失。8 月 27 日晨八时，日军以浓密的炮火和更多的飞机为掩护，派步兵再次向八角台发起了进攻。李金田负伤率军进行了顽强的抵抗。但终因我军没有重武器与敌抗衡，火力被日军压制。一小时后，八角台再易敌手。李金田率军撤到了山下。

日军占领八角台后，利用八角台居高临下的地理位置，架设火炮向察哈尔省政府所在地进行炮击。幸好刘汝明于 20 日在张家口通宣化的公路附近，预设了四门山炮，敌人在八角台开炮后，我军炮火对准八角台开始还击。数分钟后，敌人的炮火便被我军压制，归于沉寂。省政府院内虽然落了敌人的三十余枚炮弹，但仅伤了一名卫兵。

此时，张家口以北，距市区四十余里的汉诺坝方面，敌人也开始了进攻。但因我军占领了有利地形，敌人未能前进一步。而西山口方面的敌人除了继续炮击以外，步兵也不敢贸然前进。双方战事一时陷于平静。而纵观整个张家口，日军已形成了对刘汝明部的合围之势，张家口已危在旦夕。

其实，自日军攻下赐儿山东南的八角台之后，张家口已等于落入了敌手。因为刘汝明从截获日军大佐的文件中已得到了明确答案，日军进攻张家口，只要占领了赐儿山及八角台，就不再组织大规模进攻了，因为在日军看来，整个张家口市区已是一马平川，取其只是时间早晚的问题了。而此时的刘汝明部却处于四面楚歌之境地了。

在日军发动全面进攻之前，27 日上午十时左右。刘汝明在省政府召开了政府首脑会议。会上首脑们分析了眼前的形势，决定在孤立无援的情况下，向蔚县转进。这次会议是日军进攻张家口十来天之内召开的第一次会议，也是最后的一次会议。此时，张家口市区的交通除了通往宣化的公路还可以利用外，其他各方面的道路均被敌人截断，而张家口的屏障宣化公路的常峪口方向也出现了千余名敌人。若不是刘汝明在常峪口方面留了一个保安团防守，恐怕撤离张家口已没有了退路。当务之急应迅速撤离张家口，如果再不撤离，刘汝明的部队恐被敌人彻底包围。于是刘汝明一边发电，令驻扎在南口以西的其弟刘汝珍的二十七旅迅速向宣化常峪口方向靠拢，与其会合，掩护主力撤退，一边指挥部队向宣化公路集结，因为此时时间已是很紧了，日军随时有可能向市区发动进攻。幸运的是 25 日刘团长率军在阻击孔家庄北上的敌人时，炸毁了敌人的几十辆战车，目前敌人仍在修理之中。而且据报，孔家庄方向，敌人有 200 余辆战车和汽车在那里待命，这些车辆无论敌人运到哪一方面，都对我军十分不利。西山口方面，眼前虽无激烈的战事，但那里距市区仅 18 里，如防线被敌人突破，敌人在两小时之内便可抵达张家口市区。于是刘汝明决定省政府先搬到宣化办公，宣化距张家口只有 60 里地，易于政府搬迁。

在撤离省政府之前，刘汝明曾安排省建设厅厅长张砺生，让其派人搬几桶汽油过来，把敌机没有炸坏的房屋全部烧掉，免得部队撤离后被日军和汉奸利用。然而张砺生在听了刘汝明的话之后，翻了翻白眼，并没有执行刘汝明的命令。他说省府一旦燃起大火，怕撤退部队发生误会，误以为是敌人来攻，造成恐慌。刘汝明觉得张砺生所言有几分道理，点火烧房之事便没再实施。其实当时张砺生是舍不得将房屋点燃。然而，张砺生虽保全了房子，但却没保住自己儿子的性命。在随后日机的轰炸中，其长公子被日机投下的炸弹炸死，不幸殉难。

在通往宣化的公路上，刘汝明所有的部队都集结在此，各路人马按规定时间迅速到达。刘汝明对各部队的指挥官及伤患分别进行了慰问和鼓励。随后他登高讲话，鼓励众将士抗日到底，目前的撤离只是暂时的转移，将来他还会率众将士打回来的。

刘汝明讲完话之后，他登上一辆汽车车顶，用望远镜回望了一下他曾主政和战斗过的张家口市区。望着赐儿山和八角台他手下将士流血奋战过的地方，他禁不住悲从中来，痛苦和心酸的眼泪潸然落下。他心里无比的愤懑，想着他的部队付出了这么大的牺牲，却未能歼灭来犯的敌人，而且还得仓皇撤离，悲伤之情无以言表。好在他的部队还没有全军覆没，还有200余辆汽车能够将部队和伤员撤出，心里多少还留有一丝的安慰。

别了，察哈尔省！别了，张家口！我们一定还会打回来的。刘汝明心里这样默默地说着。

再说刘汝明的弟弟刘汝珍，在汤恩伯的十三军换好军装之后，就驻守在了宣化、沙河以东，准备随时支援常峪口，一旦常峪口吃紧，就立刻把二十七旅开上去。不久，二十七旅开到了常峪口。准备进攻常峪口的日军见有援军赶到，便没有贸然攻击。此后二十七旅便掩护刘汝明的一四三师和保安部队由宣化渡过了沙河。很快，刘汝明的部队于29日夜到达了蔚县。部队稍加整顿之后便依照命令开往了石家庄。至此，刘汝明的部队便远离了张家口，再没有回来。

后来，刘汝明在离开大陆、迁往台湾之后，他对张家口战役曾在他的回忆录中，有过详细的总结，他认为有三件事，决定了张家口的命运。

第一，《塘沽协定》决定了华北的局面。因为塘沽协定明确规定华北不能设防。国民政府在七七事变之前的几年中，只在长辛店一带派工兵部队秘密做了些钢筋水泥的机枪一类掩体，而且一做好马上就用泥土覆盖伪装隐蔽起来，从没有进行大的防御工事的构筑，而张家口更是毫无工事可言。

第二，在指挥上不能协调统一。刘汝明带领的一四三师，直接指挥官是第七集团军总司令傅作义。而傅作义之上的总指挥是阎锡山。张家口战役前，傅作义曾答应派一个旅进驻孔家庄，掩护刘汝明的侧后，谁知危急关头，傅作义却未派一兵一卒过来，以致日军从刘汝明的背后进入孔家庄，从孔家庄攻了上来，从而使刘汝明部陷于孤立被包围的境地。孔家庄虽然曾去了晋军的一个营，但这一个营如果能够坚守，情况也不会变得十分被动。然而这一个营也很快撤走，而且撤走之前也没有通知刘汝明所部，造成刘汝明腹背受敌。

第三，武器不如敌人是失败的最大原因。当时刘汝明部不仅没有战车、飞机，即使是重机枪也没有。刘汝明所在的师原本是有重机枪的，每团配有一个重机枪连。每连有六挺重机枪。但在七七事变前三个月，上级却下令把各团的重机枪统统交回到了军部，另外换回了 18 挺轻机枪。没有了重机枪，在战斗中官兵们都叫苦不迭。谁都知道轻机枪的火力是压制不了重机枪的。重机枪一带能装 250 发子弹，射程还远；轻机枪一带才装 30 发子弹，而且射程远不如重机枪的威力。就拿神威台作战时为例，打急眼的步兵营长王宪纯，自己取过轻机枪来与敌人的重机枪对打，不幸被敌人的机枪子弹击中头部阵亡。

在整个张家口保卫战中，一四三师的官兵与日军拼的不是枪弹，而是一腔的热血。而你血肉之躯又怎能与敌人的飞机、大炮和战车相抗衡呢？战役中，刘汝明手下将士死伤无数，在未有援兵的情况下最后只好撤离。但当时的一些报纸，在报道南口和张家口一线抗战时，舆论都异口同声地赞扬守南口的汤恩伯，而对刘汝明只字不提，甚至骂刘汝明为汉奸，一枪未放便撤出了张家口。故而刘汝明对《大公报》的记者范长江极为不满。他认为这都是范长江为他捏造的不实之词，是范长江对他进行的诋毁。范长江“攻击我不战而退，张家口战斗经过事实俱在，不容污蔑”。

此后，刘汝明曾对他的参谋李诚一发牢骚说：“我在张家口打了一个星期，一个旅长（马玉田）阵亡，一个旅长（李金田）受伤，一个团长（刘田）阵亡，营以下军官伤亡230多名，士兵死了6000多人，这你都清楚。刘田是你们湘乡人，是我最好的团长。他们还说我一枪未放，是汉奸，难道这些人都是自杀的，自己打伤的吗？”

刘田团长确实是李诚一的同乡，离李诚一家仅20多里地。在张家口作战时，刘田团长捆着九颗手榴弹去炸日军的坦克，英勇阵亡。后来李诚一把刘汝明这些话原原本本地电告给了蒋介石，并发军统一份儿。一年后蒋介石在武昌召见刘汝明时，奖励了刘汝明3万银圆。但刘汝明全部赏给了他的士兵。即使是这样，仍有人在背后说他的不是。但刘汝明最后却以事实证明了自己的抗日决心。在抗战中，刘汝明将他的两个儿子刘铁山和刘铁军都送到了部队。两个儿子背着机枪在山坡上奔跑着向敌人的飞机扫射。后来，刘汝明将大儿子刘铁山送往美国学习飞行技术。在国民党的高级将领中，送子弟参加抗日的将领很多，但送去当空军的却寥寥无几。因为空军在当时来说是最危险的军种，而刘汝明却是特例。刘铁山在美国学成后归国，继续参加抗日，在昆明飞行队战斗，最后以身殉国。总之，在抗日战争中，特别是在保卫张家口的战斗中，他曾率军与日军做过殊死的战斗，功不可没。张家口人永不会忘记。

正是：国破山河在，城春草木深。

感时心落泪，恨别血未冷。

# 第三十一回　张家口八月沦陷　段六爷侠肝义胆

咱说了驻扎在张家口的抗日爱国将领之后，也有必要说说咱张家口的汉奸。二十九军刘汝明部撤走之后，8 月 28 日，以于品卿和杜运宇为首的汉奸，举着连夜制作的日本“膏药旗”（日本国旗），带领由日本特务怂恿成立的“治安维持会”中的十几个人，将日军迎进了张家口，张家口就此沦陷了。那么这于品卿和杜运宇是两个什么玩意儿呢？咱先说这于品卿。

于品卿（1886—1945），直隶冀州南宫县人，中华民国时期著名政客。早年来张家口经商，在明德南街路西魁星高布庄当学徒，后来当了该布庄的老板。日本特务组织渗透到张家口之后，拉拢培养其成为汉奸。日军进入张家口后，由于其欢迎日军有功，日军特务机关便任命其为张家口治安维持会会长。以后日军采取了“以华治华”的政策，炮制成立了察南伪自治政府，任命其为察南自治政府主席。1939 年，察南自治政府、晋北自治政府和蒙古自治政府，三个政府合并成立了蒙疆联合自治政府，于品卿成为蒙疆联合自治政府副主席。1945 年 8 月日本战败投降后，于品卿被解放张家口的八路军逮捕。12 月 18 日被晋察冀边区特别法庭判处死刑。12 月 24 日于品卿在汉卿桥下被执行枪决。

杜运宇（1905—1960），山东济宁县人，毕业于日本早稻田大学，娶了日本女人。刘汝明任察哈尔省主席期间，曾任财政厅秘书。日军侵占张家口后，他和于品卿担任了察南自治政府委员。后又担任蒙疆联合委员会产业和经济部部长。1945 年日本投降后被国民政府逮捕。1960 年死于监管之中。

抗日战争时期，在中国的国土上曾产生过三个伪政权，即南京的汪精卫伪政权、伪满洲政权，另外一个就是伪蒙疆政权。其中伪蒙疆政权的首府就设在张家口。该政府以日本人金井章二为最高顾问，德穆楚克栋鲁普为主席（号称德王）。伪政府下辖张家口、包头、厚和（今呼和浩特），3 个市，宣化、大同两个省以及察哈尔盟、乌兰察布盟等 5 个盟，共 32 县 36 旗，总面积 45 万平方公里，总人口 525 万人。蒙疆联合自治政府成立之后，整个张家口以及张家口的百姓就陷入了日伪的奴役统治之中。日军在张家口大肆烧杀抢掠，他们把煤炭、铁器、矿产等掠夺来的战略物资统统运往日本，进行战略掠夺。百姓们生活在了水深火热之中。日军除了掠夺战略物资之外，还千方百计大肆搜刮民间的珍奇异宝，据为己有。居住在北平的日本特务头子川岛芳子探得当年慈禧太后西逃，路经万全县时，曾将宫中一颗价值连城的玉白菜送给了万全富豪霍老五的父亲霍枚，便想得到这件宝物。她派手下特务来到堡子里，到霍老五住宅搜寻此宝物，可霍老五在日军进攻张家口之前，便带着宝物跑得无影无踪。无奈之下，特务们又赶到万全城里，将霍老五居于万全城内的宅院又搜了个遍，但最终也没能找到那颗玉白菜。宝物虽没找到，特务们却把霍家没来得及转移的其他财物——瓷器、字画、楠木器具、貂皮大衣等贵重物品整整装了四大汽车，运往了北平。

日军侵占张家口之后，除了抢夺之外，日本宪兵还将不少的妇女抓到日军军营去劳军，供日军蹂躏糟蹋。堡子里的福寿街曾经是张家口堡的“红灯区”，日军侵占之后，宪兵们经常将此间的妓女带到日军军营，供日军军官们享乐。这里曾发生过一个段六爷断指救美的凄美故事。

相传段六爷姓段名红锦，居住于棋盘街的一处豪宅内。六爷祖籍山西，祖父辈都是在张家口经商的富商，后回到山西老家，段六爷因不愿随父回晋，父亲便遂其心愿，留了家产给他，让其留在了堡子里。

六爷精通音律，擅长丹青，而且还是张家口有名的围棋才子。

六爷生得干净利落，一表人才，是那些名媛小姐一见倾心的主儿。

六爷生就了一双漂亮而灵巧的手。手指纤柔而细嫩，犹如葱根，既白洁又光滑。如果单说六爷的这双手是何等的精细好看，那也就不值得这么在人面前夸赞了。六爷的手，用围棋中的俗语讲那是一双鬼手。

一次，一位从京城来的王爷，上歌馆听曲，适逢六爷假扮怀春少女在台上弹琵琶，六爷那“犹抱琵琶半遮面”的楚楚风姿，和他那纤纤的细手，以及细手所弹出的如泣如诉的神韵，竟把王爷弄得神魂颠倒，如痴如醉。事后，此王爷非要出五千两银子包六爷过夜不可。此事在张家口一时间传为笑谈。

六爷家道殷富，并且生性风流倜傥，闲来无事便出没于青楼艺馆，与美媛交杯把盏，切磋棋艺，而且边饮边吟：

我也不登天子船，
我也不上长安眠。
闲来弹琴又弈棋，
其乐融融赛神仙。

如果不是日本鬼子攻进了张家口，这样的日子六爷不知要过到何时。

这天上午，六爷穿戴整齐，从家中出来，来到了福寿街的弈香园。弈香园是一座有名的弈馆兼妓院。六爷的红粉知己媛媛就在此挂牌卖艺。六爷每天都要来此与媛媛弈上两盘，然后饮酒赋诗，抒怀激志。然而六爷今日来到院中，却发现一向人声鼎沸、热闹非凡的院落，此时却已无人影，静得像黎明一般。六爷不知发生了什么事儿，急忙跑到楼上媛媛的房间，房内却空无一人。六爷心中一急，想下楼与老鸨夏秋娘问个明白，却见夏秋娘和几位看家护院，一个个哭丧着脸从院门外进来。秋娘一见六爷的面，便立刻将昨夜发生的事一五一十地告诉了六爷。

原来昨天深夜，一队日本宪兵突然包围了弈香院。鬼子以反蒙抗日为罪名，将院内老小一干人统统抓进兵营关了起来，直到今天上午秋娘和几位看家护院才被鬼子放了出来，而园内的十位香姐包括媛媛在内，却仍被鬼子以审查抗日分子为名扣留在兵营。其实鬼子扣留香姐们的目的哪是审查什么抗日分子，而是寻欢作乐发泄其兽欲罢了。

“他娘的，这帮乌龟王八蛋！”六爷听了秋娘的哭诉，已将牙齿咬得嘎嘎作响。

“六爷，你知道媛媛为何一直不让你为她赎身的原因吗？”秋娘见六爷痛恨难忍，便借机问道。

“为何？”

“她是为了顾惜你的名声才不跟你出去的。”秋娘终于解开了一直困扰在六爷心头的一个疙瘩。

“这样有情有义的女儿，你可一定要设法救她出来啊。”

六爷没有吱声。

六爷回到家中，正琢磨着如何进鬼子兵营去营救媛媛，忽见他曾经的好友，现在已是日本人大红人的于品卿从外推门进来。于品卿是六爷的弈友，在日本人来张家口之前，二人关系不错，可自打日本人来了，于品卿摇身一变投靠日本人当了汉奸之后，六爷便不再搭理于品卿了，因为六爷平时最瞧不起的就是没有骨头的人。

“六弟，愚兄有事求你。”于品卿进屋后讪着脸开了口。

“讲，什么事？”六爷闭上眼不看于品卿一眼。

“宪兵队长龟田雄一大佐让我搞一幅字画，往他客厅里面挂。我思先想后，觉得整个张家口只有你的画最有名气，所以愚兄我便求到了你这里，请你务必挥毫泼墨，赐愚兄一幅，好让愚兄交差。”于品卿道明了来意。

六爷听了于品卿的话，本想拒绝，忽然想起媛媛正在宪兵队手中，他的眼突然睁开了一条缝：“行啊，下午你就来取画吧。不过我这画可有个条件。”

“不就是钱嘛，要多少你给愚兄开个价。”于品卿没想到六爷这么痛快就答应了他的要求，不禁眉飞色舞起来。

“你得引我见见叫龟田什么来着？”

“叫龟田雄一。”于品卿赶忙接话道。

“对，就是这位龟田雄一，你领我见见他，仅此而已。”六爷一心想救媛媛出来。

“行，包在我身上。”于品卿满口答应。

下午，六爷带着作好的画，跟着于品卿来到了龟田雄一的大队部。龟田雄一是日军驻扎在张家口的宪兵队队长，六爷要救人自然想到了“擒贼先擒王”这一诗句。

在龟田雄一的宪兵部，于品卿将六爷介绍给了龟田雄一。六爷随后将他的画呈上。龟田雄一将画打开，见画面上画的是一只硕大的乌龟，龟旁配有曹操《龟虽寿》的诗句。

> 神龟虽寿，犹有竟时。
> 腾蛇乘雾，终为土灰。
> ……

六爷画此画的寓意明眼人一看就会明白：“龟田你这只老乌龟，别看你眼前神气活现，但终归犹有结束的一天。”

可于品卿对龟田却这样解释道：“咱大日本帝国信奉神龟，而您的名字里又带有龟字，所以我六弟便作了这幅画送给您，愿您像龟一样长寿。”

龟田雄一是半个中国通，之所以称其为半个中国通，是因为他对中文只是一知半解，而且他所讲中国话也是半生不熟，故而称其为半个中国通。

当下，龟田雄一听了于品卿的话之后，不禁高兴地对六爷道：“你的画大大的好，我的很喜欢。”

“队长，我六弟可是我们张家口的人精啊，琴、棋、书、画样样精通，名气大得很。您在大日本国不是有名的围棋高手吗？您何不趁此机会同我六弟交流交流，看看你俩谁的棋厉害。”六爷为于品卿作画，给了于品卿面子，于品卿心生感激，他知道六爷来此是想救人，所以便趁机在龟田雄一面前介绍六爷，好让六爷见机行事。

龟田雄一听了于品卿的话之后，喜出望外：“我俩交流交流的干活。”说着他指了指摆放在桌上的围棋。

“交流可以，但我这人生性好赌，我若侥幸赢了队长，你可不可以将弈香园的姑娘全放了。”六爷趁机提出了条件。

“你的狡猾狡猾的。”龟田雄一听了六爷的话，嘿嘿阴笑了两声，此刻他终于明白了六爷来此的真正目的。“不过我的棋很厉害的，你赢不了我。”龟田雄一十分自信。

“愿赌服输。我若输了，任凭队长处置。”六爷志在必得。

龟田雄一见六爷如此言语，便不敢小觑。“这样的，我同你每天交流两盘棋，十天为限。你赢我一盘，我放一人，你若输一盘——”龟田雄一说到这里，看了一眼六爷白嫩的手指道：“我就用刀砍掉你的一根手指，你敢跟我赌吗？”

“有何不敢。”尽管龟田雄一所提的条件欺人太甚，但人为刀俎，我为鱼肉，六爷根本没有退路，所以他连犹豫也没犹豫便答应了龟田雄一的挑战。

“好，一言为定。今日你回去准备，明天一决胜负。”龟田雄一显得很是兴奋。

翌日，六爷早早就来到了龟田雄一的大队部。为了以防万一，六爷来时特意让王太医诊所的王太医跟在了自己的身边。然而六爷与龟田雄一的第一盘棋，六爷就输了。龟田雄一并非六爷画中所画的那只缩头乌龟，而是一只凶残的狼。他的棋是受过专门训练的，十分厉害，棋技与六爷简直不分上下，求胜心切的六爷在中盘一招不慎，导致了最终的失败。因有言在先，六爷只得将自己的一根手指交给了守在一旁充作刀斧手的日本宪兵。

“可惜大大的，这么好的手指砍掉实在可惜，你的如果住手，我可以网开一面，将你的手指留下，但你必须承认技不如我。”亀田雄一在六爷砍手指头之前假惺惺地道出了几句话。

“大丈夫一言九鼎，区区一根手指算得了什么，砍。”六爷言毕，只听“咔嚓”一声，六爷左手的一根小拇指便被刀斧手砍了下来。守在六爷身旁的王太医见状，急忙将一把止血药敷于六爷的伤口。

“接着下。”六爷让王太医将伤口包裹好之后忍痛又开始向亀田雄一叫阵。

“你的勇敢大大的。”亀田雄一向六爷伸出了大拇指。

接下来的第二盘棋，不知是六爷接受了第一盘输棋的教训，还是亀田雄一被六爷的气势所压倒，总之，六爷赢下了这盘棋。他从亀田雄一手中救出了一位香姐，但却不是嫒嫒。

第二天，六爷继续与亀田雄一对弈。天黑时又有两位香姐儿被六爷救走。

亀田雄一连输了三盘棋，再不敢掉以轻心。他将六爷的棋路琢磨了很长时间后，终于又将败局扳了回来。这一次六爷连续又掉了两根手指。局面一时呈胶着的状态。

六爷看着自己心爱的手指已残缺不全，亀田雄一又这样难以对付，心一横，余下的棋局他干脆让刽子手来了个痛快的——将左手的另两根手指也一并剁了压了上去。这一次六爷竟一口气胜了亀田雄一六盘棋，连续救走了六位香姐儿，而嫒嫒却始终没有被救出。六爷心中焦急万分，他一边忍着失去左手手指的巨大疼痛，一边用右手与亀田雄一较量着。可是世上没有永远的常胜将军，在后面的对局中，亀田雄一竟鬼使神差又连续扳回了六局棋，六爷的右手再加上提前押上去的左手的两根手指，一下子又失去了六根手指。九天时间，六爷共救出九位香姐儿，而他的手指也失去了九根。然而在最后的一天，六爷依旧按时来到了亀田雄一的大队部。但一进屋，他却怔住了，因为他看到他的心仪之人——嫒嫒也坐在屋里。嫒嫒脸色苍白，衣衫不整。她一见六爷的面，便扑在他身边哭着捧起了他那只只剩了一根大拇指的右手：“你怎么这么傻呀？”

“我如果不这么傻，又怎么能救你出去照顾我呢？”六爷笑着道。

“可是……”

“可是现在你已失去了九根手指，又怎么能赢我呢？”龟田雄一接过了媛媛的话，“我的知道，你的目的主要是救媛媛小姐，所以我的最后才放她。但你现在已不能救她了。一根手指你是无法下棋的。”

“龟田队长，你怎么就断定我不能下棋了呢？”六爷说着俯下头用牙齿将右手的绷带撕开，像变戏法似的把藏在绷带内的一根小指头伸出来，举在了龟田雄一的面前。

“鬼，鬼手。”龟田雄一见状不禁惊慌失色。

“不，这不是鬼手。这是爹娘给了我的第六根手指，所以我是六爷。”六爷用拇指和那只小指头捏起桌上的一枚棋子，“你说我还能不能下棋？”

龟田雄一的双眼再也不敢看六爷的手了。“真是难以想象，这最后的棋我输了，人你带走吧。”龟田雄一向六爷摆摆手，无力地坐在了沙发上。

“哈哈哈哈！”六爷一阵大笑，然后挽了媛媛的胳膊走出了魔窟。

正是：一腔血浩然气，尝观螃蟹横行。

断柔指救红颜，看我男儿本领。

# 第三十二回　太行山上布奇兵　名将之花空凋零

日军占领张家口之后，张家口便成为日军在京、冀、晋、察、蒙的战略中心和大后方。他们在此屯兵，向周边辐射，扫荡和打击中国的抗日武装。伪蒙疆联合自治政府成立之后，张家口就成为日军高级将领驻扎于此，并在此运筹制订侵华计划的大本营之一。

1939 年 10 月 2 日这天，在张家口日军军营的一个作战会议室内，一群日军高级将领正在听日军华北方面军司令多田骏传达的颁授令，此令是日本军部任命日军将领阿部规秀由少将晋升为中将的一道任命令。

阿部规秀（1886—1939），生于日本青森县，1907 年毕业于日本陆军士官学校，毕业后加入日本陆军。1937 年升任旅团长，晋升为陆军少将。

1938 年 9 月间，原华北方面军驻蒙军独立第二混成旅旅团长常冈宽治，被八路军一二〇师三五九旅七一九团在山西省广灵县境内的邵家庄击毙（有一说为击伤），日本军部便于 1939 年 6 月，任命阿部规秀接替了常冈宽治的职务。此次，多田骏又宣布其晋升为陆军中将，可见阿部规秀在日本军部的眼中绝对是位重量级的人物。他被日军誉为“山地战专家”“名将之花”。

多田骏宣布完任命之后，亲手又将一把镶有金星的日本指挥刀赠送给了阿部规秀，据说此刀为日本天皇所赐。随后多田骏离去。

闻听阿部规秀荣升为中将旅团长，驻扎于张家口的蒙疆自治政府高级军事顾问金井章二和张家口日军特务机关长吉冈安直大佐等日军将领特意在张家口日本人开设的塞樱阁为阿部规秀设宴，祝贺其荣升。

席间，金井章二特意请来了十来位日本艺伎为酒宴助兴。此刻阿部规秀的心情激动中又含着几分沉郁。望着穿着日本和服载歌载舞的歌妓们，阿部规秀情不自禁地想起了他远在日本的妻子及家人，想到了他家乡的樱花树及樱花盛开时那满树的樱花，遂不能自已地唱起了他平时最喜爱唱的家乡歌曲——《樱花》：

樱花啊，樱花啊！
暮春三月天空里，
万里无云多明净。
如同彩霞与白云，
芬芳扑鼻多美丽。
快来呀，快来呀！
同去看樱花。
……

随着阿部规秀的歌声，在场的日军将领及艺妓们都一同拍着手掌同他哼唱起来……

酒后，阿部规秀在众将领的簇拥下，来到了鼓楼北街的关王庙，准备参拜关公。

日本军人都信奉武士道精神。武士道是日本封建社会中武士阶层的精神支柱，它是吸收儒家和佛家的思想而形成的，其宗旨是倡导名、忠、勇、义、礼、诚、克、仁等道德规范，如同欧洲中世纪出现的骑士精神，类似于中国封建社会所信奉的“五常”——仁、义、礼、智、信道德准则，但它与中国的“五常”又有所不同。日本军人若违反了其武士道信仰，便要切腹自尽，而中国将士却战死沙场，舍生取义，也不捅那一刀。然而有一点日本军人与中国人是相同的，都把关羽看作忠、勇、义的化身，故而，日本军人来关王庙准备膜拜也就不足为奇了。可是阿部规秀忘了一点，他来关王庙参拜关帝是在中国的土地上，准备参拜的是我中华的关帝。

关王庙从外看，前面是一座金顶挂瓦的木牌坊。牌坊前有旗杆和石狮各一对。山门内有马殿，两厢各是一组和真人一般大小的童子牵马泥塑像，西面是关公的赤兔马，东面是关平的白龙驹。

穿过天井进入大殿，殿中塑有关公、周仓、关平的泥塑像，像身上涂抹着五颜六色的彩绘。左右两面墙壁是精美的壁画，上面画的是桃园三结义、千里走单骑、刮骨疗毒等《三国演义》中有关关羽的故事。

阿部规秀等人进得大殿，让庙中侍童在供台上燃上香火，然后阿部规秀居中站好，其他将领站其两侧，成为一排。只见阿部规秀双手合一，口中默念着吉语，向关羽塑像施礼膜拜。随后他又解下挎着的那把指挥刀，双手捧刀再次向关公塑像鞠躬，其姿态之虔诚无以言表。拜毕，阿部规秀抽刀出鞘，在殿内挥舞了两下，似让关公观其舞刀姿势。此举正应了中国人常说的一句话："关公面前耍大刀。"尽管他耍的是一把东洋刀，但在侍童看来，却也是对关公的大不敬，关公若地下有知肯定会道一句："小子，在你老祖宗面前玩刀，你不是找死吗？"还别说，此后阿部规秀的结局还正应了关公想要说的话。

1939 年秋，日军为了加强对我八路军晋察冀抗日武装的"扫荡"，调遣日军第一一〇师团主力及阿部规秀的独立混成第二旅团共计两万多人（日军部队编制一般为：师团约 18000 人，旅团为 6000—8000 人，联队是 3800 人，联队以下设大队 1100 人、中队 181 人、小队 50 人、分队 24 人），由阿部规秀统一指挥，对我八路军北岳山区进行规模更大、更为残酷的秋季"大扫荡"，企图彻底摧毁我抗日根据地。

号称"山地战专家"的阿部规秀因刚晋升为日军中将，极想露上一脸。他接令后遂迫不及待地率领其指挥的第二混成旅团由张家口出发，直接向河北保定西北部的涞源扑来。到达涞源之后，阿部规秀顾不及旅途劳顿，马上召开作战会议，进行作战部署。他决定采取分进合击的作战方略，向我军进攻。随即他下达命令："辻村宪吉率领一大队从白石口出发，进攻银坊镇；我率第二大队和第四大队从插箭岭出发袭击走马驿。"

11月2日，日军开始了行动。我八路军晋察冀军区杨成武部，采取"集中优势兵力，各个击破"的作战方针，决定以一部分兵力牵制、堵截由插箭岭出动的敌人，然后集中第一军分区第一和第三团以及第二十五团两个营及游击队第三支队、第三军分区第二团共6000人伏击向银坊镇进攻的日军。

11月3日上午，进犯银坊镇的日军第一大队，在八路军一个小分队的引诱下，一步步进入了雁宿崖峡谷我八路军布置的"口袋"内。待敌人的辻村宪吉大队全部进入口袋之后，我军埋伏于峡谷两侧的部队，前后扎了袋口，打响了战斗。崖上战士机枪、步枪、手榴弹，对着谷底的日军一阵狠狠的猛打，到下午四时，辻村宪吉的一大队除少数日军逃脱外，其余近千名日军全部被歼。

再说准备袭击我走马驿的阿部规秀，还未到达走马驿地区，便接到了辻村宪吉大队全军覆没的消息，随即停止了前进。按照阿部规秀的设想，他原本是要给八路军一个下马威的，没想到跟八路军还未打照面，他就先丢了一个大队，一时间他感到颜面尽失，遂恼羞成怒，决定改变进军路线，亲自率领第二、第四大队日军，沿着原来第一大队的行进路线继续进犯，想趁伏击其第一大队的八路军未转移之前，打八路军一个措手不及。

11月4日，阿部规秀率部越过白石口进入我八路军原来的设伏地——雁宿崖。但此时我八路军早已转移，阿部规秀在此连一个八路军的影子都没找到。扑了空的阿部规秀，令日军将八路军在山坡上已埋葬了的日军尸体，一具具重新挖出来，找空地堆上木柴，柴上浇上汽油，然后将那些日军尸体一个个架到柴上，点火焚化。立时雁宿崖整条山谷，到处都弥漫着焚烧尸体的焦味儿。阿部规秀此番所做的目的，是想让他的士兵感受到同胞战死的悲愤，以激起他们复仇的怒火。

11月5日，阿部规秀率部继续向白石口方向前进，他判断八路军的主力已经向司各庄方向退走，遂决定迅速追击。我八路军侦察到敌人的动向之后，又以一小股部队牵引敌人，边打边退，诱敌深入。敌人在我八路军小部队若即若离的诱击下，被牵着鼻子来到了司各庄，但却连八路军主力的影子都没有看到。阿部规秀连续两次扑空，在司各庄急得团团转。

不久，阿部规秀接到了日军侦察分队的报告：“黄土岭一带发现八路军主力。”求战心切的阿部规秀闻听，不顾师团大部队的跟进。率孤军深入，直扑黄土岭而来，他要与八路军主力决一死战。而此时我八路军主力已在黄土岭以东的沟谷地区又布置了一条口袋。

11 月 6 日晨，阿部规秀率军快要进入沟谷地区的时候，狡猾的阿部规秀突然感觉到此地的地形对其行进的部队十分不利，立刻命令部队停止了前进。

阿部规秀还真不愧为“山地战专家”，此时他判断出，八路军是以小股部队引诱其深入，然后再以优势兵力来将其围歼。遂感到自己孤军深入很是危险，于是他对部队又进行了新的部署。

7 日凌晨，阿部规秀做出了令部队继续东进，经煤头店、浮头峪返回大本营的决定。在部队返回时，他先令日军小分队占领两侧高地，然后掩护大队缓慢前进，借此相互接应，加强机动反应能力。

再说我八路军，见阿部规秀改变了进军路线，准备回撤，便根据“敌变我变”的策略，调动主力部队，以急行军速度，绕道日军前面，在阿部规秀返回的必经之地黄土岭一线再次设伏，又重新布置了一条“口袋”，只待日军钻进袋中。

下午三点左右，我设伏部队放过敌人的先头分队，待阿部规秀的主力部队陆续进入我布置的口袋后，我八路军立刻扎了两头“口子”，向日军发起了攻击。在一番猛烈的机枪、手榴弹的攻击下。阿部规秀的部队立刻被打得乱了队形。情急中，阿部规秀查看了周围地形和我军火力之后，立刻组织日军对我攻击部队进行反击。他一边指挥部队顽强抵抗，组织轻重机枪和炮火向我设伏部队疯狂扫射、炮击，一边联络师团主力火速增援，企图从黄土岭突围，逃向涞源。

我八路军三团扼守阵地，死死封住日军退逃之路。敌人凭借炮火优势向我阵地发起轮番攻击，在敌人猛烈炮火和重机枪的掩护下，日军冲到了我阵地前沿，眼看阵地将被日军突破，就在这危急时刻，我八路军陈正湘率领的一团及时赶到，加入三团。一阵白刃格斗，敌人很快被打退。战至下午六时许。阿部规秀再无力组织进攻，只有退缩拼命防守，战斗一时呈胶着状态。

此时，我一团团长陈正湘、政委王道邦接到侦察人员的报告，位于黄土岭与上庄子之间的一个名叫教场的小村庄附近，日军在一处孤立的院落中设立了临时指挥所。陈正湘立刻命令通讯员传达其命令，调分区炮兵营的迫击炮连过来。很快，迫击炮连带着两门迫击炮赶到指定位置。这时陈正湘举着望远镜向敌方阵地望去，发现在对面的山梁上，有几个挎战刀的日军指挥官，正举着望远镜向我方阵地观察。而教场附近那座独立小院那儿也有挎战刀的日军军官进进出出。陈正湘判定：独立小院一定是敌人的指挥所。于是他立刻命令炮兵连长杨九祥，向独立小院日军的指挥所和对面的山梁开炮射击。杨九祥接到命令后立即指着对面的目标，向年仅 18 岁的炮手李二喜问道："怎么样？距离够得着吗？"

李二喜目测了一下距离，然后报告道："直线距离约 800 米，在有效射程之内，肯定没问题。"

"好。给我瞄准了。"杨九祥吩咐一声。

李二喜调整好炮口，等待指令。

"准备，开炮！"随着杨九祥的一声令下，李二喜对着对面山梁上那几个挎战刀的日军军官先来了一炮。

"好！"陈正湘从望远镜里发现，李二喜的第一发炮弹在对面山梁上那几个日军军官中间爆炸，陈正湘禁不住喊出声来。

紧接着李二喜的第二发炮弹响了。此发炮弹又正中日军的那所小院。炮弹爆炸后，只见小院内的日军跑进跑出，异常慌乱。也正是这一发炮弹，李二喜完成了他在抗战史上最辉煌的一次神射。原来被炸小院内的日军军官中，其中的一位就是日军此次战役的最高指挥官阿部规秀。当时阿部规秀被炮弹炸成了重伤，虽然一时未死，却已命悬一线。在炸弹中躲过一劫的日军第二大队绿川纯治大佐，急忙命令部下将重伤的阿部规秀抬到一隐蔽所在，命战地医生对阿部规秀进行紧急抢救，但阿部规秀终因伤势过重，医生回天无术，阿部规秀于当晚毙命。

阿部规秀死后，绿川纯治大佐一边指挥部队抬着阿部规秀的尸体向黄土岭拼命突围，一边令报务员呼喊增援部队向其急速增援。

8 日上午，敌机空投了新的指挥官，随后从唐县、完县、涞源赶来增援的日军也陆续赶到了黄土岭。此外，其他方面的大批日军也都扑向黄土岭，准备一举围歼我作战部队。我晋察冀军区司令员聂荣臻将军得到情报后，果断命令攻敌的杨成武部马上撤离，离开战场，转移到外线。

阿部规秀是抗日战争中被我八路军击毙的日军高级将领之一，他的毙命对当时中国人民的抗战是极大的鼓舞。

11 月 27 日，宣布阿部规秀为中将刚刚一个多月的日军华北方面军司令官多田骏，又亲赴张家口，为阿部规秀举行了隆重的追悼会，在吊唁阿部规秀的悼词中，多田骏哀叹道："名将之花凋谢在太行山上。"

阿部规秀在黄土岭被击毙的消息传到张家口后，张家口的一位教书先生曾作了一首打油诗道：

阿部规秀瞎胡闹，关公面前玩洋刀。
羽爷一怒发了飙，呜呼哀哉命没了。

正是：多行不义必自毙，子姑待之来得及。

## 第三十三回　男儿自古多奋起　保家卫国舞大旗

毛泽东主席曾说过：“哪里有压迫，哪里就有反抗。”

鲁迅先生在他的杂文《中国人失掉自信力了吗》一文中也写道：“我们自古以来，就有埋头苦干的人，有拼命硬干的人，有为民请命的人，有舍身求法的人……这就是中国的脊梁。”

日军自侵占张家口之后，张家口人民一刻也没有停止过反抗，他们竖起抗日的大旗，组织各种抗日武装，浩浩荡荡地投入到抗日的洪流之中，以各种渠道、各种方式，联系各方人士，共同抗日。

晋察冀抗日根据地，一直以来就是抵抗和牵制日军在华兵力的重要阵地。自抗战以来，八路军先后在张家口地区建立了察南抗日根据地、平西抗日根据地和平北抗日根据地，根据地军民在共产党的领导下英勇抗战，谱写了一曲曲可歌可泣的英雄凯歌。

张良祖祖辈辈以赌为生，是张家口堡子里有名的赌王。张良之所以被称为赌王，是因为他精通各种赌技，而且逢赌必赢。大凡桌上摆的、碗里掷的、手里抓的、地下押的，他只要走过去看上一眼，便知水深水浅，知此局赌得赌不得，局子背后做没做手脚，藏没藏老千，所以赌棍们背后又都称他为“鬼爷”，意为他同鬼一样，精明强干。

这一年，也就是日本鬼子进入张家口的前一年。鬼爷同张家口最有钱的阔少沈三公子一夜豪赌，赢了沈三公子的几十亩良田、一处宅子和五套马车后，便在赌桌上当众剁掉一根指头，宣布从今往后金盆洗手，永不再赌。

鬼爷说到做到，自打立下毒誓后，竟真的履行自己的诺言，再不涉足赌场。他将赢来的宅子和清水河岸的几十亩良田留给了儿子。自己则和媳妇儿赶着马车，回到了距张家口几十里外的乡下老家，过起了田园生活。然而他在乡下住了还不到一年的时间，便听到小鬼子打进了张家口。至此便每日担心起居住在张家口堡子里的儿子文清的安危。

文清今年不到三十，生得同他的名字一样，文静清秀。鬼爷虽然一生为赌，但他对儿子却管教甚严，从小培养儿子读书写字，从不让其涉足赌局。儿子稍大一些便送他上北平的高等学府进行深造。两年前，文清从北平回到张家口，到一所学校教了书，并娶了一位如花似玉的大家闺秀为妻，过上了独立的生活。鬼爷在乡下听说鬼子进城后杀了许多人，担心儿子的安危，每隔两三个月便要来张家口看看儿子，知其没事再回到乡下。

这天鬼爷正准备去张家口再看看儿子近况如何，没想到文清却一头汗水地从张家口赶回了家中，他一进门便“咚”的一下跪倒在了鬼爷面前：“爹，孩儿栽了。”

“栽什么了？快起来慢慢说。”鬼爷见儿子好好的没事儿，心中先长舒了口气。世间万物，人为第一，只要人活着，什么都好说。

“我把咱家的房子和地都输了。”文清起身后向鬼爷道出实情。

鬼爷听了儿子的话，沉吟片刻，然后不紧不慢地道：“我以为什么大不了的事儿呢，输就输了呗。那房子和地本来就是爹赢来的，不过爹不明白的是，你平时从不涉足赌场，为什么一下子就输了这么大一份家业？”

“唉，一言难尽。”文清坐下来向父亲慢慢地叙说起事情的前后经过。

日本鬼子进入张家口后，鬼子强迫文清所在的学校一律改教学生日文，文清虽为一介书生，但心中却充满了强烈的民族意识，面对鬼子的高压政策，他愤然辞职，回到家料理起了父亲给他留下的那几十亩农田，暇余便上堡子里街上的茶肆酒馆坐坐，听听城内的新闻。前些日子他听说日本人在城隍庙内开设了赌馆，里面还特设了围棋室，专门与中国人叫阵。文清自然想与其较量一番，杀杀日本人的锐气。然而待文清去了围棋室，与鬼子棋手一过招，却是大败而归，身上所带的几十块大洋全都捐给了小鬼子。文清咽不下这口气，倾家中所有，与小鬼子再战，但每战都是输多赢少，鬼子的棋实在厉害。特别是那位叫龟田雄一的日军宪兵队长，文清与其交战，从来都没赢过这家伙，家中的银子很快都被他输尽。后来文清在他人的蛊惑下，只好借钱上了赌桌，想利用押宝、掷骰子等其他赌博方式往回扳本儿，谁承想本没扳回来，却将父亲留下的田地和宅子也都押了进去。最后不得不将媳妇儿寄存在岳父家中，只身跑回乡下请父亲，想让父亲出山来对付鬼子，将其输掉的家业再赢回来。

鬼爷听了儿子的叙述，双目微闭，没有责怪一句儿子，但却将一腔怨恨都迁归到了小鬼子头上——奶奶的小鬼子，如果你们不打进中国，不强迫我儿教东洋话，我儿能输这么惨吗？不行，我得替我儿再赢回他输掉的那份家业。

鬼爷主意拿定，便立刻招呼儿子随他即刻返回张家口。为了儿子他宁可践踏自己永不再赌的诺言，也要与小鬼子决一雌雄。

鬼爷和儿子来到张家口，便直奔日本人在城里开设的赌馆。众赌徒见金盆洗手后很久都没有露面的鬼爷突然在日本人开设的赌馆里现了身，均感到惊讶和稀奇，纷纷上前问候。鬼爷一边同众人搭话，一边来到庙堂掷骰子的地方。此时掷骰子的八仙桌前，十几位赌徒抢着一只木碗，正围着一位三十多岁的日本人轮流掷骰子，鬼爷站在一旁看了几眼，发现轮到日本人掷骰子的时候，这家伙总要将碗放到桌子正中稍靠近他身体的部位，而且碗内掷出的点不是“四五六”点，就是“三四五”点，总是这家伙赢，便觉得奇怪。他悄悄退出人群，向跟在身边的儿子文清耳语了几句。文清听后立刻蹲下身从两位掷骰子的赌徒腿间钻到了桌底。果然它在桌子底面发现了问题。他立刻将嵌在桌子底面的一块碗底大小的磁铁用小刀掏了出来。此时鬼爷再看桌面上日本人碗中所掷的骰子再也蹦不出大点了，不由暗暗一笑。

原来，这日本人所掷的骰子里面含有铁的成分，日本人将掷骰子碗放到桌面有磁铁的部位，骰子上的小点便被桌底的磁铁所吸，上面自然全部成了大点，日本人岂有不胜之理。鬼爷不动声色地让文清破了日本人的机密后，这才挤进人群上场豪赌起来，这一下日本人可惨了，连着掷了几次骰子也掷不出大点儿，他想查看一下桌底的机密，众目睽睽之下却又动身不得，最后只好干瞪着两眼，让鬼爷将大把的钱赢走。

鬼爷在掷骰子的桌上赢了一大笔钱后，转身又来到了押宝的地方。这押宝的玩法又不同于掷骰子，掷骰子只由一人坐庄其他人押就成，可这押宝却是由二人设局众人来押。鬼爷来到押宝室的时候，室内已聚了许多的赌徒，其中有不少的日本人。日军驻张家口城防大队山本少佐，也光着膀子挤在人群中饶有兴致地押着。鬼爷平生最爱玩的赌局就是押宝，而且还是专爱设局。他进屋后依旧先在宝桌跟前看了一阵，觉得里面没什么猫腻后，等做局的两位日本人撂了宝盒，他才上前将宝盒接过道："我来做两宝。"

"你的金钱的有？"山本少佐见鬼爷接了宝盒，禁不住瞪着眼睛问道。

鬼爷微微一笑，"你押多少我赔多少。"刚才鬼爷在掷骰子的时候已赢了一大笔，而且身上还带着几千两的银票，所以他是成竹在胸。

"吆西。你大大的好！"山本伸出了一只大拇指。

于是鬼爷喊上文清来到了做宝的套间内。这做宝的房间只有做宝人才能进得，里面的机密外人是一点也窥探不到的。

鬼爷进屋后对文清道："儿子，今天这宝要么咱就赢他个底儿朝天，要么咱就输个血本无归，你看怎样？"

"干。"文清虽说是一介书生，但此时却是豪气冲天，一点也不胆怯。

父子俩在密室内商量一番后，鬼爷便将所做的第一宝让儿子拿了出去。等在外边的赌徒一见文清端着宝盒出来，纷纷在用"十"字格分开的一、二、三、四杠内下了注。文清见众赌徒下注完毕，看了一下桌面，发现一、三杠内的注少得可怜，而二、四杠内赌注较大，尤为四杠内，大部分赌徒都像事先商量好似的，将重注压在四格内。文清心中一慌，心中不由念道：“老爹呀，你可千万别做四。”

然而等他当众一揭宝盒，却发现盒内鬼爷所做的竟然就是一个四。文清心中禁不住“咯噔”一声。这一宝文清父子俩几乎将掷骰子所赢得的钱损失殆尽。文清赔注后马上高喊着通知室内的父亲：“免四去一，二、三收钱。”随后他将宝盒从墙上一个只有人头大小的孔内，放进了密室的桌上。

片刻，文清将鬼爷所做的第二宝的盒又从孔内取出。众赌徒在十字格内下注后，他打开了宝盒一看，鬼爷盒内做的仍旧是四点，而此次大部分赌徒却将注压在了二、三上，这一回文清在外狠狠地收了一笔，补了一宝的亏空还略有盈余。文清对老爹第二宝所做的这一“连二拐”大为敬佩。

然而接下来的第三宝灾难却来临了，大凡做宝和押宝的人相互间玩的都是一种心理战，凭的是双方的运气、机智、胆量和正确的分析判断能力。鬼爷在连做了两个四点后，第三盒却仍旧做了四点。而此次他却彻彻底底地通赔了。此注，赌徒们似乎都掌握了鬼爷“宁愿一棵树上吊死”的性格特点，全将注压在了四上。仅山本少佐一人就独押了300两银子。文清一开盒，头上便冒出了冷汗。因为此注一赔，他怀中父亲交给他的几千两银票，已差不多快输完了。

“免四，免四，再免四，另外三门没有事！”文清连向鬼爷喊话的声音都有些发颤了。然而接下来的第四宝，鬼爷依旧做了四。可此次赌徒们谁也不敢再在四上下注了，文清这边的危机开始出现了好转。在随后的第五、第六一直到第十一宝，鬼爷干脆一直将四做到了底，可是室内的赌徒却像中了邪一般竟无一人敢在四上面下注了。文清所赢的银子，一时间在他身后的桌子上堆成了“山”。

“鬼，鬼的干活。”山本此时已被鬼爷连续做的十一个四吓得再也不敢下注了。众赌徒见山本住了手，也像闹钟起了油腻一般全都停了摆。其实即使山本不住手，众赌徒也押不下去了，因为赌徒手中的钱均已被鬼爷做的十一个四全部划拉完了。输红了眼的赌徒回头再看文清桌上所赢的那堆钱，不知什么时候早被转移得没了踪影。

就在众赌徒纷纷议论文清所赢的钱的去向的时候，文清却撂了宝盒，兴高采烈地走进了鬼爷做宝的密室。然而令他做梦也没想到的是此时的鬼爷早已耷拉着脑袋坐在一张椅子上死去多时。原来密室内的鬼爷在做了第三个四点后由于全部赔通，精神一紧张，心脏病突发，眼睛一翻，便去了“那边”。而室外的文清却毫不知情，仍将宝盒从孔内接来送去。其实从第四盒开始宝盒内的那个四点鬼爷根本连动都没动过。

文清赢了那么多的钱，小鬼子又岂能放他过去。山本见文清进了密室，而身后所赢的钱又不知去向，遂一脚踢开密室的门，带着几位鬼子冲了进去，要拿文清父子俩是问。可当他一看见鬼爷已经死去，文清哭着扑在鬼爷身上哭天喊地时，便向另外几位鬼子摆了摆手，退出了密室。

三天后，在鬼爷老家的山脚下，一身素裹的文清和妻子红玉，跪倒在鬼爷的坟前，他的身后站着四五位陌生男人。

“爹，孩儿不孝，竟欺骗了你，其实我根本就没把田宅输掉，而是将其变卖后把钱全部捐给了我们张家口的游击大队，用来买了枪支弹药。我把您从家中骗进赌馆也是为了给咱游击大队筹集军费，没想到您却……”文清哽咽着再也说不下去了。

“政委，请你节哀。鬼爷是为了给咱们游击队筹军饷才死的。如果没有他老人家做的那十一个四，我们从哪儿能得到那么多的军饷呢？”此时站在文清身后的一位中年汉子上前将文清和红玉搀扶了起来，此人正是文清的搭档，游击大队队长向正怀。

原来文清早在北平读书时便秘密地加入了北平地下党组织，后来他被党组织委派与向正怀一起回家乡发展党的武装。几天前文清在赌馆所赢的那堆钱，后来被向队长和给文清打掩护的那几个游击队员全部秘密地转移到了根据地。

不久，文清和向队长率领的游击大队用文清所买的枪支向驻扎在张家口周边的小鬼子开了枪。

正是：驱倭寇，蓄力量，巧施手段。
　　　筹经费，父出山，为抗敌顽。

# 第三十四回　同盟国对日宣战　乔逸飞营盘救难

1945年2月，苏联、英国、美国三国首脑在前苏联雅尔塔举行了会议，根据会议协议，苏联要在德国投降及欧洲战争结束后宣布对日作战。7月16日，中国、美国、英国三国发表《波茨坦公告》，促令日本无条件投降。

1945年8月8日，苏联对日宣战，9日，华西列夫斯基元帅指挥苏联3个方面军、131个师、117个旅共计150万人，从西、北、东3个方向越过中苏蒙边界，向日本关东军发起了大规模的进攻。随后，美国也在日本的广岛和长崎投下了两颗原子弹，也发动了对日的全面进攻。与此同时，毛泽东主席发表了《对日寇的最后一战》一文，号召八路军、新四军及其他人民军队和中国的一切抗日力量，对日寇进行最后的战斗。

8月11日，苏联机械化集团军，从西路和蒙古国的一支骑兵部队，越过草原戈壁沙漠，浩浩荡荡地从西北直奔张家口而来。朱总司令立刻指令晋察冀边区司令聂荣臻将军迅速派出部队，接应并配合苏联红军作战。14日，苏蒙联军占领张北县城，迫使日军退至狼窝沟一线。同日，我八路军察蒙骑兵支队，遵照聂荣臻将军的命令，在副支队长吴广义、副政委肖泽泉、柴书林率领下，开始寻找联络苏蒙联军。16日察蒙骑兵支队与普列耶夫上将率领的苏蒙联军在张北会合。18日，平北军分区司令员詹大南也到达张北，与苏蒙联军联系对日作战事宜。

8月19日，苏蒙联军抵近狼窝沟日军前沿阵地，与日军展开了激战。战至22日晨，苏蒙联军占领了狼窝沟全线阵地，日军被迫撤离。此后，苏蒙联军遵照总部不得越过外长城的命令。没有再向张家口市区方向追击日军，始终在狼窝沟一线待命。苏蒙联军不再向张家口进攻，而我八路军却没有停止进攻的脚步。16日，平北军分区司令员詹大南、政委段苏权率领主力部队第十团、第二十团和分区教导大队，遵照上级命令开始向张家口逼近。与此同时，察南军分区第二十团、晋察冀军区独立五团也开始日夜兼程向张家口合围，这些部队从东西南三面将张家口团团包围。

而此时张家口市区，日伪军已乱作一团。驻守张家口的日军独立第二混成旅团和第一一八师团沿平绥线开始向北平方向撤退。在此后的几天里，大批日军侨民也集中在火车站开始向北平、天津一带逃跑，整个张家口火车站乱作一团。站台和铁路两旁，到处都是日军丢弃的军械物资、车辆、行李箱包。伪蒙疆政府主席德王。伪蒙古军总司令李守信和部分官员携带财产及卫兵，夹杂在日军撤退的火车上，也逃往北平。驻守在张家口的一般政府要员，见日军及其家眷和首脑人物都纷纷逃离，也开始逃的逃藏的藏。整个张家口市区一时失去了管控，这可乐坏了市区和周围村庄的百姓。日军侵占了张家口整整八年，在这八年里，百姓们一直生活在水深火热之中，现在眼见得日本人和汉奸头子都纷纷逃离，知道是八路军快打过来了，便纷纷走上街头，开始捡日伪军丢弃的日用品。一些胆大的百姓，见日本人设在工业街和东山坡的日军兵营仓库（百姓称之为营盘）已无人看管，便涌了进去。他们砸开工业街营盘内仓库的门锁往里一看，见里面堆放着的全是生活用品——白面、大米、白糖等堆积如山，于是大伙不管三七二十一，开始扛起白面便往家搬，而且沿途奔走相告，引得更多的市民都奔向了营盘。仓库内的白面每袋50斤，人们背一袋很轻松。大米是用麻袋装着的，每袋200斤，人们背不动整袋的，就倒出一半背走。仓库满地都撒着大米。白糖是用蒲草包装着的，每包150斤，人们能背就背，不能背也倒出一点。有的人开始背的多，走到半路上背不动了再往外倒。所以一路上撒的都是大米和白糖。另外还有挂面，都装在一只木箱内，每箱40斤，人们抢了一箱又一箱，此场景就像人们逢年过节时从单位分年货一般，热闹极了。

另外一波市民，此时砸开了东山坡营盘内的仓库。此仓库里面堆积的全是军用及战略用品。军被、毛毯、军装以及成桶的汽油、煤油满房内都是，于是此处的哄抢也开始了。人们将成包的棉被、毛毯，肩扛、身背纷纷往家中弄，当然鬼子的军装是没人敢要的。此外也有人专来此抢那成桶的煤油。因为当时的电还没普及，煤油当时可以用来点灯，而汽油却都觉得没什么用处。人们将桶盖打开后，一旦发现是汽油，便再打开下一桶，直到发现桶内装的是煤油，便装入背着的油篓内，然后一点一点往家运。抢营盘的活动整整持续了三天，直到八路军从外打进来占领了市区，哄抢才停了下来。

乔逸飞今年三十出头，出身于中医世家，自幼同爷爷学习中医，20岁时就读于燕京大学，后到日本学习西医。归国后被日军强留在北平日军医院。8月15日，日本宣布投降后他离开北平，回到了张家口居住在东山坡一带的家中。

这天，他正躺在家中看书，隔壁豆腐坊石老汉家十来岁的小孙子——小豆子从外推门进来："乔叔，乔叔，快到东山坡日本人的大营盘内抢东西去吧，日本人都跑了，里面的东西可多了，人们都在抢呢。"小豆子自打乔逸飞从外地回来就整天和他粘在了一起，他告诉乔逸飞。

原来这小豆子今天一大早便同爷爷像以往一样，用单轱辘小车从家中推着刚出锅的四桶热豆腐往东山坡鬼子的营盘里面送，因为鬼子每天都要他们送四桶豆腐到营盘内。可今天祖孙俩到了鬼子的营盘内，发现里面静悄悄的，那么大的营盘里面连个鬼影都没有，才知道鬼子都撤走了。随后，祖孙俩便看到有许多百姓从外进来，然后砸开日军仓库的门锁，开始抢里面的东西。起初，祖孙俩不知此间发生了什么事情，只是傻愣着看人们一包一包地从里面往外搬东西。直到有一位中年大叔扛着一包东西来到祖孙俩面前，告诉他们说小鬼子都跑了，人们都在抢库房内的东西时，祖孙俩才明白了是怎么一回事，遂也跟着人们去库房内搬了两只大包放在小推车上，然后推回了家。到家后祖孙俩打开包一看，见一只包内装的全是军用毛毯，另一只包内装的却是鬼子兵的服装。爷爷害怕那些服装会惹出麻烦，便又用车将其推出去扔掉了，而小豆子便跑到乔逸飞家中告诉了他此事。

乔逸飞闻听小豆子所说。赶忙出去赶了自家的小驴车，也去了东山坡日军的营盘内。乔逸飞来到营盘后，没像其他人一样去库房抢毛毯、被子等用物，而是直奔日军营房内的医疗室而去。乔逸飞奔医疗室的目的，主要是想找一些日本人丢弃的医疗器械和药品，准备将来自己在家中开个诊所。

很快，乔逸飞来到了门外挂有医疗室牌子的房屋。医疗室里面的各种药品和医疗器械都原封不动地摆放在那里。乔逸飞在房屋转了一圈，然后来到了最里边的理疗室。他轻轻推开门却怔住了，原来静悄悄的屋子里面却隐藏着两个年轻女子，其中一位躺在床上脸色蜡黄。乔逸飞凭多年的临床经验一看，便知躺着的女子得的是什么病，而且病情极为严重。另外一位女子站在病女子床头前，腿一个劲儿地打战。乔逸飞将二人打量一遍，发现两人尽管因害怕脸色遽变，但却也掩饰不了她们惊人的美貌。乔逸飞见室内是两位女人，正想退身出来。站着的那位女子突然“咚”一下跪倒在地下，嘴里叽里咕噜小声说着什么。乔逸飞听出她说的是日语：“不要杀我们，你让我们干什么都可以。”

乔逸飞看到此景，赶忙也用日语道：“别怕，我是医生，我不会杀你们，快起来。”

跪着的女人见乔逸飞说的是日语，稍稍不再害怕，战战兢兢地站起了身。

“她的病很重。”乔逸飞指着床上的病人对那个女人道，“要赶快为她医治，否则……”

“她已病了很长时间，昨天夜里我在此陪护她，可是他们抛下我们走了。你是医生。快救救她吧！”起身后的女人哭诉着告诉乔逸飞。

乔逸飞感到为难了。作为医生，救死扶伤是他的责任，可病人却是日本女人，而他来此的目的是要搞些医疗器械和药物之类的东西，而并非救人，可没想到却遇上了麻烦，他开始犹豫了。

“你救救她吧，不要让她死在异国他乡。”站着的女人见乔逸飞犹豫，又重新跪倒在他的面前。

乔逸飞心一软：“我可以救她，但她必须跟我走。”

女子听了乔逸飞的话，忙站起身来：“谢谢，谢谢！”

乔逸飞走到病女人床前，安慰她道：“放心，你的病我能治好。”

病女子听了他的话，咧咧嘴想笑，却没有笑出来。他看到她脸上挂着两颗晶莹的泪珠。随后，乔逸飞让另外那位女人帮忙，先将那个病女人抬到外面的车上，然后将医疗室内的医疗器械和药物收拾一下，装了满满两箱，也抬到了车上。他准备将那病女人带回他家中为她医治。

一切就绪，乔逸飞牵着驴车正要走，“我怎么办？”另外那位日本女子见乔逸飞没有带她走的意思，马上上前拉了他的胳膊，“我叫木子，是位护士，我能帮你做事。”

一位还没走，现在又缠上了一位，这该如何是好？乔逸飞沉思片刻，觉得木子所说很合情理，自己是医生，今后开医疗诊所，肯定用得着护士。遂点点头同木子道：“那你也跟我一块走吧。”

乔逸飞家中共四间正房，东西各有厢房，南面也有三间门脸房，门脸房他是准备开诊所用的。

乔逸飞将两位女子带回家中后，安顿其住到了西边的厢房内。然后马上开了张药方，喊来隔壁的小豆子，让小豆子到宝仁堂药店抓了五服中药回来。根据中医学的望、闻、问、切，乔逸飞已诊断出女子得的是急性黄疸型肝炎。他将抓来的药煎了一服先让女子服下，而后又找了些西药作为辅药，也让女子喝了。等女子安然入睡后，乔逸飞这才收拾从营盘内弄回来的那一堆东西。

入夜，乔逸飞来到西厢房内，看那病女子醒着，精神好像已有所好转。

“谢谢你救我！”女子见乔逸飞来到她的身旁，嘴唇轻轻翕动，用日语说了句话。

乔逸飞见她说话，马上安慰道：“现在你还需要忍耐几日，三服药之后你的病会大有好转。”他用日语和她对话。

女子点点头，目光中满含着信任：“我是朝鲜人，名叫朴玉姬。”她告诉他。

乔逸飞一直以为叫朴玉姬的女子是日本人，没想到她却是朝鲜人，一时感到很惊讶。

“你已累了一天了，快去休息吧！”朴玉姬劝慰乔逸飞道。

乔逸飞心头一热。这么多年来他还是第一次听到有人关心他，遂又看了她几眼，这才回到他的房屋休息。

翌日，乔逸飞让女子服药后，和那位叫木子的女子，将南面的门脸房收拾整理一番后，又去鬼子的营盘内拉回来两只摆放药品和器械的货架及一张病床安放在了门脸房内，然后将一块写有“乔记诊所”的招牌挂了出去，他的诊所便正式开业了。

三服药下肚之后，正如乔逸飞所说，朴玉姬的病情大为好转，她能独立起身下地行走了。通过两天来的接触，乔逸飞对玉姬的身世有了进一步了解。

玉姬出生于朝鲜汉城，家中除了父母之外还有一位哥哥。中日战争爆发后她被日军掳去作为医院护理人员来到中国，当时她刚刚18岁，还在学校读书。在日军军营内，她受尽了凌辱，白天她干的是护理工作，晚上却成了日军军官们玩耍的军妓，她恨死了那些不把她当人看待的畜生。若不是遇上乔逸飞，她现在说不定早已死在了那座营盘内了。

乔逸飞听了玉姬的讲述，除了同情之外，还产生了一种同病相怜惺惺相惜的情感，使他情不自禁地想起了他自己的不幸遭遇。乔逸飞在日本学习时，勤奋读书，刻苦钻研，将中国古老的中医文化与西医学结合起来，孜孜不倦地探讨着医学领域里的诸多难题，受到医学界的关注。然而正当他学有所成准备归国报效祖国的时候，厄运从天而降，他被校方强制送到日军军部供职，东洋人不希望他们培养出的优秀人才流往他处。不久卢沟桥的枪声响了，日军又将其送到侵华日军头子冈村宁次所部，他归国的愿望虽然实现了，但却是生活在群狼中。“山河破碎风飘絮，身世浮沉雨打萍。”那是一种什么样的日子啊！玉姬受凌辱、受强暴固然苦不堪言，而他却深受着心灵的煎熬。他用自己的手术刀医好那些战争恶魔，而恶魔却又重新挥舞着屠刀去屠杀中国人——自己的同胞，他的心在滴血。在日军军营中他每天都想着逃离魔窟，然而日本人却防备甚严，特别是对他这样医术高超的中国军医更是严密监视，他曾亲眼看到过有位同他一样的军医逃跑后被日军宪兵队抓回来就地枪决的一幕。此后他便打消了逃走的念头，但他的心却麻木了。他每天除了手术便是钻研书本，直到日军在宣布投降前夕，他从北平护送一位受伤的日军少佐去天津，趁机在返回的途中逃离魔爪。他虽然是逃出来了，但汉奸军医的罪名却使他永远无法证明自己的清白。不过值得庆幸的是，经过这么多年战乱，他的父母还双双健在，使他不安的心灵多少得到了一些慰藉。

正是：进营盘，抢米面，救得红颜。

开良药，脱苦难，同病相怜。

# 第三十五回　八路军收复张垣　张占彪归心似箭

8 月 12 日，八路军平北部队第十团、第四十团向张家口市区发起进攻，并迅速占领了清水河东岸全部阵地，将守敌压缩到了清水河西岸。十一时，从大同方向撤退的大批日军乘火车到达张家口，八路军同其展开激战。日军留一部分部队掩护，其主力部队乘车南逃。23 日拂晓，最后一批日军乘车逃跑。余下的伪军都龟缩在了伪政府和德王府周围。我军第十团、第四十团，以及随后赶到的第二十四团，迅速运动穿插到市区，将留守的伪军分割包围。直至下午三时，八路军肃清了张家口市区内的全部残敌，张家口回归到了我军手中。

正义从不会缺席，只是时间早晚的问题。张家口人民和共产党所领导的军队，经过八年的艰苦抗战，终于解放了张家口这座饱受苦难的城市。张家口是我八路军从日军手中收复的第一座省会城市。

1945 年 9 月，晋察冀党政军领导机关由阜平县移至张家口市。张家口遂成为边区直辖市。9 月中旬，军区司令员兼政委聂荣臻将军、副司令员萧克和程子华，副政委刘澜涛、罗瑞卿等八路军高级将领进驻张家口。

张家口成为晋察冀边区党政军首府后，中共中央对张家口的建设极为重视，把大批干部从延安调来工作，不少延安时期的文化名人与文艺单位都来到了张家口。抗敌剧社、挺进剧社、战线剧社、长城剧社、群众剧社、晋察冀日报社、新华书店晋察冀分店、晋察冀边区文联，以及边区主要文艺和文教单位，纷纷迁入张家口。邓拓、成仿吾、周扬、丁玲、艾青、贺敬之、郭兰英、田华等文艺工作者也都随单位来到张家口工作。他们的到来，使张家口的革命文化事业蓬勃发展，成为张家口文化发展历史上最辉煌的时期，张家口因而被誉为“第二延安”。

1945 年 8 月 25 日，张家口新华广播电台播出了八路军收复张家口市的胜利消息。被日军侵占八年之久的张家口已经回到了人民的手中。当时苏联首都莫斯科听到此消息后，按各国首都解放的规格，鸣礼炮 21 响，以此来庆祝中国共产党领导的八路军光复张家口市。

《没有共产党就没有新中国》是 1943 年由著名音乐家曹火星创作的一首歌曲。这首歌一经问世，便立刻引起了轰动，不到半年时间便唱遍了陕北及晋察冀边区。张家口新华广播电台，也就是张家口人民广播电台的前身，首次播音就播放了这首歌曲。

八路军解放张家口之后，很快接管了当地桥西区上古营一所四合院内的蒙疆电台，随后将其改名为张家口新华广播电台。此广播电台是当时华北地区功率最大，技术最先进的电台，西南、南亚、东欧及日本一些地区都能收听到该电台的广播。随后《没有共产党就没有新中国》的前奏曲便通过电波，响彻了张家口的大街小巷。此后，延安新华广播电台和张家口新华广播电台两台实行了联播。

当时，张家口新华广播电台分早、午、晚三次播音，全天播音共六小时，播出四次新闻，两次转播延安新华广播电台的节目，其余时间播出文艺节目。

张家口新华广播电台每天准确播出国际国内和晋察冀边区的新闻，宣传共产党和八路军救国救民的政策主张，广播对于稳定社会秩序，教育广大人民起了重要作用。尤其是开始转播延安新华广播电台的节目以后，影响面更为扩大。即使是远在国统区的军民也能收听到新华广播电台的节目。而且发生在当时最具影响力的一件大事便是国民党军飞行员刘善本的驾机起义。

刘善本（1915—1968），山东省昌乐县高涯乡泊庄村人。1935 年高中毕业后正值日本侵略军占领东北三省，民族危机日益加深，抗日热潮席卷全国。在“航空救国”思想的影响下，他考入了杭州笕桥中央航校，准备在空军中大干一番事业。毕业后，他被分配到了国民党空军八大队，当了一名空军飞行员。

1943 年春天，刘善本等 24 位飞行员被派往美国学习，学了三个月高级飞行技术。之后，他又学习了 B-24 型轰炸机飞行技术，最后被编入美国空军部队训练了半年多。学习结业后，美国方面挽留他在美军当教员，但他却摇着头说：“不，我的祖国正在遭受日本人的侵略，我必须回国参加战斗。”

1945 年春，他和 20 多名飞行员驾驶一批美国制造的 B-24 型轰炸机，取道印度回国，编入国民党空军序列。

在此期间，刘善本阅读了斯诺的《西行漫记》，又秘密地阅读了一本毛泽东的《新民主主义论》。这些书使他对中国共产党和八路军有了进一步的认识和了解，他的思想和立场开始向革命的方向转变。

不久，他收到了山东老家的一封来信，得知自己的弟弟妹妹已参加了八路军，心中异常兴奋。也恰巧在这时，他打开收音机，收听到了张家口新华广播电台的节目，节目中共产党八路军那些进步的思想深深地吸引着他，使他的心中萌生了弃暗投明，走上革命道路的想法。他暗下决心，要驾机起义，飞向解放区，飞向延安。如果说在此之前，他心中还有所顾虑的话，那就是他怕一旦驾机起义后，国民党会祸害他的家人，然而现在他不怕了，他的家乡已经解放，他再无后顾之忧了。

1946 年 6 月 26 日。他利用由成都去昆明运输美军移交的通信器材的机会，驾驶飞机巧妙地摆脱了国民党空军的地面控制，切断了与地面的一切联系，以防止国民党飞机空中的拦截追踪。随后他在没有地面导航的情况下，打开飞机上的收音机，寻找到张家口新华广播电台的频率，按着所接收到广播电台发出的声音，沿着节目播放的最强音，一直向北，向着延安方向飞行。途中由于没有地面导航，他曾几次偏离航向，但方向一旦偏离，新华广播电台的声音便由强变弱，他随即再重新调整方向，向着电台发出的最清晰、最强音的方向飞行。机上，随刘善本一同飞行的三位机组人员并不知刘善本要飞赴延安，当发现飞机与地面失去联系后，一位机组人员问其怎么回事，刘善本只告诉其与地面联系的仪器出现了故障。就这样，在新华电台声音“导航”的指引下，经过不断地调整方向，刘善本最终飞抵延安上空。当机组人员发现情况不对，再问刘善本要飞向何地时，刘善本这才如实告诉机组人员：“我要带你们奔向光明的地方——延安。”事已至此，机组人员只好按着刘善本的意愿，由刘善本驾机缓缓地降落在了延安机场，因为飞机是掌控在刘善本的手中，稍有不慎举动，后果将不堪设想。

刘善本此次飞赴延安，开创了国民党空军驾机起义的先例。事后，同机组的几位人员对刘善本带领他们投奔光明感恩戴德，若不是刘善本带领他们起义，其后果只能是随国民党逃往弹丸之地台湾了。

在随后延安召开的欢迎刘善本起义的大会上，毛泽东、朱德、周恩来等领导亲临会场，对他的起义给予了高度的赞扬。

在刘善本的影响下，国民党空军先后有100余人，驾驶42架飞机起义。周恩来总理称：“刘善本同志是国民党空军起义的带头人。”

刘善本驾机起义后受到解放区人民的热烈欢迎。不久，他按毛泽东主席的指示，赴东北参加创办全国第一所航空学校的工作，被任命为校长，为初建的人民空军培养了大批骨干。我军的空军战斗英雄张积慧、赵宝桐、王海、韩德彩等人，就是由刘善本亲自教出来的学生。

1949年2月，刘善本光荣地加入了中国共产党。1949年10月1日，在举行开国大典时，刘善本驾驶C–46型飞机，作为空中分队的领队长机，飞越天安门上空，接受了党和国家领导人的检阅。

1951年11月，刘善本担任航空兵第十师师长，率师参加抗美援朝战争。首次组织空军进行夜袭作战，并使用了电子对抗和照明轰炸等战法，重创了敌军。此后刘善本被授予了少将军衔。

刘善本的起义发生在那样一种特定的历史条件下，其意义已经远不再是他单纯的个人行为了。正如当时一位诗人所写的：

这是一声响亮的信号，
它宣告人民不朽，
正义不朽。
在雷鸣的号角里，
一切魔鬼都要退掉。

张家口的新华广播电台不仅使得刘善本在收听了之后，驾机起义回到了人民的怀抱，此外还有其他人在听了张家口新华广播电台所播节目之后，欣喜若狂，彻夜难眠。

这里，我有必要再讲述一下我们在前面章节里讲到过的我们张家口的两位人物——高飞燕和张占彪。因为此二人都收听到了张家口新华广播电台所播的节目。

张家口战役之后，身负重伤的高飞燕和张占彪随军撤离后便被送到了二十九军的后方野战医院。经过一段时间的医治，二人的伤情开始逐渐好转。此间，高飞燕在医院结识了二十九军一〇九旅旅长何基沣。

何基沣（1898—1980），河北藁城人。1933年初，在喜峰口抗击日军。卢沟桥事变前率部驻守卢沟桥一带，曾多次挫败日军。1937年11月上旬，何基沣率部退守大名府，与大举围攻的日军展开殊死搏斗，同敌人血战三天两夜，终因弹尽援绝而失守阵地。何基沣悲愤至极，在被部下强拽上马撤到河南南乐县城后，拔枪自戕，不惜一死以谢天下。当时何基沣左胸中弹倒在血泊中，幸得部下及时抢救方得脱险。

何基沣在医院养伤期间，恰同高飞燕所住病房相邻，而此时，高飞燕的伤情已基本痊愈。何基沣的民族气节和以死报国的抗日情怀深深地感动了高飞燕。在何基沣治疗期间，高飞燕经常来到他的病床前，陪他说话聊天，悉心照料他，二人结下了深厚的友情，成为同气连枝的好友。不久，高飞燕伤好归队。临行，他与何基沣辞行，二人依依不舍。何基沣要求高飞燕等他出院之后调往他的部队供职。高飞燕点头答应。

何基沣在养伤期间，认真思考探索救国之路，后来他经过中共地下党员李萨南介绍，了解了八路军和解放区的真实情况。此间他也阅读了斯诺的《西行漫记》，产生了到“共区”去看看的念头。后来他伤好出院后，在武汉见到了西北军的故交——共产党员赖亚力，并通过赖亚力的引荐，在八路军办事处见到了周恩来，然后由周恩来安排于1938年2月秘密到达延安。到达延安的当晚，毛泽东主席便接见了他，高度赞扬了他的抗日功绩。在延安一个月零五天的时间里，何基沣同刘少奇、朱德等共产党高层领导多次交谈，思想上发生了很大的转变，使他深深感觉到共产党才是救国救民的政党。在离开延安前夕，他向党组织递交了一份入党申请。当时党中央决定他仍回到国民党军队中去工作。1939年1月何基沣被批准为中国共产党的秘密党员。此后，何基沣根据党的指示又回到了国民党军队之中，任七十七军军长。不久，何基沣履行其诺言，将高飞燕调到了他任职的部队，担任其副官。从此高飞燕便跟随在了何基沣的左右。这一跟便决定了高飞燕随后的命运。

1945年9月下旬的一天，高飞燕在军中秘密地收听到了张家口新华广播电台的广播，从广播中他得知张家口已成为晋察冀边区政府首府，心中一时间百感交集。此时他离开张家口已有八年之久，在这八年之中，他无时无刻不在想念他在张家口的妻子、儿女和父亲，他负伤随二十九军撤离张家口之时，他的小女儿还不到四岁。他在国民党军中做梦都想着能够有一天回到家中去看望他的家人。可当时国共之间一直处于对立状态，他何时才能回到他的故乡呢？不久，内战全面爆发。高飞燕回家的月子变得更为遥遥无期。1948年高飞燕已升为何基沣所在部队一八四团的上校团长。淮海战役时，时任国民党军第三绥靖区副司令的何基沣和中共地下党员，同样是第三绥靖区副司令的张克侠，率领第五十九军两个师及第七十七军一个半师共两万三千多人，于 11 月 8 日在贾汪、台儿庄地区临阵宣布起义，加入了人民解放军的行列之中。该起义正式揭开了淮海战役（徐蚌会战）的帷幕。何基沣和张克侠的成功起义为我军进行淮海战役奠定了胜利基础。二人的率部倒戈是全国内战爆发以来规模最大的一次起义。自然，身为团长的高飞燕在此次起义中也是功不可没。他暗自庆幸自己跟了何基沣才避免了后来悲剧的发生，因为他原来所在的部队不久之后便跟着刘汝明逃到了台湾。当然这是后话暂且不提。

回头咱再说这张占彪，高飞燕在出院前又上张占彪所居的病房看望了他的这位小老乡。张占彪的伤情要比高飞燕重得多，左腿留下了终身残疾，今后怕是再难留在部队了。好在刘姑娘日夜陪伴在他的身旁，他也算是因祸得福了。高飞燕就在两天前刚刚为张占彪和刘姑娘在医院主持了婚礼。高飞燕从外进来时，张占彪和刘姑娘正说着情话。而高飞燕此时已知道了二人之间所发生过的事。张占彪夫妇也已知道了高飞燕明日即将归队一事，三人心中均无比的伤感。战乱期间，如此一别不知将来何时才能再次相见，而且能不能再相见此时都未知。为了打破房间内沉重的气氛，刘姑娘从外面买了些酒菜回来，三人开始借酒抒怀，以叙惜别之情。

不久，高飞燕回到了部队。很快，张占彪也伤愈出院。部队给了他一笔相当丰厚的安家费，他带着刘姑娘就此离开了二十九军。

家乡已被日军侵占，而且张家口到处都是汉奸特务，他这么一位曾参加过抗日的军人，又岂能回得了家乡呢？无奈之中，他只好拖着一条伤腿，带着妻子辗转到了后方重庆，用安家费买了两间房屋，在政府部门找了一份看门送报的差事，勉强度日。后来，刘姑娘为他生下了一个七斤多重的大胖小子，给他和刘姑娘平添了无尽的喜悦与欢乐。张占彪为儿子起名为张圆，有着张占彪将来能回张家口与祖母团圆之意，同时张圆与张垣同音，也寓意着他对家乡的思念。

1945 年 8 月，日本投降了。不久，他从张家口新华广播电台中，得知了八路军收复了张家口的消息，一时间他禁不住热泪盈眶，激动地搂着妻子和儿子道："咱们能回家了！"

很快，张占彪便变卖了重庆的房屋，踏上了回家乡张家口的行程。

正是：剑外忽传收蓟北，
初闻涕泪满衣裳。
却看妻子愁何在，
漫卷诗书喜欲狂。
白日放歌须纵酒，
青春做伴好还乡。
即从巴峡穿巫峡，
便下襄阳向洛阳。

# 第三十六回　张市长收贤纳才　患难人日久生爱

张占彪带着妻儿一路北回，如果用一句歇后语来形容他归途中的心情，即为上一回标题所言：王八肚里插鸡毛——龟（归）心似箭。然而他愈想着尽快归家，愈是心急马不快。沿途张占彪眼中看到的到处都是国民党军队的接收部队及家眷。这些军队都向着被日军占领的全国各大城市驰奔。无论是天上飞的，地下跑的，水里漂的，凡能坐人的交通运输工具，上面都密密麻麻地挤满了人。经过近两个月的辗转，这一年的 11 月底，张占彪带着妻儿终于回到了他阔别八年之久的张家口。

一踏上故乡的土地，张占彪的心情立时轻快了许多。张家口虽然面貌依旧，但气氛却与八年前大有不同。街面干净整洁，道路上到处都可以看到八路军的工作人员在街头巷尾张贴标语，宣传共产党和八路军的主张。文艺队员则在空阔的场地上表演节目。街上行人和观看节目的群众脸上，都洋溢着喜悦，使得张占彪不由得为之振奋。

再说居住在武城街的张占彪的祖母张母，自从八年前孙儿跟着部队走了之后，每日都在盼望着她的小彪彪能够回到家中与她团聚，而且心中也时常惦念着孙儿的安危。八年过去了，她不知她的孙儿现在何方，更不知他是死是活。战争期间，一切可能都会发生，况且孙儿又是位军人，她每日想孙儿，但却从不往坏处想，也不敢再去让李半仙算一下孙儿的那一劫躲过没有。她倒是时常去她家铺子斜对面的高鞋匠家中去坐坐，向他儿媳打探一下高飞燕的消息，因为她知道她的孙儿是和他高叔在一起的。然而打探结果，直到高鞋匠三年前故去，高飞燕也没能回来，高家儿媳对高飞燕的去向也是毫不知情，不知其死活。而且高飞燕的儿子小虫子已长到了十八九岁，女儿青青也已长到了十多岁，但她一直记不起父亲长啥模样，因为高飞燕离家时，青青才刚三岁多一点。两个女人都在等——一个是在等她的孙儿，一个是在等她的丈夫。家中没有顶梁柱的日子，生活过起来是十分艰难的。而且张母年岁也七十有余，经营店铺已感到力不从心。出于同病相怜和邻居间的相互关照，以及彪子和高飞燕同是战友的情分，张母此后干脆将店铺让给了飞燕媳妇来经营，两家人合为一家，艰难度日。

然而就在这天傍晚，店铺即将关门歇业之时，张占彪却领着妻儿步入了店铺——他回来了。

"奶奶！"张占彪进门后一眼便认出了已是满头银发的张母，禁不住高喊一声扑上去抱住了祖母。

面对突如其来的情景，张母先是一愣，但紧接着很快便知道了紧抱她的人是谁了。"彪子！你是彪子，真的是我的彪子回来了？"张母挣开张占彪的怀抱，仔细打量着眼前的张占彪。

"奶奶是我。我是彪子。"张占彪眼含热泪，激动地道。

"彪子，你还活着？"在证实了眼前之人正是她日思夜想的孙儿张占彪后，张母再也控制不住自己的感情，哭着又将张占彪抱在了怀中。

这时，站在一旁的刘姑娘也拉着儿子张圆，来到了张母面前："奶奶。"她喊了一声。

张母闻听，急忙松开张占彪，回过头来怔怔地望着刘姑娘母女俩。

"奶奶，这是你的孙媳妇儿和曾孙子。"张占彪赶忙将娘儿俩介绍给了张母。然后又对儿子张圆道："张圆，快叫太太。"

"太太！"张圆怯生生地喊了张母一声。

"哎！"张母答应一声后已高兴地喜上眉梢。"真是老天爷保佑我张家啊！我的孙儿一家人回来了！"张母双手合十对着店铺内供奉的财神爷连连祷告。

这时站在一旁的高飞燕媳妇儿秀娟，见张占彪一家人相认完毕，这才走到张占彪面前急切地问道："大侄子，你高叔怎么没和你一块回来？"

此刻张占彪也认出了高飞燕的媳妇儿。"我高叔我也已有好多年没见过他了。他一直没有回来过？"张占彪反倒问起了高飞燕的媳妇儿。

高飞燕媳妇儿痛苦地摇了摇头："自从你们走了以后，他就一直没回来过。"

"放心吧高婶，日本鬼子已被我们打败了，我高叔也一定很快会回来的。"张占彪安慰道。

高飞燕媳妇儿默默地点了点头。张占彪看到她眼中已浸满了泪花。

"他高婶，你也别太难过了，彪子回来了，他高叔肯定也会回来的。咱赶快做饭吧，今儿个咱们好好地吃个团圆饭。"张母向高飞燕媳妇儿吩咐道。

"哎。"高飞燕媳妇儿抹了下眼泪，赶忙下厨张罗饭菜。

这一晚，张高两家人欢聚一堂，其热闹场面咱暂且不表。

回过头来咱再说一下这开诊所的乔逸飞。乔逸飞自从将朴玉姬接回家中之后，玉姬的病经过他的精心医治，病情很快得到控制，一个月之后便基本痊愈。玉姬在张家口举目无亲，这段时间除了和乔逸飞及木子在一起外，她别无去处，只能留在乔逸飞的诊所。

由于乔逸飞医技精湛，中西贯通，自打开了诊所之后，治好了许多前来就诊的病人，即使是奄奄一息的患者，经他医治后，病情便大为好转。此后，张家口东山坡乔记诊所乔大夫的名气便传遍了整个张家口及周边村落，每天前来其诊所看病的人络绎不绝。乔逸飞既看病又开方，一时忙得不亦乐乎，玉姬自然也成为他的重要帮手。她和木子一个为病人打针输液，一个帮乔逸飞接待病人，抓药配方，三个人各司其职，每天都忙忙碌碌，日子过得紧张而又充实。

这天傍晚时分，看病的人已逐渐减少。乔逸飞看完最后一个病人之后，正要关门歇业，忽见有两位四十多岁的中年人在两位挎枪卫兵的保护下，走进了诊所。这两位中年人一位穿着便装，一位穿着八路军的军服。两位中年人走进诊所之后，卫兵便留在门外守候。

见有人从外进来，乔逸飞马上笑着迎上前，对着穿军服的中年人问道：“长官您哪儿不舒服？”乔逸飞已看出来人非等闲之人，故而以长官相称。

“大夫，你怎么知道是他要找你看病？”穿便装的中年人颇感奇怪地向乔逸飞问道。

乔逸飞笑道：“因为这位长官有病，而您没病啊。”

“看来我们来此是来对了。”便衣男对军装男道了一句，然后又向乔逸飞问道，“那你知道他得了什么病吗？”

“容我给长官号下脉。”乔逸飞让军装男坐到医桌前，然后开始为其号脉。号脉之后，他又让其躺在病床上，用听诊器为其在腹腔处听了一番，然后扶其坐起身，对其道：“你经常拉肚子？”

“是的。”军装男点点头。

“您患的是慢性肠炎。”乔逸飞为他下了结论。

“能医治吗？”军人听了乔逸飞的话问道。

“能啊。您是愿意服西药还是用中药？西药治病快一些，中药慢一些，但中药能根治您的病。”

“先用西药，然后再用中药行吗？”

“当然行了。”

“那你这儿能煎中药吗？”一旁穿便衣的男人插了一句。

“可以。”乔逸飞回头看了眼便衣男人，然后问他道，“您是不是经常腰疼？”他这一问便衣人怔住了。

“你可真神了！我是经常腰疼。”

“您腰肌劳损，而且腰椎间盘突出，这与您经常坐着看书写字有关。”乔逸飞道出了其病因。

便衣男扭头与军人对视一眼，然后问乔逸飞道：“有法子医治吗？”

“有。需针灸和按摩。”

便衣男点了点头，接着道：“你医术这么高，为何只开一个小诊所而不上大医院工作？”

“我这不也挺好吗？再说我上大医院人家哪儿要我啊？”乔逸飞笑着道。

“咱们市医院刚刚筹建完毕，那儿正缺像你这样医术高超的大夫，你愿不愿意到那儿工作啊？”

“市医院赶不上去我们的野战医院。干脆你到我们的野战医院吧。”一旁的军人抢过了便衣男的话。

“老萧，你这样挖人墙脚可不行啊，我先说好让人家去我们市医院的。”便衣男对军人所言显然有意见。

“我看不如这样，去市医院或野战医院让乔大夫自己选择，前提是看看人家大夫愿不愿意去。”被便衣男称为老萧的军人提出了一个折中方法。

“你愿意到哪所医院啊？”便衣男显然已认可了老萧的说法。

“这……”乔逸飞在犹豫。

“怎么，有什么困难吗？有困难我来帮你解决。我叫张苏，是咱们张家口市市长。”便衣男自报家门后又指着老萧为乔逸飞介绍道，“这位是咱们军区副司令员萧克将军。”

乔逸飞听了张苏的介绍，立时感到震惊。难怪这二人带着卫兵呢，原来此二人竟是张家口八路军的首脑人物，乔逸飞一时间不知该如何是好了。

“怎么样？能决定吗？”张苏看来是认准了乔逸飞。

“如果能行的话，我愿去市医院，只是我还有两位助手能否也一块给安排了？”乔逸飞觉得自己所开的小诊所毕竟没有大的出息，将来若有发展还是去大医院有空间，于是他便选择了去市医院，因为市医院离家近，方便照顾家人。同时他也考虑到玉姬和木子二人，故而他将二人的归宿也一并提出。

张苏在听了乔逸飞对玉姬和木子的情况介绍后，便决定让乔逸飞带二人先一块去市医院工作，然后再根据政策安排二人的去留。乔逸飞点头答应。

送走张苏和萧克之后，乔逸飞将去市医院工作的事情告诉了玉姬和木子，二人听了均很高兴。

入夜，吃过晚饭，玉姬将乔逸飞约出了门。二人行走在了一条空阔的街道上。

冬季的夜晚，朔风拂面而过，玉姬略感寒冷，她走上前，悄悄挽住了乔逸飞的胳膊。乔逸飞心中一颤，借着路边的灯火，他扭头望了玉姬一眼。恰巧，玉姬也抬头仰望着他，二人四目相望，心中各有所动，均感到似乎有一种电流从双方眼中流出，于是二人均驻足对视。

乔逸飞自从为玉姬医好病之后，玉姬已变得更加迷人与漂亮，她同乔逸飞在一起为病人医病时，无须言语，二人互相间的一个手势或一个眼神，便心领神会，时间一长，二人的心里便均刻下了对方的影子。特别是玉姬，除了感谢乔逸飞的救命之恩以外，心中早已深深地爱上了他。而乔逸飞三十多岁了还没有成个家，他对玉姬除了对她不幸的遭遇加以同情和怜惜以外，玉姬的温柔美貌以及善解人意也深深地让他心动。二人心中各有所想，但谁也没有捅破那层窗户纸。其实在玉姬心里，她是多么希望他能够拥她入怀，慰她以滚烫的热吻，然后她回报以他温顺的柔情。但由于她在日军军营中那段不堪回首的屈辱经历，使得她欲爱不能，欲言却又难以启齿，以至于常常一个人躲在角落中暗自伤神，默默落泪。这情景让她的好友木子看在了眼中。在了解了她心中的悲苦之后，富有同情心的木子便劝说她对乔逸飞敞开心扉，对其尽情倾吐一下她的相思之情，否则错过此良机将悔恨终身。

其实木子在劝说玉姬之时，自己心中也很酸苦。她自打跟了乔逸飞，做了他的助手之后，她打心里也颇喜欢他。乔逸飞不仅医术精湛，生得也高大英俊，而且还十分关心体贴人，是令人钦佩而又招人喜欢的那种男人，然而他却是玉姬的救命恩人，从道义上来说，玉姬更适合乔逸飞，而且她早已看出玉姬对乔逸飞是更加的喜爱，故而她便忍痛割爱，将自己的这份爱隐藏在了心中。于是玉姬便在木子的劝说下，晚饭后将乔逸飞约了出来。

就在玉姬和乔逸飞相视之际，玉姬开了口："你是我的救命恩人，我无以为报，如果你不嫌弃，你收我做你的老婆吧！"玉姬本就聪明，记忆力也好，而且在中国多年，加之这些天来在诊所每天与中国人打交道，故而学得不少中国话，虽然说的话有些生硬，但意思却表达得十分清楚，她鼓起勇气将她心中想说的话吐了出来。

"做老婆？"乔逸飞愣了一下神。

"是的，我想嫁给你。"

玉姬将她所要表达的意思再次做了表述，而且她说完话后已是满眼的泪花，她在等待乔逸飞的回答。

乔逸飞终于明白了玉姬所要表达的意思了。乔逸飞望着寒风中含泪仰望着他的玉姬，心中早已被玉姬所言及她眼中的热泪深深地打动，他俯下头来，用热吻烘干了她眼中的泪水，然后又将唇轻移到她的唇上，施以热烈的亲吻。玉姬遂以更为滚烫的热吻配合着他的蜜吻……

很快，在张苏的介绍下，乔逸飞三人到市医院上了班。一月后，乔逸飞与玉姬结了婚。此后，木子根据遣返政策，被边区政府遣送回了日本。

正是：莫愁前路无英雄，
　　　人生何处不逢君。

# 第三十七回　打两头后取中央　张家口二次解放

时间过得飞快，1946 年的下半年，以蒋介石为首的国民政府公然撕毁了双十停战协议，向解放区悍然发送了进攻，挑起了全面内战。

这年 10 月 11 日，傅作义的部队攻占了晋察冀边区党政军首府张家口，张家口再陷敌手。然而到了 1948 年底，随着辽沈战役的结束，平津战役迅速展开，根据毛主席和中央军委制定的“先打两头，后取中央”的方针，华北解放军第三纵队司令员杨成武将军率军迅速将张家口包围。

傅作义闻讯，急令他的王牌军——机械化部队郭景云部急速驰援张家口。然而郭景云的三十五军开进张家口没几天，形势又发生了重大变化，北平出现危机，北平周围发现了提前入关的解放军东北野战军主力。傅作义心中慌乱，迅速急令三十五军回防北平。

三十五军郭景云在张家口接到傅作义令其急速回防的电令之后，立刻开始布置三十五军的撤离事宜。居住在张家口的一些达官贵人和政府官员以及商人，眼见三十五军要走，心中都着了急，张家口之围刚解，三十五军若一走，共军再围上来取了张家口，岂不糟糕。于是这些人便纷纷找到郭景云，许以重金，要求郭景云带他们一块撤离。

堡子里有位叫张大明的商人，他在大境门外屯有 400 桶汽油，也要求郭景云将他的这些汽油随车拉走，作为回报，他答应到北平之后，三分之二的汽油归郭景云。这样顺车捎带的财物，郭景云岂有不答应之理。

此外，郭景云也有他个人的事情要处理。郭景云在当一〇一师师长驻防张家口的时候，办有一个军械修配厂，趁此撤离之际，他也想把自己的这个修配厂迁至北平。于是他便连夜派人开始拆卸机器，但一个工厂的设备，又岂能是马上能够拆得完的，那是需要时间的。傅作义要求郭景云务于12月5日清晨出发，可结果郭景云一直忙到中午十二时才将机器全部装车。这样就比傅作义电令的时间晚了七个小时。战争时期，时间就是生命，有的时候，一分钟都不能耽搁，一分钟的时间也许就决定了战场上的胜败，更何况是七个小时的时间了。如此一来，郭景云耽搁的这七个小时便由他自己来买单了。

就在郭景云拖延时间用车在装卸他工厂设备的时候，毛主席就提前于12月2日对程子华、杨得志、杨成武三位兵团司令下达了作战指令，指示从东北提前入关的程子华部立即出动，由平谷取直径向怀来方向前进，准备协同华北杨得志、罗瑞卿率领的第二兵团围攻傅军，杨得志部则先集中于易县紫荆关地区，隐蔽待命。杨成武部则紧紧包围张家口之敌并阻止敌向张北退却。三支部队在接到毛主席的指令后，便迅速开始运动，进入攻击地区。

再说郭景云的三十五军，在宁远堡集结后开始出发。其行军序列为：冯梓的一〇一师为先头部队，三十五军军部和炮兵团居中，温汉民的二六七师殿后，总计两万多人马浩浩荡荡开始向北平急驰。队伍刚开始出发时一切还算顺利，不久便通过了沙岭子、宣化，很快到了下花园。但就在前锋抵近鸡鸣驿时，忽然听到前面有枪响。冯梓的前卫营长立刻命令车辆停了下来，派士兵下车向枪响的方向侦察。这时冯梓赶过来用高倍望远镜向前方望去，发现有一支解放军向他们袭来。冯梓随即向郭景云报告。郭景云却并没有当回事，他对冯梓道：“我们平时想打他们，他们总躲着不见人影，现在送上门来了，好哇，将部队展开给我打。正好向傅总司令送份见面礼。”

然而郭景云这次没想到的是，他想狠狠地踢上解放军一脚，但却是踢在了钢板上。这一次他遇到了真正的对手——解放军的阻击部队。而指挥阻击部队进行阻击的是华北第二兵团第四纵队政委王昭将军。王昭接兵团司令杨得志将军的命令，率领第十二旅为先头部队，由紫荆关日夜兼程赶到了新保安。趁敌不备占领了新保安城，拦住了三十五军的去路。

郭景云见解放军拦住了去路，也没怎么着急。他看看天色已晚，便命令全军在下花园和鸡鸣驿宿营，等待天明将拦路的解放军消灭后再走。他相信凭他的炮火和作战实力，明天一个冲锋就能将拦路的解放军击溃。然而第二天，他命令部队向解放军发起进攻时，却是费了很大的劲才占领了新保安。正当他命令部队准备继续前进时，华北第二兵团第四纵队司令员曾思玉将军率四纵主力部队由紫荆关出发，冒着大风雪，经过五昼夜急行军，赶到了新保安。与此同时，华北第二兵团郑维山、胡耀邦率领的第三纵队也日夜兼程，从小五台山赶到了新保安。另外，程子华将军率领的东北先行入关的第十一纵队也由平谷向怀来铁路线急进，准备挡住北平蒋傅军向怀来的增援。很快，郭景云的三十五军便被陆续赶来的解放军团团包围在了新保安城。至此，郭景云才感到情况对他已经很不利了。他指挥部队向北平方向突了几次，但都被解放军给打了回来。于是，他急忙打电报给北平的傅作义。傅作义闻听他的王牌三十五军在新保安被围，急忙命令驻怀来的安春山为“西部地区总指挥”，统一指挥傅系一〇四军及蒋系十六军两个军五个师，向西开进，来解三十五军之围。同时傅作义也将此行动发电告知了郭景云。郭景云接电报后发现电文上所写安春山为“西部收容总指挥”，一时大怒。认为安春山是来收容三十五军的。“我郭某就是战死在新保安，也用不着安春山来收容。”其实，郭景云并不知“收容”二字是译电员译错了，“收容”应译为“地区”。郭景云正在气头上，突然又接到了安春山用无线电话打来的电话，安春山同郭景云约定：于12月9日拂晓南北两面同时行动，共同夹击围攻新保安的解放军。郭景云嘴里答应一声，但心中却想：哼！我先让你这收容部队吃些苦头再说吧。

12月9日拂晓，安春山令副军长王法之率领四个团的兵力，在12架飞机的掩护下，向乔村解放军阵地发动了进攻。当时坚守乔村一线的是解放军华北军区热河独立骑兵旅，兵力较弱。如果郭景云这边当时趁机向东突进，两面夹击，相互呼应，骑兵旅很有可能顶不住安春山这边的进攻。然而王法之打了半天也没得到郭景云的回应，一问郭景云的情况，郭部却是滞留在新保安动也没动，一时便气得大骂："天作孽犹可恕，自作孽不可活。你想死我也没办法。"随偃旗息鼓，停止了向骑兵旅的进攻。如此一来便错失了良机。

第二天，王法之在安春山的严令下再行进攻。然而此时东北入关的先遣部队却及时赶到了，无论王法之再如何攻击，解放军阵地却像铁板一块，怎么也啃不动了。

就在安春山盘算着怎么同郭景云会合，接三十五军突围之时，他却突然接到了傅作义的电报："康庄失守，石觉部已到南口增援。三十五军仍被围新保安，现已无暇顾及，你要尽快返回北平。"安春山看罢电报之后，一时大惊，急忙率军回撤，再也无暇顾及郭景云的死活了。

再说华北军区杨成武兵团，在三十五军撤离张家口之后，根据毛主席指示，迅速将张家口包围。但仍旧是围而不打。因为此时在没有援军到达的情况下，杨成武兵团歼灭张家口之敌仍未有大的把握，直到东北入关的解放军第四纵队吴克华、莫文骅部到达，杨成武悬着的心才放了下来。此前毛泽东主席对被围的新保安三十五军，之所以围而不打，是生怕打掉三十五军之后，张家口之敌会趁机逃跑，而杨成武部并没有全歼张家口之敌的十足把握。现在得知东北第四纵队已赶往了张家口，这才向围攻新保安的杨得志兵团下达了歼灭三十五军的命令。

杨得志司令员和罗瑞卿政委在接到毛主席指令后，先向被围的三十五军发出了劝降通知书，先礼后兵。然而郭景云在接到劝降书后，却是置之不理，仍幻想着固守待援。 于是杨得志于 12 月 21 日下午一时，向被围的新保安三十五军发动了总攻。经过 11 个小时的激战，杨得志部全歼了驻守在新保安的三十五军。军长郭景云开枪自杀，副军长王雷震，参谋长田世杰，以及王牌师师长冯梓、温汉民被俘。新保安战役解放军共歼灭三十五军全部两万多人，至此新保安战役宣告胜利结束。

再说被包围在张家口的傅军第十一兵团司令孙兰峰和一〇五军军长袁庆荣，在12月22日下午五时，突然接到傅作义的电令：“新保安郭军长壮烈殉职，共军下一个目标可能将进攻张家口，现特命你部立即率守军突出重围，向绥远撤退。”

二人接到撤退命令后，生怕走漏机密，不敢召开部队军事会议。二人经过商议，决定部队由大境门外突围。于是便连夜将暂十一师师长郭继堂叫来，令其作为先头部队先行向大境门外突围。

为了隐蔽行动，袁庆荣特通知张家口市警备司令官靳书科，告知其暂十一师要开出大境门与共军作战，保安部队要加强城防戒备。靳书科信以为真，立刻命令所属保安部队严守城防。

与此同时，袁庆荣又命令驻防张北的骑十二旅旅长鄂友三率部由张北出发，向张家口狼窝沟方向运动，接应暂十一师突围。此外，袁庆荣又命令骑五旅旅长卫景林，骑十一旅旅长胡逢泰率两个旅，由卫景林统一指挥，向张家口老鸦庄、沈家屯方向突围，以吸引解放军向西追击。部队在突出去之后，沿高庙堡、洗马林一线向商都转进与暂十一师会合，而新三十二师则负责殿后，负责掩护全军的突围。命令下达后部队开始了行动。

再说郭继堂指挥的前卫师，出大境门后，没遇到什么阻碍，进展极为顺利。但抵到张家口北面的陶赖庙附近时，却遇上了解放军围城部队的强大阻击，双方开始激战。但战至23日上午九时，部队却也没能前进一步。

在张家口市区，一直被蒙在鼓里的张家口警备司令靳书科正在奉命守城，一点也不知道主力部队夜间突围撤退的事，直到第二天清晨，省警察局长慌慌张张地进来向他报告，说部队昨天晚上开始撤退了，而且还带了家眷。靳书科才知自己被袁庆荣给骗了，便立刻命令参谋高世荣到十一兵团部打探消息。很快，高世荣满头大汗、气喘吁吁地跑了回来，向靳书科报告，孙兰峰带着兵团部已从大境门外走了。靳书科闻听大惊，急忙将全城的保安部队集合起来，对头领们道一句：“咱们也走。”于是保安部队也从大境门外开始撤退。刚一出大境门，便碰上了骑五旅和骑十一旅的大队骑兵。这究竟是怎么回事呢？卫景林不是带着这两旅人马向西突围了吗？怎么又返回到了大境门外来了呢？

原来卫景林率领的两个骑兵旅，按照命令向老鸦庄和沈家屯方向进行攻击，沿路没有遭到多大阻击便突了出去，前进到了郭磊庄附近。可就在此时，卫景林却接到联络官的报告。说郭继堂率领暂十一师从大境门外突出去了。卫景林闻听这才明白了袁庆荣让他从西面突的目的是让他引诱解放军，一时气得骂了起来："他奶奶的，要撤咱一起撤。"于是他便命令部队回返，向大境门方向运动，在此他正好碰上了从大境门外刚刚撤出来的靳书科的保安部队。一时间两支部队混在了一起。由于路面狭窄，两队人马你冲我突，乱作了一团，争抢着向袁庆荣的主力部队追赶。

再说袁庆荣的先头部队被解放军的部队阻击在陶赖庙及通往崇礼县的拐角路旁，发现解放军是越打越多，前进的道路根本就打不开。于是袁庆荣便同随后赶来的兵团司令孙兰峰研究，决定部队再返回到张家口，然后凭借张家口的工事与共军作战。于是他便命令殿后的新三十二师由后卫转为前锋，回防张家口。然而此时袁庆荣的部队再回张家口却是难上加难了。因为靳书科的保安部队和卫景林指挥的两个骑兵旅已堵住了其回防的道路，这是其一。其二，张家口此时已经被东北入关的解放军吴克华和莫文骅率领的第四纵队占领。

吴克华率部攻入张家口后，发现张家口已是空城，遂同总指挥杨成武联系。杨成武告诉其孙兰峰兵团正向北突围，令其立刻向北追歼包抄。吴克华随即令全纵队三个师向北追赶了过去，很快便在大境门以北追上了敌人，便迅速将队伍展开把敌军层层包围。经过激战，被围敌军除孙兰峰和卫景林率少数几十人逃回北平外，其余敌军全部被歼。张家口战役随即宣告结束。至此张家口又回到了人民的手中。

此战役共歼灭傅军 1 个兵团部、1 个军部、4 个步兵师、2 个骑兵旅，加上地方部队共计 6 万多人。整个张家口战役从 12 月 23 日晚八时开始，至24日下午三时结束，历时20个小时。

张家口解放之后，东北解放军也于1949年1月14日，对早已被分割包围的天津发起了总攻，经过29个小时的激战，以陈长捷为首的天津守军全部被歼。至此，平津战役党中央“先打两头，后取中央”的战略部署顺利完成。在此情况下，北平的傅作义不得不接受我军所提出的和平主张，于1月21日上午十时在北平签订了和平解放北平的协议，北平宣告和平解放。

写到此，有一段插曲颇觉得耐人寻味。就在全国解放后不久，被关押在战俘管理所的战俘陈长捷，见到了同样成为俘虏的袁庆荣后道：“他娘的，傅宜生毁了我等，早知道他投共起义，我俩还死守那‘蛇头’与‘蛇尾’干吗？现在他成为共产党的座上宾，我俩却沦为阶下囚，真他娘的不仗义。早知如此，老子早就打开天津卫，迎接解放军进城了，哪能遭此罪过。”

“唉，造化弄人啊！但我俩比起郭麻子（郭景云，绰号郭麻子）来，还算幸运的了，起码我们还活着。”

正是：巧布局，运筹帷幄，王牌军，全军覆没。
　　　难兄弟，相互切磋，败军将，何必啰唆。

各位读者朋友，写完上面的这一回，后面要写的就是我们伟大的中华人民共和国便在隆隆炮火声中成立了，以下的章节我们本该按着时间的顺序，接着去写新中国成立之后，我们张家口所发生和经历过的一些重大事情以及人物故事，但由于受客观条件限制，我们只能写到这第三十七回为止了，至于后面不能再写的原因，我们会在后记中加以说明。

最后就让我们借用明代文学家杨慎所创作的那首著名的《临江仙·滚滚长江东逝水》来结束我们的本部传奇吧：

滚滚长江东逝水，浪花淘尽英雄。
是非成败转头空。
青山依旧在，几度夕阳红。

白发渔樵江渚上，惯看秋月春风。
一壶浊酒喜相逢。
古今多少事，都付笑谈中。

大好河山

# 后　记

该到了收笔的时候了，真有些依依不舍啊！但因为先后格调及篇幅的关系，我们不得不断掉自己的思路了。由于意犹未尽，书中有几位人物后来的情况我们还是要交代一下。

参加了张家口保卫战的国民党二十九军刘汝明师长和李金田旅长，1949年随蒋介石撤退至台湾。李金田在张家口战役中腿部负伤，落下了终身残疾。刘汝明晚年写了一部《刘汝明回忆录》，对整个张家口战役做了详尽的叙述与评价。该书对张家口抗日时期的历史有着极其重要的参考价值。1975年4月28日刘汝明病逝于台湾。

高飞燕跟随何基沣将军起义参加了解放战争，由团长升为师长。新中国成立后担任了华南某地的军分区司令员。他和秀娟的儿子高原参加了抗美援朝战争，后英勇负伤转业到了张家口地方工作，与恋人子琪成婚。女儿青青嫁给了比她小三岁的张占彪的儿子张圆，儿女们都幸福美满。

张占彪回张家口后不久，新中国成立后，他到了民政部门工作。他的儿子张圆和儿媳青青为他生了两个大胖孙子，他给孙子取名为张文和张武，意为文武之道，一张一弛。应了半仙当年为张母算卦时得出的——儿孙满堂的预言。

乔逸飞和玉姬解放后回到了市人民医院工作，乔逸飞成为医学专家。二人生有一儿一女，儿子叫乔丹，女儿叫乔凤，取丹凤朝阳之意，喻贤才逢明时。一家人也过着十分幸福的生活。

有关书中人物的后续，我们就简要介绍这么几位。

本来在新中国成立以后张家口要叙的故事还很多，而且我们也写了十来回，但写完之后，却发现后面的章节无论怎么写，都没有前面几十回写得顺畅，总是与前面所写内容脱节，几位专家老师看了以后，也觉得后面部分不如前面所写。为了使读者读起来舒畅且赏心悦目，适合原来的基本格调，于是便痛心将后面的十来回所写全部删了去，只留下了前面所写部分。虽然意犹未尽，但宁缺毋滥。

其实，张家口人杰地灵，人才辈出。特别是新中国成立后，在各条战线都涌现出了众多的优秀人才，他们“不忘初心、牢记使命”，为张家口默默地奉献着，流淌着自己的汗水与血水，令我们感到特别骄傲和自豪。我们张家口不仅有过艰难与痛苦的过去，也有过曾经的辉煌，更有着对未来美好的祝愿与向往，有着“诗和远方”。

在写《张家口传奇》这部浸满了我悲喜情绪的作品中，我的情感犹如清水河的清水一般在心头汩汩地流淌着。在清水映着的倒影中，我们仿佛看到了那些熟悉的人一一向我们走来，陈述着他们所经历的沧海桑田。这些人物中有肇堡的张文，有开小北门的张珍，有和平使者三娘子，有大清皇帝康熙，有铁路之父詹天佑，有建通桥的张之江，有墨香留芳的高维岳，有举旗抗日的冯玉祥，有二十九军的刘汝明，有张家口的市长张苏，有驾机起义的刘善本……诚然书中也有令我憎恶的一些土匪、汉奸、特务、日寇……这一张张鲜活的面孔——无论是喜爱还是讨厌，都无不在我们的心灵打上了深深的烙印，使我们久久难以忘怀……

最后该写感谢的话了。在我们的创作过程中，我市韩祥瑞、陈韶旭、李殿光三位文史专家都倾注了他们的心血，为我们指点迷津，才使得我们走完了从初写到最后定稿的这一段写作路程。此外，张家口文史专家刘振瑛老师对我们作品中的取材给予了极大的帮助。作家韩咏华女士特意为我们讲述了其外公（书中所提到的杜焕章）当年在张库大道上为霍家（霍老五）出生入死的精彩故事。市职业技术学院宋德明教授、市博物馆周云书记，为作品提供了诸多资料，讲述了许多书中的桥段，为本书增添了许多色彩。特别是万全区教委的王福英和中国银行的靳怀兵二友，为作品的修改、校对、润色付出了艰辛的劳动。尤为让我们感谢的是河北北方学院的梅大生教授，梅先生在我们初稿完成之后，不辞辛劳，拨冗莅临，字斟句酌地对该作又加以修改润色，在此我们对梅老深深地鞠躬、感谢！

由于受水平限制，文中所演义的故事肯定会存在这样那样的不足，敬请广大读者批评指正。

2022 年，第 24 届冬季奥林匹克运动会将在我们张家口举办，就让此书作为冬季奥运会献礼来表达我们心中的祝福吧！

愿琴瑟在御，岁月静好。

初稿完成于 2020 年 9 月

修改稿完成于 2021 年 9 月